Gemma Townley

Cura miracolosa per un'inguaribile romantica

Traduzione di
Laura Melosi

GIUNTI

Titolo originale:
The Hopeless Romantic's Handbook

http://narrativa.giunti.it

Via Bolognese 165 – 50139 Firenze – Italia
Via Borgogna 5 – 20122 Milano – Italia
Prima edizione: febbraio 2013

Ristampa	Anno
6 5 4 3 2 1 0	2016 2015 2014 2013 2013

A Mark,
che ha dato speranza
a un'inguaribile romantica come me

Il cammino dell'uomo giusto, secondo la Bibbia *e* Pulp Fiction, *altra grande storia morale, è insidiato di continuo dalle iniquità degli egoisti e dalla tirannia dei malvagi.*

Ma anche il cammino di un'inguaribile romantica non è proprio un letto di rose; ed è insidiato da uomini altrettanto egoisti e tirannici che dicono una cosa e ne pensano un'altra, non richiamano mai e in genere si comportano da idioti. Intanto i cinici proclamano che l'amore è una bugia, che il lieto fine non esiste e che puoi anche smettere di cercare il principe azzurro e sposare il tizio con cui uscivi l'anno scorso: quello che non aveva esattamente un buon odore e che per il tuo compleanno ti regalava due biglietti per una partita di calcio (della sua squadra preferita).

L'importante è imparare a riconoscere questi individui per quello che sono. Evitarli e continuare la ricerca dell'amore vero, dell'amore puro. E se, durante questa ricerca, ti rendi conto che l'uomo in cui avevi riposto le tue speranze non è esattamente il cavaliere senza macchia e senza paura che immaginavi, sorridi con garbo, vai avanti e ringrazia il cielo di non averlo sposato. Non che lui te lo avesse mai chiesto, ovvio, ma non è questo il punto.

1

Kate Hetherington sospirò e posò il bicchiere sul tavolo con aria teatrale.

«Ci dovrà pur essere un sistema migliore» disse scuotendo la testa incredula. «A questo punto dovrebbero aver inventato una specie di radar.»

La sua amica Sal corrugò la fronte. «Un radar?»

«Per trovare l'uomo perfetto. Così non ti tocca sopportare situazioni imbarazzanti come lo speed dating. A essere sincera, Sal, è stata la serata più brutta della mia vita. Ho odiato ogni singolo minuto che ho passato in quel luogo. Ho odiato tutti gli uomini che si trovavano lì. E poi, alla fine, sono andata via delusa per aver ottenuto un solo numero di telefono. Insomma, un'esperienza così orribile da non trovare le parole per descriverla.»

Sal scrollò le spalle. «Scommetto che non è stato poi così male. Sembra una cosa divertente, a dire il vero.»

Kate la guardò con espressione decisa. «Solo perché tu sei felicemente sposata e quindi sai che non dovrai mai farlo. È proprio quel genere di situazione che vista dall'esterno può sembrare divertente: peccato che la realtà sia atroce.»

«E allora perché ci sei andata?»

«Perché mi hai costretto tu.»

«Non ti ho costretto io! Ti ho solo suggerito di fare un tentativo, tutto qui.»

Kate sospirò. «Lo so. Forse una vocina dentro di me mi diceva che avrebbe potuto funzionare. Insomma, credevo di... incrociare lo sguardo di qualcuno e avere un'improvvisa illuminazione...»

«E non è andata così?»

«No» rispose Kate abbattuta. «La verità è che ormai mi sono giocata quasi tutte le carte. Fra poco avrò trent'anni e non vedo all'orizzonte nessun principe che mi porti via sul suo cavallo bianco, giusto?»

Sal scosse la testa. «Il cavallo dev'essere per forza bianco?» chiese con un sorrisetto che le affiorava sulle labbra.

Kate sorrise a sua volta. «Potrebbe andare anche color crema» le concesse. «Se il cavaliere è abbastanza bello.»

«Ah, eccovi qua. Scusate il ritardo. Allora, come va?»

Kate e Sal si girarono e videro il loro amico Tom che si avvicinava. «Malissimo, grazie» rispose Kate in tono lugubre. «Tu come stai?»

Tom storse la bocca. «Ho bisogno di bere qualcosa. Fate un secondo giro?»

Kate gli porse il bicchiere e chiese una vodka tonic, Sal invece scosse la testa. Mentre Tom spariva verso il bancone, Sal corrugò la fronte. «Sei sicura che non ci fosse un solo uomo passabile? Neanche uno?»

«Neanche uno» le assicurò Kate. «Erano tutti orripilanti, assatanati oppure semplicemente strambi.» Sal la guardò perplessa, e Kate si innervosì. «Cosa?» chiese in tono piccato. «Non mi credi?»

L'amica sgranò gli occhi. «Non ho detto nulla!»

«No, ma il tuo sguardo era molto eloquente. Credi che mi

sarei lasciata sfuggire un bel ragazzo pronto a travolgermi di passione?»

Sal esitò un attimo e poi sbottò. «Forse hai aspettative troppo alte. Insomma, non fai che parlare di passione travolgente, principi azzurri e roba simile. Dovresti semplicemente cercare uomini carini o disponibili. Non sono sicura che tu ti stia concentrando sulle qualità giuste.»

«Le qualità giuste?»

Sal appoggiò il bicchiere sul tavolo. «Viviamo nel mondo reale, Kate, tutto qui. Non arriverà mai Richard Gere sulla sua decappottabile per portarti via al tramonto.»

«Non voglio che arrivi Richard Gere» ribatté spazientita Kate. «Voglio solo...»

Sal inarcò le sopracciglia in trepida attesa.

«Bene» continuò Kate sospirando. «Lo ammetto. Ho aspettative alte. Voglio i fuochi d'artificio e voglio la magia. Cosa c'è di sbagliato? Non posso farci nulla se preferisco rimanere a casa a girarmi i pollici piuttosto che subire un'altra serata di speed dating.»

«Speed dating?» chiese Tom arrivando con i drink. «Allora sei andata, eh?»

Kate annuì. «Ho provato, l'ho trovato insopportabile e non lo farò mai più.» Evitando lo sguardo di Sal, Kate prese il bicchiere dalle mani di Tom e spostò la sedia per fargli posto.

Erano seduti a un tavolo del Bush Bar & Grill, un bar ristorante che si trovava a cinque minuti a piedi da casa di tutti e tre, e nel quale si ritrovavano ogni domenica sera a bere qualcosa. Vivevano a poca distanza l'uno dall'altro nella zona di Londra fra Shepherd's Bush, West Kensington e Hammersmith. E quando parlavano del luogo in cui abitavano, cambiavano versione a seconda della circostanza in cui si trovavano: se erano a un colloquio di lavoro, se volevano fare colpo, oppure se volevano scoraggiare eventuali rapinatori. In realtà Sal e suo marito Ed abitavano in una strada che si trovava ufficialmente a West Kensington; il codice di avviamento postale di Kate era W6, ovvero quello di Hammersmith, anche se il suo appartamento era più vicino a Shepherd's Bush; mentre Tom viveva in Goldborne Road, a due passi dal Bush Bar & Grill e a pochi minuti da entrambe le sue amiche.

«È stato davvero così terribile?» chiese Tom ironico.

«Peggio» rispose Kate. «Ho conosciuto venti ragazzi e ho parlato per cinque minuti con ognuno di loro, non è molto tempo, ti pare?» Lanciò a Tom un'occhiata speranzosa, e lui annuì deciso. «E dopo un attimo mi accorgevo di non avere più niente da dire» continuò. «Insomma, chiedevano cose davvero stupide. Tipo quale animale avrei voluto essere e perché. Che razza di domanda è?»

«E tu quale animale hai detto?» chiese Tom con curiosità.

«All'inizio il delfino, ma poi un tipo ha fatto una battuta sull'accoppiamento dei cetacei e mi sono sentita morire. Dopodiché sono diventata un coccodrillo, per un paio di volte, quindi un rottweiler e persino un suricato.» Abbozzò un sorrisetto compiaciuto.

«Be', non c'è da meravigliarsi se non hai conosciuto nessuno di carino» protestò Sal. «Avranno pensato tutti che sei matta come una lepre marzolina.»

«Una lepre molto dolce però» disse Tom affettuoso.

«Potrei farti conoscere uno degli amici di Ed, se vuoi» intervenne Sal. «Posso garantire con assoluta certezza che nessuno di loro ti farà domande sugli animali.»

«Grazie, Sal» rispose Kate scrollando le spalle. «Ma non sono sicura di avere granché in comune con gli amici di Ed...»

«Perché? Credi che tutti quelli che lavorano nel mondo della finanza siano uomini noiosi in abito gessato?» chiese Sal arrabbiata.

«No!» esclamò Kate. «Figurati. Solo che tu ed Edward siete così... maturi.»

«E ha solo trentacinque anni» rispose Sal sulla difensiva. «Non è poi così vecchio. E io ho la tua stessa età.»

«Io non ho detto "vecchio". Ho detto "maturo", è diverso.»

«Diverso come?» chiese Sal strizzando gli occhi.

Tom sorrise. «Sal, tesoro, non fare l'ingenua con noi. Sappiamo entrambi che quando siete a casa, tu ed Edward parlate di fondi di investimento e di riforme pensionistiche. E dubito che Kate avrà mai la pensione, vero, Kate?»

Kate si spostò imbarazzata sulla sedia. «Ce l'avrò. Insomma, prima o poi.»

«Kate!» commentò Sal scioccata. «Non hai mai pensato alla pensione? È da... irresponsabili.»

«Non ho altro da aggiungere in mia difesa» sospirò Kate. «Non piacerei a nessuno degli amici di Ed perché non ho mai comprato azioni. E non so neanche cosa siano esattamente. La verità è che non mi interessa neppure. Per cui o mi arrendo, o accetto di passare il resto della mia vita partecipando a terribili serate di speed dating, sotto gli sguardi rivoltanti di qualche maiale che mi fissa il seno. Una prospettiva favolosa!»

«Sul serio?» chiese Tom. «Ti fissavano il seno?»

Kate gli diede un colpetto. Il suo décolleté poco prosperoso era una cosa su cui Sal e Tom scherzavano sempre. Era così fin dal liceo, quando Kate era stata l'ultima ragazza della classe ad avere bisogno del reggiseno. «Un tizio ha continuato a fissarlo per tutti e cinque i minuti dell'incontro, a dire il vero. E poi mi ha dato il suo biglietto da visita e ha detto che gli sarebbe tanto piaciuto rivedermi! Da non credere, no? Si chiamava Steve. Ho tenuto il biglietto per ricordarmi tutto quello che non cerco in un uomo.»

«Non c'è niente di male a fissare il seno di una donna» commentò Tom con un gran sorriso. «È da lì che si capisce se in lei c'è del potenziale... matrimoniale.»

Sal alzò gli occhi al cielo. «Tom, sei incorreggibile. E non capisco neanche perché la questione non ti preoccupi. Quando è stata l'ultima volta che hai avuto una storia seria con una ragazza?»

«Sono orgoglioso di stare alla larga dalla serietà quando si tratta di donne» ribatté Tom. «Ho già abbastanza serietà sul lavoro, grazie.»

«Essere un chirurgo non ti impedisce di innamorarti» continuò Sal. «Non incontri mai nessuna che ti piaccia davvero?»

Tom sbiancò. «Piacere è una parola strana, non trovi?» Si mise a fissare il bicchiere vuoto davanti a sé. «Mi piacciono tante cose, ma non per questo voglio viverci insieme, giusto? Così come non voglio rinunciare alla mia vita.»

Kate colse la palla al balzo. Rivolgendosi a Sal, disse: «Vedi? Tu dici che io sono senza speranza, ma Tom lo è di più».

«Ah, è qui che ti sbagli» si affrettò a precisare lui. «Tu sei l'incarnazione dell'inguaribile romantica. Senza speranza proprio perché, ironia della sorte, speri che una storia d'amore da fiaba si trasformi in realtà. Io, invece, ho accettato serenamente il fatto che sia impossibile. Per cui, a differenza tua, io non sarò mai deluso.»

«Pensi che rimarrò delusa?»

Tom inarcò le sopracciglia. «Kate, perché un uomo soddisfi le tue aspettative dovrebbe essere alto un metro e ottanta, forte ma sensibile, intelligente ma sempre disposto ad accettare il tuo punto di vista, dovrebbe travolgerti di passione e consacrare tutta la sua vita a te. Perché una donna soddisfi le mie aspettative, deve solo essere, be'... una femmina. Possibilmente non orrenda.»

Kate si imbronciò. «Non sono un'inguaribile romantica. È una fesseria.»

«Ah no?» disse Tom con un sorriso mal dissimulato. «Ricordi quante università avevi inserito nell'elenco delle tue preferite?»

Kate lo guardò perplessa. «Due» rispose. «Anzi, tre.»

«Forse erano tre alla fine, ma solo perché sei stata costretta a ridurle. Te ne sei dimenticata? Eri innamorata pazza di quel tipo che aveva un anno più di noi, Paul James. E insistevi per frequentare l'università di Bristol perché ci andava lui, e voi due dovevate stare insieme.»

«E allora?» Kate sapeva dove Tom voleva andare a parare. «Bristol mi piaceva. È un'università fantastica.»

«Sì, ma la storia con Paul è finita all'inizio dell'estate! Hai preso una decisione importante per la tua vita basandoti sull'illusione romantica di essere destinata a stare con quel ragazzino brufoloso. Avrebbe potuto essere una catastrofe.»

«Ma non lo è stata» commentò Kate con veemenza. «Almeno io sono disposta a credere nell'amore. Almeno io sono disposta a impegnarmi, a sposarmi e a vivere per sempre felice e contenta. Tu sei diventato troppo cinico, Tom.»

«Può essere. Se è così, sono soddisfatto» disse lui, agitando la mano con fare sprezzante. «E poi, nessuna donna ha mai manifestato l'intenzione di sposarmi. Voglio dire, nessuna di voi prenderebbe in considerazione uno come me, giusto?»

Per un attimo il suo sguardo incrociò quello di Kate. Lei corrugò la fronte: «Dio, no» si affrettò a dire. «Non riesco a immaginare niente di peggio.»

Sal sospirò. «Neanch'io» ammise, provocando una smorfia

di delusione sul viso di Tom. «Perfetto! Bene, godetevi le vostre esistenze solitarie e di tanto in tanto passate a trovare me e il mio noioso marito, okay?»

Kate si chinò e strinse il braccio dell'amica. «Sal, sei sempre stata in anticipo sui tempi. Ricevevi proposte dalle università quando ancora noi non avevamo fatto domanda. Hai trovato lavoro prima che io e Tom avessimo smaltito la sbronza post-laurea. Ci arriveremo anche noi, o almeno spero.»

Sal sorrise. «Hai ragione, ma sono sempre convinta che dovresti permettermi di presentarti qualcuno» disse sospirando di nuovo.

Kate scosse la testa. «Grazie, preferisco di no. Incontrerò l'uomo giusto prima o poi» disse lanciando a Tom un'occhiata significativa. «Cioè, me lo auguro.»

«Per cui aspetterai semplicemente che l'uomo giusto compaia dal nulla?» chiese Sal. «E se non succede? Insomma, non è un po'... rischioso?»

«Non è più rischioso finire con l'uomo sbagliato perché hai avuto troppa paura per aspettare quello giusto?» ribatté Kate sulla difensiva.

Sal inarcò le sopracciglia, e Kate fece subito marcia indietro. «Non parlavo di te. Oddio, volevo semplicemente dire, insomma, che voglio essere sicura...»

«Okay. Per quanto sia stato piacevole, credo sia arrivato il momento di salutarci. Edward tornerà fra poco dalla sua stupida partita di golf con un cliente e sarebbe bello vedere mio marito per un'ora questo fine settimana, prima di andare a letto.»

Kate annuì. «Già. Immagino si stia facendo tardi.»

«È segno che stiamo invecchiando, sapete» disse Tom mentre si infilavano il cappotto. «Qualche anno fa, le dieci ci sembravano ancora presto.»

«Non di domenica, Tom» puntualizzò Sal in tono pragmatico. «Se non stai attento, diventerai uno di quelli che dice che non ci sono più le mezze stagioni.»

«Non ci sono più, infatti» protestò Tom. «E a Natale di solito nevicava.»

Lasciarono il Bush Bar & Grill e si ritrovarono tutti e tre in Goldhawk Road a tremare in quella fredda serata di febbraio. «Mi sa che corro a casa» disse Sal appena arrivarono fuori. «Ci vediamo la prossima settimana?» Lanciò dei baci a tutti e due e si avviò in fretta verso la grande casa che divideva con il marito analista finanziario.

Tom guardò Kate e le sorrise. «Dai, ti accompagno» disse, mettendole un braccio attorno alla vita. «Non si può lasciare la nostra inguaribile romantica per strada da sola a quest'ora.»

Kate sospirò sconsolata. Appena cominciarono a camminare, gli chiese: «Pensi davvero che io sia senza speranza?».

«Penso che tu sia un'ottimista» rispose Tom con una certa cautela. «E non è una cosa del tutto negativa.»

«Parli sul serio quando dici che non ti sposerai mai?»

Tom scrollò le spalle. «Non lo so. Immagino che se trovassi la donna giusta potrei anche farlo.»

Kate annuì. «Non è facile, eh? Insomma, non è così facile come dicono. A volte mi domando come diavolo faccia la gente a mettersi insieme e a restarci. Come hanno fatto i nostri genitori?»

«Non ce l'hanno fatta. Non tutti» commentò Tom caustico, storcendo le labbra.

Kate arrossì. «Scusa. Non intendevo i tuoi.»

«Ehi, non preoccuparti. Non considero mia madre un genitore. Insomma, devi esercitarlo un mestiere per attribuirti il titolo, no? Sparire quando tuo figlio ha otto anni e troncare ogni rapporto non ti rende un genitore.»

«Ancora nessuna notizia?» chiese Kate con gentilezza. Tom non parlava quasi mai di sua madre. Da quando un giorno era scomparsa senza dare alcuna spiegazione, senza lasciare neanche un biglietto, Tom accennava appena alla sua esistenza. Kate però sapeva quanto ne fosse rimasto turbato. A scuola lo aveva visto spesso uscire dal bagno con gli occhi rossi, e negare con tutto se stesso che gliene importasse qualcosa. Era stato allora che aveva cominciato a diventare così cinico. Otto anni è un'età molto delicata per realizzare che tua madre ti ha abbandonato e non puoi contare su di lei.

Tom scrollò di nuovo le spalle. «Papà sa dov'è. Io, personalmente, non voglio saperlo. Ho cose più importanti di cui preoccuparmi.»

«Tipo evitare di impegnarti?» chiese Kate sorridendo.

«Esatto» rispose Tom con un gran sorriso. «Allora... qual è la tua prossima mossa nella ricerca del cavaliere senza macchia e senza paura? Hai pensato di mettere un annuncio su internet? Cercasi cavaliere per salvare donzella in pericolo. Indispensabile cavallo di proprietà.»

Erano arrivati davanti a casa di Kate, e lei decise di ignorare quest'ultima frecciatina. Si allungò verso di lui e lo baciò sulla guancia. «Notte, Tom.»

Tom non prese in considerazione l'allusione di Kate. «Forse» continuò entusiasta «dovresti mandare una tua foto a quattro diversi principi che vivono ai quattro angoli della terra e che si sottoporranno a un arduo viaggio e a svariate imprese per conquistare il tuo cuore. O forse dovresti coinvolgere la tua fata madrina? Insomma, ne hai una, no?»

Kate gli lanciò un'occhiataccia e chiuse la porta. Maledetto Tom. Bene, glielo avrebbe fatto vedere lei. Non sapeva come, ma era un dettaglio.

Decise di farsi un bagno prima di andare a dormire: un bel bagno caldo per prolungare ancora un po' il fine settimana. E voleva anche controllare le e-mail. E rimettere a posto la cucina, dove erano ancora sparsi i resti della colazione.

Kate sospirò. Non c'era mai abbastanza tempo durante la giornata per fare tutto. Non c'erano ore a sufficienza per togliere di mezzo le cose noiose e dedicarsi a quelle piacevoli, tipo vedere gli amici, guardare un film, fare una passeggiata romantica nel parco.

D'altra parte non aveva nessuno con cui fare una passeggiata romantica.

Andò in bagno e aprì i rubinetti, poi si diresse verso il salotto stracolmo di oggetti: una scrivania in un angolo lottava contro un grosso divano sfoderato per accaparrarsi lo spazio vitale. Erano entrambi pieni zeppi di grafici colorati, riviste e schizzi.

E poi, cosa c'era di male a essere un'inguaribile romantica? Era così sbagliato cercare il vero amore? Non era quello che nel profondo di sé desideravano tutti?

Mettendo da parte una pila di fogli, accese il computer e aspettò che si scaricasse la posta elettronica. Tre e-mail di lavoro potevano aspettare fino al giorno dopo. Un sito di dolci le suggeriva: «Dillo con i cupcake». Amazon le comunicava la spedizione del suo ultimo ordine. Una russa «bionda e attraente» le offriva sesso gratis se avesse visitato una chat. Nessuna notizia del bell'uomo che aveva visto in un bar quella mattina. I loro sguardi si erano incrociati per un attimo e lei, in modo apparentemente casuale, aveva lasciato cadere un suo biglietto da visita mentre usciva da lì, nella speranza che lui lo raccogliesse e la cercasse. Ecco cosa sarebbe successo in un film. Ma a quanto pareva, lui non si era follemente innamorato di lei. Ehi, dopotutto non era successo niente di che.

Si lasciò un tantino andare. Tom e Sal avevano ragione: era davvero un'inguaribile romantica. Inguaribile e senza speranza, a dire il vero. Aveva quasi trent'anni, una casa di proprietà e un lavoro, dunque avrebbe dovuto essere una persona matura e piena di buon senso, invece era seriamente convinta di essere Meg Ryan in *Insonnia d'amore* o *C'è posta per te*. Avrebbe dovuto sposare uno degli amici di Ed e chiudere con questa ossessione dell'amore, vivere felice e contenta in una casa con quattro camere da letto, e farsi un bel piano pensionistico. Peccato che non sarebbe stata felice. Sarebbe stata triste. Voleva una storia d'amore con l'uomo della sua vita, non un matrimonio noioso con un uomo carino in completo gessato.

Forse la sua era una malattia, pensò. Forse, prima o poi, troveranno una cura per le inguaribili romantiche: una pillola in grado di sopprimere il bisogno di emozioni e amore, una terapia che la facesse diventare come Tom, insensibile e sicura di sé. Forse c'erano dei gruppi di auto-aiuto a cui poteva iscriversi, con un programma in dodici step da seguire. Forse lì avrebbe conosciuto lo sceneggiatore di Meg Ryan che si dondolava avanti e indietro, incapace di cavarsela in un mondo dove Brad lascia Jen, Meg divorzia e – per quanto uno stia ad aspettare in cima all'Empire State Building – non arriva mai la persona giusta.

Kate aprì il browser, sorrise fra sé e sé, andò su Google e digitò «inguaribile romantica». Con sua grande sorpresa c'erano più di quattro milioni di pagine.

INGUARIBILI ROMANTICI: categoria di persone che vedono l'amore ovunque.

INGUARIBILE ROMANTICA: blog di una ragazza alla ricerca dell'amore.

INGUARIBILE ROMANTICA: fai il nostro test e scopri quanto sei incurabile!

INGUARIBILE ROMANTICA: seguici e scopri le dritte giuste per accrescere la passione nella vita di coppia.

Con aria incredula, Kate cominciò a scorrere le pagine.

INGUARIBILE ROMANTICA: uno stile di vita, non una malattia.

INGUARIBILE ROMANTICA: la battaglia di una donna contro le avversità.

C'erano forum, test e pagine di diario: a migliaia. Non era sola! Kate sorrise e continuò a leggere.

INGUARIBILE ROMANTICA: stufa di essere definita senza speranza?

«Sì» disse Kate ad alta voce. «Esatto!» E cliccò.

Fai alla tua amica un regalo che non dimenticherà mai. Non ti chiamerà più senza speranza, garantito!

Kate tornò indietro di una pagina. E a quel punto notò qualcosa.

Manuale per inguaribili romantiche. Edizione fuori commercio. L'asta scade fra due minuti.

Era una pagina di eBay. Entrandoci, Kate si ritrovò ben presto a fissare un libro che sembrava risalire agli anni cinquanta. Sulla copertina c'era una donna con un vitino da vespa, un'ampia gonna a ruota e un guizzo negli occhi.

Sei un'inguaribile romantica? Sogni amore e passione e ti senti delusa e tradita dalla triste realtà? Non disperare! *Il manuale per inguaribili romantiche* ti salverà.

Un manuale d'amore? Ridicolo! Che assurdità!

Ma invece di chiudere la pagina, Kate si ritrovò a leggere.

Il manuale per inguaribili romantiche è un libro per tutta la vita. Una romantica storia d'amore ti sta aspettando. Devi solo trovarla. *Il manuale per inguaribili romantiche* non ti dirà solo dove cercare, ti guiderà passo passo lungo il cammino. Questo libro cambierà la tua vita. Soddisfatta o rimborsata. Se non troverai il vero amore, ti restituiremo i soldi.

Kate fissò la pagina. Ti restituiremo i soldi? Era una follia. E poi, chi era che vendeva il libro? Scorse la pagina verso l'alto.

C*p1D24

C*p1d24? Che razza di nickname era?

Eppure c'era la garanzia soddisfatti o rimborsati, un dettaglio non molto frequente su eBay.

Kate corrugò la fronte. Nessuno finora aveva fatto un'offerta, e il prezzo di partenza era solo di sette sterline: pochi soldi per un libro che prometteva di cambiarti la vita.

L'asta chiudeva fra un minuto.

Lei non aveva bisogno di un manuale. L'idea era assolutamente ridicola. Un manuale per trovare l'amore?

D'altra parte, non se la stava cavando molto bene da sola. E costava solo sette sterline.

Aggiornò la pagina e vide che ancora nessuna offerta era stata fatta, mancavano solo venti secondi alla chiusura dell'asta. Tamburellando con le dita sul bordo della scrivania, sospirò.

«Bene, lo compro» disse senza rivolgersi a nessuno in particolare, e piazzò un'offerta di sette sterline e un penny. Non appena l'ebbe spedita, sullo schermo del computer comparve una pagina che le comunicava di essere la vincitrice dell'asta e le suggeriva di pagare tramite PayPal. Promettendo a se stessa che l'acquisto sarebbe rimasto un suo piccolo segreto, cominciò a inserire i suoi dati. Qualche istante dopo ricevette una e-mail. Era un messaggio di C*p1d24, solo che l'indirizzo era molto meno oscuro. Arrivava da Helen.Brigsenthwaite@aol.com.

Ciao! Congratulazioni! Brava! Non ti pentirai di aver acquistato il manuale. È la cosa migliore che mi sia mai capitata. Leggilo, goditelo e quando hai finito fallo girare, per portare l'amore nella vita di altre persone. A proposito, dove abiti? Così posso calcolare i costi di spedizione. Grazie, Helen x

Kate rimase a fissare l'e-mail. La cosa migliore che le fosse mai capitata? Il libro doveva essere straordinario. Ma se era così bello, perché avrebbe dovuto separarsene?

Grazie Helen, vivo ad Hammersmith 137, Sulgrave Road. Tu hai letto il libro e hai trovato subito l'amore? Kate x

Davvero? Lavoro proprio dietro l'angolo. Se paghi tramite PayPal, te lo lascio domani a casa. Sono così felice per te. Con affetto, H xx

Non aveva risposto alla sua domanda, notò Kate. E poi era un libro, mica un miracolo, si ricordò. Ben presto Kate avrebbe scoperto se il libro valeva davvero tutto quello che prometteva.

2

Tom Whitson fischiettava rientrando a casa. Amava questo periodo dell'anno, un periodo odiato da tutti, in cui tutti si lamentavano del freddo, delle giornate corte, della primavera che pur essendo dietro l'angolo era ancora così sfuggente. Che c'è di male nelle giornate fredde e corte? Era quello che voleva sapere Tom. Che c'è di tremendo nel vento pungente che ti costringe a tenere su il colletto del cappotto, giù la testa e a camminare a passo svelto? Era corroborante. Era difficile. Era la vita.

Non come l'estate. Tom odiava l'estate. Non il fatto che le donne camminassero seminude per strada: nessuno si lamentava di questo. No, lui odiava l'aspettativa, la sensazione che pervadeva Londra nelle giornate di sole, quando la vita sembrava fantastica, come in una sitcom americana o in un video di rhythm & blues pieno di bella gente che si divertiva.

D'inverno Tom si sentiva al sicuro, perché tutti erano tristi. D'inverno lavoravi, andavi al pub per bere un drink e poi lottavi contro il freddo per tornare a casa. E se riuscivi a convincere qualcuno a tornare a casa insieme a te, tanto meglio. Nessuno si aspettava niente di più. Sopravvivere era sufficiente.

D'estate, però, cambiava tutto. La gente si riversava nei caffè all'aria aperta, parlava e rideva ed era maledettamente felice. Le ragazze che d'inverno erano soddisfatte di una sveltina, all'improvviso volevano andare via il fine settimana, passeggiare lungo il fiume, parlare. All'improvviso, essere un bastardo cinico e complicato non bastava più. Per dirla in parole povere, l'estate rendeva Tom inadeguato – ai suoi occhi e a quelli di chiunque altro. L'estate lo mostrava come effettivamente era.

Eppure, pensava stringendosi nel cappotto, l'estate era ancora molto lontana. Prima che arrivasse dovevano trascorrere numerose giornate tristemente fredde e piovose.

Sua madre se ne era andata d'estate. Il 24 giugno, per essere precisi. E due giorni prima si era lamentata con amarezza che non usciva mai. Che non uscivano mai. La mattina successiva, Tom ricordava che – mentre si preparava per andare a scuola – aveva preso dall'attaccapanni la giacca di sua madre insieme alla sua, e le aveva chiesto se voleva accompagnarlo. Almeno fino al cancello dell'istituto.

Lei lo aveva preso in giro: in modo sprezzante, non gentile, come se Tom avesse peggiorato la situazione.

Ventiquattr'ore dopo se ne sarebbe andata per sempre.

All'inizio suo padre aveva detto che sarebbe tornata, che il caldo aveva un effetto insolito sulle persone, faceva venire strane idee e ghiribizzi, ma che ben presto la mamma si sarebbe ripresa. Fino ad allora avrebbero trascorso un bel periodo insieme, loro due soli...

Tom arrivò davanti casa e si mise a cercare le chiavi. Non capiva perché aveva iniziato a rimuginare su tutto questo. Non era da lui indugiare sul passato. Anni addietro era riuscito a cancellare quasi completamente il ricordo di sua madre, o almeno così credeva. Perché darle spazio nei suoi pensieri, si era detto razionalmente, quando c'erano cose più importanti da ricordare? Tipo l'anatomia, tipo i nomi di tutte le ragazze con cui aveva fatto sesso, tipo il miglior tragitto per andare da una parte all'altra di Londra in mezzo al traffico. Sua madre era particolarmente insignificante nel più ampio ordine delle cose.

Poi intuì cosa aveva fatto scattare quel ricordo in lui. Ovvio, era stata Kate. Kate e le sue idee romantiche sull'amore e sul lieto fine. Si preoccupava per lei, davvero. Perché una persona così intelligente, simpatica e carina se ne andava in giro con la testa piena zeppa di idee ridicole? Perché Kate non riusciva a capire che tutte queste fesserie sul principe azzurro l'avrebbero portata a una tremenda delusione, ad avere il cuore spezzato?

Gli si chiuse lo stomaco al solo pensiero. Doveva aprirle gli occhi, doveva proteggerla. Lui sapeva come affrontare tradimenti e fregature, ma non voleva che a scontrarcisi fosse anche Kate. Non sopportava l'idea di stare a guardare senza fare niente.

Il mondo non era popolato da cavalieri senza macchia e senza paura che volevano salvare donzelle in pericolo come Kate. Il mondo era pieno di gente arrabbiata e amareggiata come lui, che pensava solo a se stessa e non voleva salvare proprio nessuno. E anche se uno come lui avesse voluto salvare una come Kate, anche se – nel profondo – Tom era attratto dall'idea di essere il tipo di persona capace di travolgere di passione una donna come Kate e dichiararle amore eterno, non voleva fare e dire un bel niente. Le fantasie andavano benissimo, proprio perché non erano altro che fantasie. Nel regno della fantasia, sua madre non se ne era mai andata. Nel regno della fantasia, lui non odiava se stesso. Il che dimostrava che mucchio di fesserie fosse in realtà il regno della fantasia. Il suo dovere e la sua nobile missione, pensò fra sé e sé aprendo il portone di casa, erano assicurarsi che Kate se ne rendesse conto prima che fosse troppo tardi.

3

«Per l'amor di Dio, Kate, sei in ritardo! Abbiamo a malapena tempo per la riunione.» Era lunedì mattina, dunque la riunione di programmazione settimanale di *Future: Perfect* era in pieno svolgimento. *Future: Perfect* era un reality show che si occupava di ristrutturazione e veniva trasmesso su una tv via cavo in uno spazio pomeridiano. Kate era la stilista d'interni del programma, lavoro che amava e detestava in ugual misura. Lo amava perché per lei ogni ristrutturazione rappresentava una minuscola fiaba in cui un rospo veniva baciato e trasformato in un principe, oppure una Cenerentola veniva strappata dall'anonimato e spedita al ballo. Lo detestava perché il budget era bassissimo e la maggior parte dei suoi colleghi era un vero e proprio incubo. Magda era la direttrice e produttrice del programma (*Future: Perfect* non poteva permettersi due figure distinte) e nutriva tanto interesse per le ristrutturazioni quanto aveva pazienza con i ritardatari.

Kate sorrise raggiante e trovò subito una sedia.

«Presumo che tu abbia già pianificato ogni cosa per la puntata della prossima settimana» proseguì Magda. «Ruoterà tutto intorno alla casa, perciò dicci come vedi i Jones, Kate. Cosa hai intenzione di fare per tenere il pubblico incollato alla schermo?»

Kate tirò fuori un taccuino e spulciò rapidamente i suoi appunti, presa dall'agitazione per lo scoppio di ira di Magda. "La casalinga", borbottò lentamente fra sé. Ovvio. Con cura riguardò le idee che aveva buttato giù. Casalinga angariata, lesse. Amante della casa. Luce calda per i pranzi in famiglia. Rafforzare il matrimonio. In fondo alla pagina c'erano alcuni schizzi disegnati da lei, che rendevano visivamente il «prima» e il «dopo» della cucina. Ogni restauro aveva un tema: in questo caso era tentare di convincere il marito di una casalinga sciatta e trasandata ad accorgersi di nuovo di lei.

Future: Perfect era noto, con grande disappunto da parte di Magda, come il cugino povero di *Extreme Makeover*, anche se era nato prima, dettaglio che lei ricordava a chiunque ogni volta che ne aveva l'opportunità. La missione del programma era piuttosto semplice: ogni settimana una persona o una coppia dovevano essere completamente trasformati dalla troupe. Nuova casa, nuova faccia, nuovi vestiti. Tutto si svolgeva davanti alle telecamere e tutto girava intorno al grande momento della rivelazione, quando la persona o la coppia – noti a coloro che lavoravano nel programma come le vittime – avrebbero ammirato il loro look davanti allo specchio e, se ogni cosa fosse andata per il verso giusto, avrebbero pianto lacrime di gioia. Il guaio era che con il misero budget di *Future: Perfect* le vittime molto spesso non piangevano. In realtà, il massimo che riuscivano a fare era osservare se stessi e la casa con leggera delusione.

Questo probabilmente era il motivo per cui Magda era tanto agitata, decise Kate. Sarah Jones, la vittima della prossima settimana, era stata selezionata con cura, e Magda aveva detto chiaro e tondo che si aspettava grandi cose da quella puntata. Voleva gli spettatori incollati allo schermo.

«Avevo intenzione di ispirarmi allo stile di Cath Kidston» disse con sicurezza Kate. «Tante fantasie a fiori, moderne e non troppo country. Vorrei che fosse sexy in cucina... Vorrei far emergere la sensualità insita nel cucinare, tirar fuori la signora dall'anonimato in cui vive e collocarla al centro del suo piccolo mondo. Magari aggiungere delle sfumature da dominatrice...» Le sfumature da dominatrice non rientravano affatto nei suoi piani, ma all'improvviso Kate si sentì audace.

Magda annuiva come una pazza. «Sfumature da dominatrice? Idea fantastica. Che altro? Forse potremmo convincerla a lasciare quel broccolo di suo marito? Farle conoscere un altro uomo?»

Kate la guardò incredula. «Oppure,» disse «potremmo riaccendere la fiamma del loro matrimonio.» Sorrise folgorata dall'ispirazione che le era appena venuta. «Potremmo concludere la puntata con il rinnovo delle promesse matrimoniali. In cucina, con i figli come paggetti e...»

«Non farmi venire voglia di vomitare. E poi, in televisione, le rotture funzionano molto meglio delle rappacificazioni. Le sfumature da dominatrice vanno benne, facciamo in modo che indossi i tacchi alti. O che colpisca il marito sul sedere con un piumino per spolverare, qualcosa del genere, insomma. Se giriamo una bella scena, magari ci stampano una foto sulla pagina dei programmi televisivi.»

«Lysander potrebbe vestire la signora di latex» disse Kate. «Avremmo ascolti assicurati.»

Lysander era l'esperto di «abbigliamento», anche se lui preferiva essere definito «fashion editor». Magda lo aveva portato via dalla rivista *GQ* appena aveva cominciato a lavorare al programma, quando nutriva l'ambizione di trasferire *Future: Perfect* su un canale terrestre nel giro di un anno. Sarebbe stata una loro creazione, gli aveva detto seria. La tv era decisamente meglio della carta stampata. Lysander sarebbe stato un pazzo a rifiutare.

Questo era successo tre anni prima: il programma non solo non era riuscito a passare su un canale terrestre, ma aveva anche perso lo spazio serale ed era stato infilato nella fascia desolata delle tre del pomeriggio, seguito solo da malati, disoccupati, pensionati e madri esaurite dalla stanchezza, soggetti che non destavano il minimo interesse in Lysander. Nel frattempo i suoi ex colleghi avevano fatto carriera e adesso dirigevano riviste patinate di alto livello. Intervistavano Alexander McQueen e sedevano in prima fila alle sfilate di Parigi, Londra e New York, mentre lui dava consigli a donne sovrappeso spiegando loro come snellire la silhouette indossando capi neri.

Naturalmente loro non lavoravano in televisione, e questa era l'unica cosa a cui Lysander si aggrappava, l'unica cosa che gli rendeva la vita sopportabile. Come sottolineava spesso e volentieri, quando dicevi che lavoravi in televisione, tutti rimanevano impressionati, punto. Anche se era un canale via cavo, anche se era il peggio del peggio. La televisione ti dava prestigio, poteva farti sfondare. Era diventato il suo mantra, e lo ripeteva ogni qual volta leggeva di un ex collega che prendeva le redini di *Vogue* America o si univa alla squadra di John Galliano da Dior. «Sono una celebrità di serie Z» scherzava con modestia, pensando segretamente che apparteneva almeno alla serie D, se non alla C, e consolandosi del fatto che perfino la serie D era meglio di nulla.

Magda lanciò un'occhiata torva a Kate. «Forse ti sfugge che i nostri indici di ascolto sono a un livello vergognoso. E se non migliorano, *Future: Perfect* chiuderà i battenti. Quindi pensiamo a modi costruttivi per migliorare il programma, invece di stroncare le buone idee, okay?»

Kate annuì.

«Forza, Lysander. Cosa hai in mente tu?» continuò Magda sospirando.

Lysander inarcò un sopracciglio. «Immagino di poter fare qualcosa che s'intoni con quella... idea» strascicò le parole, come per suggerire che la proposta di Kate era a malapena degna di essere presa in considerazione. «Stiamo immaginando una via di mezzo fra Bree Van de Kamp e Camilla Parker Bowles? Un po' country, ma con sfumature hot che rimandano a emozioni represse e desiderio sessuale. Insomma, fiorami qua e là, ma blandi, senza che... che...»

«Prendano il sopravvento» suggerì Kate, e Lysander scrollò le spalle.

«Camilla Parker Bowles?» commentò Magda perplessa. «Non mi sembra una dominatrice, piuttosto un'aristocratica.»

«Non preoccuparti» rispose con grazia Lysander. «Ci infileremo del latex, fossero anche solo dei guanti.»

Magda, poco convinta che Camilla Parker Bowles li avrebbe catapultati nell'Olimpo dei programmi di ristrutturazione, si girò verso Gareth, che si occupava di trucco e parrucco ed era l'unico vero amico di Kate sul lavoro.

«Gareth? Hai qualcosa da aggiungere?» domandò con un altro sospiro.

Lui annuì grave, come se gli fosse stato chiesto di spiegare il valore strategico della striscia di Gaza nel processo di pace in Medio Oriente. «Be',» disse dopo una pausa a effetto «è un equilibrio delicato. Un look pratico, ma sexy. Semplice da realizzare da sola, ma abbastanza difficile da costringerla a compiere uno sforzo. Un look diverso abbastanza da indurre suo marito a notare il cambiamento, senza però provocare nessuno shock al sistema. Capite cosa intendo?»

Kate soffocò una risatina. Gareth era l'unico membro dello staff che, come lei, prendeva sul serio le ristrutturazioni – se non di più. Per lui, trucco e capelli erano una questione di vita o di morte. Tutte le volte che aveva un battibecco con Magda, o ancora peggio con Penny, la conduttrice, diceva a Kate: «*Future: Perfect* è un programma che cambia la vita delle persone. Ogni giorno abbiamo sulle nostre spalle questa responsabilità. È un onore, sai. E la gente ci apprezza così tanto…».

«Okay» annuì Magda. Per un attimo era sembrato volesse chiedere a Gareth di cosa diavolo stesse parlando, poi però aveva cambiato idea. «Non abbiamo interventi di chirurgia questa settimana, ma chiameremo Mr Fitness perché prepari per la signora Jones una scheda di esercizi.»

«Usando scatolette prese dalla credenza» intervenne Gareth. «Assicurati che adoperi gli utensili da cucina. "Esercizi che ogni donna può fare tranquillamente a casa…"» Gli si illuminò lo sguardo, mentre Lysander era schifato.

«Geniale!» esclamò Magda. «Ora, dove cavolo è andata a finire Penny?» Lanciò un'occhiata di traverso prima alla porta e poi all'orologio.

Penny Pennington era la conduttrice di *Future: Perfect*, ruolo che Kate pensava le fosse stato assegnato solo per via dell'allitterazione del nome. Be', per questo e per il rapporto intimo che Penny aveva con i tabloid e le riviste di gossip, le cui copertine impreziosiva con una certa frequenza. Negli anni ottanta Penny era stata una bambina prodigio: aveva presentato un programma televisivo e aveva scalato la Top Ten con un singolo mieloso, salvo poi diventare una meteora. Gli anni novanta l'avevano vista impegnata in diverse canzoni (un fiasco dopo l'altro), in una campagna pubblicitaria per un dentifricio sbiancante e, di quando in quando, sulle riviste di gossip – una volta con una notizia davvero scioccante: «Una delle più amate bambine prodigio d'Inghilterra è in riabilitazione per problemi di alcol», un'altra per annunciare che stava per sposare un mago della televisione un tantino più famoso di lei, varie volte nei sei mesi successivi per raccontare che il loro matrimonio era in difficoltà e otto mesi dopo per annunciare che si erano definitivamente lasciati. A farla tornare in auge era stata la sua apparizione in un reality per vip. Era stata eliminata abbastanza presto ma, per i suoi soliti attacchi da ragazzina viziata e l'ostinazione con cui si era rifiutata di affrontare tutte le prove di sopravvivenza, era stata soprannominata Penny Petulante e aveva rilasciato diverse interviste «esclusive».

Future: Perfect era stata l'unica offerta di lavoro che aveva ricevuto, e le assicurava uno stipendio alto abbastanza da coprire l'affitto di un elegante appartamento a Chelsea. Ma Penny si dimostrava sprezzante verso il programma, lo considerava un tappabuchi in attesa che la sua vera carriera decollasse di nuovo.

Subito dopo la battuta di Magda, la porta si spalancò e fece il suo ingresso Penny in persona, gli occhi coperti da occhiali scuri, i capelli biondo platino appiccicati al viso.

«Allora?» esordì, aspettando che un ricercatore si alzasse per farla accomodare. «Su quali schifezze dovrò lavorare questa settimana?»

«A dire il vero, Penny, la prossima puntata sarà abbastanza carina» rispose Magda. «Avremo ospite la donna dell'Essex, te la ricordi?»

Penny sbuffò. «La mangiona?»

«Abbiamo deciso di adottare uno stile country, ma con un pizzico di brio in più» continuò Magda, ignorando la sparata di Penny. «Ci concentreremo sul guardaroba e sull'arredamento... Il nostro modello di riferimento sarà Camilla Parker Bowles.»

Con un gesto plateale Penny sollevò un attimo gli occhiali da sole, lasciando intravedere i suoi occhi azzurri pesantemente truccati, che scioccavano sempre tutti perché non c'entravano niente con il resto della sua figura. Soddisfatta di avere ottenuto la reazione voluta, Penny si rimise gli occhiali sul naso. «Neanche Camilla Parker Bowles giustifica questo genere di mortificazione» commentò con disprezzo. «Immagino che Kate comprerà un paio di strofinacci e Lysander le prenderà una giacca di tweed da due soldi... Come sempre toccherà a me trasformare il tutto in qualcosa che la gente abbia davvero voglia di guardare.» Sospirò e prese il BlackBerry, convinta che nient'altro di interessante avrebbe potuto essere detto durante quella riunione.

Magda sospirò. «Bene, mettiamoci al lavoro per le riprese di questa settimana. Abbiamo il momento della rivelazione dei Moreley da preparare... Gareth, ti voglio a portata di mano nel caso in cui le operazioni al naso siano venute male. Kate, i muratori hanno finito? Dobbiamo avere tutto pronto per mercoledì, okay?»

«Nessun problema» rispose lei, incrociando le dita.

«Perfetto.» Magda distribuì dei fogli di carta. «Oh, Kate, abbiamo ricevuto diverse telefonate dalla signora Jacobs. Quella della puntata sui vecchi successi che abbiamo girato qualche settimana fa. Dev'essere molto scocciata, visto quante volte ha chiamato.»

Kate alzò gli occhi, preoccupata. «Vuoi che la richiami?»

Madga la guardò come se fosse impazzita. «Certo che no! Chiederò agli avvocati di occuparsene.»

«Agli avvocati?»

Magda annuì. «La convinceranno a non citarci per danni. Il programma non può permetterselo, Kate. Quando ti vengono idee esagerate dovresti fermarti a riflettere.»

«Idee esagerate? Solo perché mi piace essere un po' creativa...»

«Fabbricare una grotta in camera?»

«Ma è successo una vita fa!»

«Costruire un letto a quattro piazze in una minuscola villetta a schiera di Birmingham?»

«Ma se erano entusiasti. Hanno detto che era strepitoso.»

«Ascolta, ti sto solo dicendo che non tutti apprezzano sempre i tuoi progetti. Sono sicura che gli avvocati sapranno gestire la faccenda, ma vale la pena ragionarci sopra, okay?»

Kate la fissò dritta negli occhi. «Carole Jacobs ha detto che la ristrutturazione le era piaciuta tanto» esclamò indignata. «Aveva apprezzato moltissimo il modo in cui avevo usato il velo da sposa per creare una tenda per il bagno.»

«Be', faresti bene a parlare con gli avvocati. Non prenderla sul personale, probabilmente quella donna è solo a caccia di soldi.»

«Non l'ho presa sul personale finché non hai detto che i miei progetti non piacciono» bofonchiò Kate.

«Ho detto che non piacciono ad alcune persone» ribatté Magda stizzita. «Ora, per favore, possiamo cominciare a lavorare? Altrimenti non ci saranno più progetti per cui farci denunciare.»

4

«Ha detto che le mie idee le piacevano. Ha approvato i progetti, mi ha aiutato a scegliere i colori... Perché dovrebbe lamentarsi adesso? Insomma, come può lamentarsi se era entusiasta?»

Kate e Gareth erano seduti nel minivan della Footprint Production, di ritorno dalle riprese girate nel pomeriggio in una casa nella zona sud di Londra. Gareth si tappò le orecchie con le mani, sospirò e si girò verso Kate. «Okay, numero uno, cambia disco: sono sette ore che non parli d'altro. Numero due, magari lì per lì le è piaciuto e adesso si è stufata. O forse un cameraman ha rotto uno dei suoi pregiati pezzi di antiquariato senza accorgersene. E numero tre, chi se ne frega, se ne occuperà l'ufficio legale. Lascia perdere, fai finta di non sapere che abbia chiamato.»

«Ma so che ha chiamato. Scommetto che non la penseresti così se avesse telefonato per protestare del taglio di capelli.»

Gareth sorrise. «Nessuno si lamenta mai dei capelli, né del trucco. Faccio miracoli, io. Ho un talento enorme. È una grossa responsabilità, ma uso le mie doti con saggezza.»

Dopo un attimo di silenzio, Kate gli chiese pacata: «Credi che i miei progetti siano esagerati?».

«Eccoci, finalmente. È di questo che ti sei preoccupata tutto il giorno, vero? Lo sapevo.»

«Non hai risposto alla mia domanda.»

«I tuoi progetti mi piacciono tantissimo. Kate, riesci a portare sole e luce in piccole villette a schiera malmesse. Ignora Magda: non riconoscerebbe un vero artista neanche se ce l'avesse sotto il naso. Altrimenti perché avrebbe assunto Penny?»

Kate abbozzò un sorriso. «Neanche Carole Jacobs ha apprezzato il mio lavoro.»

«E quindi? Ti importa davvero quello che pensa la gente?»

«Sì, in realtà, sì.»

«Ah. Be', questo è un problema. Dovresti crearti una corazza più dura.»

«E se non mi riesce?» detestava il tono piagnucoloso che le era trapelato nella voce.

Gareth sorrise con aria beata, le mise un braccio sulle spalle e la guardò dritta negli occhi. «Cambia mestiere. Perché se mi chiedi per l'ennesima volta se secondo me a Carole Jacobs è piaciuta la tua combinazione di colori, ti do un cazzotto, okay?»

Un'ora dopo, quando Kate arrivò a casa, trovò ad aspettarla il libro. Era imballato con carta marrone e spago, ed era sepolto sotto un mucchio di pubblicità che prometteva il miglior curry di Londra, servizi di lavanderia di prima classe, taxi a prezzi bassissimi. Kate però lo notò subito, in parte per via delle dimensioni, in parte perché in un angolino della sua mente si era domandata tutto il giorno come sarebbe stato. Che razza di libro può cambiarti la vita e farti incontrare l'amore... con tanto di garanzia soddisfatti o rimborsati?

Prese il pacchetto e lo portò in cucina, dove bevve un bicchiere d'acqua. Non aveva quasi voglia di aprirlo, non voleva rovinare le attese, le aspettative. Perché, in qualunque caso, il libro sarebbe stato una delusione. Nessun manuale poteva realizzare quello che le aveva promesso C*p1d24.

Giusto?

Visto che la curiosità aumentava, Kate cominciò a scartarlo. Era un volume dalla copertina rigida, piuttosto piccolo – non più di duecento pagine –, ed era proprio come le era sembrato in foto. Con l'unica differenza che adesso ce lo aveva fra le mani. Adesso era suo.

Kate aprì il libro e cominciò a leggere.

Cara lettrice,

per un'inguaribile romantica, il mondo è un luogo di bellezza solenne. E tuttavia, agli occhi di molti, una donna romantica incarna un sogno irrealistico, un'aspirazione, una speranza che non potranno mai essere soddisfatte. A queste persone io dico che essere romantica non significa essere disperata. Essere romantica significa nutrire aspettative alte su se stessi e sugli altri; avere dignità ed essere timida in egual misura; apprezzare la tradizione pur abbracciando le novità; essere audace e determinata, ma aggraziata ed educata allo stesso tempo. Un'inguaribile romantica vede preziose opportunità che molti altri ignorano, e non si arrende né cede mai al cinismo.

Naturalmente una donna romantica non ha bisogno di un manuale che la guidi attraverso i piaceri dell'esistenza. Eppure, una mano è sempre benaccetta. È con questo spirito, mia cara lettrice, che ho scritto Il manuale per inguaribili romantiche, *un libro che spero ti sarà d'aiuto mentre ti tuffi nelle avventure che la vita ti propone, siano esse esotiche ed emozionanti o semplicemente quotidiane e gradevoli. So che ognuna di voi può innamorarsi e si innamorerà, che può trovare l'uomo dei suoi sogni e lo troverà, che può godere e si godrà una vita di felicità, soddisfazione e soprattutto di amore.*

Umilmente vostra,
Elizabeth Stallwood

Kate lesse l'introduzione diverse volte. Elizabeth Stallwood aveva perfettamente ragione. Sì, Kate vedeva preziose opportunità che altri ignoravano. E non si arrendeva né cedeva mai al cinismo. Alla fine aveva trovato qualcuno che la capiva, che guardava il mondo come lei. Qualcuno che non l'avrebbe presa in giro perché desiderava vivere una favola d'amore, né l'avrebbe rimproverata perché creava progetti d'interni che andavano oltre una banale combinazione di colori.

"Tom e Sal rosicate pure", pensò tutta contenta Kate, mentre cominciava a sfogliare i vari capitoli. Era vero, non aveva bisogno di un manuale. Ma non avrebbe certo rifiutato una mano d'aiuto che le veniva offerta.

5

♡

APRIRE LA PORTA ALLE OPPORTUNITÀ

Sogniamo tutte di incontrare il nostro futuro marito e sappiamo tutte cosa faremo quando accadrà. Ci prepariamo per quel giorno, tenendo la nostra figura in ordine e comprando un abito che ci doni particolarmente. Ci diciamo che lui non avrà alcuna possibilità di sottrarsi al nostro fascino, che saremo argute, seducenti e provocanti. Immaginiamo i piatti che gli cucineremo e ci esercitiamo a prepararli, davanti allo specchio proviamo il sorriso che sfoggeremo per dargli il benvenuto quando tornerà a casa dopo una giornata di lavoro impegnativa.

Eppure, cosa facciamo per incontrarlo? Gettiamo in lungo e in largo le nostre reti quando cerchiamo di catturare un compagno? Prendiamo regolarmente una strada diversa per andare al lavoro o visitiamo una galleria d'arte appena inaugurata? Rimaniamo aperte a tutte le opportunità?

Purtroppo no. Ci chiudiamo nella routine; diciamo di no a cose o persone che non conosciamo. In breve, ogni giorno limitiamo le nostre possibilità di incontrare il vero amore. Le calze giuste e il rossetto rosso fuoco all'ultima moda non serviranno a niente se vi lasciate sfuggire l'uomo dei vostri sogni perché rimanete incastrate nelle abitudini di sempre.

Quindi, mie care lettrici, vi propongo un cambiamento. Fate qualcosa di diverso oggi. Prendete una strada diversa per andare al supermercato; comprate un taglio di carne diverso. Osate, accettare gli inviti che prima avreste rifiutato.

Forse in questo modo incontrerete il vostro futuro marito, forse no. Ma in entrambi i casi, portando un po' di aria nuova nella vostra vita, comincerete a osservare il mondo con occhi differenti. Vi lascerete incantare di nuovo da cose che adesso date per scontate. Vi accorgerete che la bellezza non è mai lontana dalla vostra porta. E scoprirete che anche nelle piccole cose della vita – fondamentali tanto quanto le grandi – esiste un lato romantico.

Se rimarrete attaccate solo a ciò che conoscete, non avrete niente di più. E a meno che i vostri sogni romantici non si siano già avverati, è improbabile che ciò che conoscete adesso vi soddisferà mai un domani.

Mentre sfogliava le pagine del *Manuale per inguaribili romantiche*, Kate sgranocchiava fiocchi d'avena. Quando arrivò alla fine del primo capitolo, inserì un segnalibro, terminò i cereali e mise la ciotola nella lavastoviglie. "Fa' qualcosa di diverso oggi", rimuginava fra sé. "Fa' qualcosa di diverso."

Non che avesse intenzione di seguire il libro alla lettera. Dopo tutto era un manuale scritto per donne le cui attività quotidiane si limitavano a una capatina al supermercato e ad accogliere il marito dopo una giornata di lavoro in ufficio. Era un volume incredibilmente superato e davvero molto sciovinista.

Eppure, pensava Kate andando in bagno e cominciando a lavarsi i denti, quando era stata l'ultima volta che aveva fatto qualcosa di diverso dal solito?

Lo speed dating era stata un'esperienza diversa. Diversa e orribile. Diversa e deprimente.

Ma forse era il tipo sbagliato di esperienza diversa. Forse

Elizabeth Stallwood intendeva dire che si dovevano percorrere strade nuove, o scegliere cose che di norma si eviterebbero. Come il bungee jumping (per Kate starsene appesi a un elastico che ciondola da un ponte era una delle idee più terrificanti al mondo, preferibile solo a un lancio con il paracadute). O il nuoto (sport abbastanza divertente, peccato che il cloro le rovinasse i colpi di sole). Forse avrebbe dovuto iscriversi a qualche corso serale, o prendere l'autobus invece della metro per andare al lavoro. Forse l'uomo dei suoi sogni, in questo preciso istante, la stava aspettando alla fermata dell'autobus, sperando con tutto se stesso che lei apparisse nella sua vita...

Mentre si massaggiava la crema idratante sul viso, Kate sospirò. O forse no. Oggi «andare al lavoro» significava arrivare nella zona sud di Londra, il che avrebbe voluto dire un lungo tragitto in autobus schiacciata accanto a una donna e ai suoi cinque marmocchi scalmanati, circondati da un vago e costante puzzo di pipì.

Eppure, sarebbe stato un cambiamento rispetto alla metropolitana, dove comunque non c'era spazio per muoversi e il puzzo era quello delle ascelle dei vicini.

Si guardò allo specchio del bagno: se voleva che la sua vita decollasse, avrebbe dovuto attivarsi. Come diceva Elizabeth Stallwood, doveva cambiare lei per prima, altrimenti la sua vita non sarebbe cambiata. Ma se lei fosse cambiata... be' chissà cosa sarebbe successo. Bene, pensò. Oggi avrebbe fatto le cose in modo differente. Oggi avrebbe detto sì invece che no, e avrebbe preso la strada meno battuta.

Oggi avrebbe smesso di sognare e iniziato ad agire.

Prese la borsa, si infilò il cappotto, uscì di casa e si diresse alla fermata dell'autobus.

«Cosa diavolo ti è successo?»

Kate guardò in cagnesco Gareth. «Ho preso l'autobus.»

Lui la fissò, in attesa di una spiegazione.

«Pioveva» continuò Kate, togliendosi il cappotto che appese tutto gocciolante all'attaccapanni di casa Moreley. «E sono passati due autobus, ma erano pieni di gente, per cui non potevo salire. Allora ho preso una linea diversa, ma non mi sono accorta che si fermava a Clapham Junction. L'autista mi ha detto che avrei dovuto cambiare per arrivare a Dulwich. E così ho fatto, ma l'autobus dopo era di nuovo pieno...»

«E come mai hai preso l'autobus?»

Kate si osservò sconsolata allo specchio dell'ingresso. Aveva i capelli appiccicati al viso e il mascara che le colava lungo le guance.

«Così, tanto per cambiare» rispose, maledicendo Elizabeth Stallwood e ripromettendosi che non avrebbe letto neanche un'altra parola di quello stupido manuale.

«Splendido» commentò Gareth perplesso. «In ogni caso, Magda ti sta cercando. Penny vuole filmare il momento della rivelazione stamattina.»

«Stamattina?» Kate lo fissò scioccata. «Ma è impossibile. Era in programma per domani. Magda ha detto che sarebbe stato domani.»

Gareth scrollò le spalle. «Meglio affrontare il discorso con sua signoria» disse. «E, a proposito, parli del diavolo...»

Kate si girò e vide Magda correrle incontro.

«Kate. Dobbiamo anticipare le riprese a oggi. Non discutere, prepara tutto e basta, okay?»

«Non ce la faccio, è impossibile! Non è pronto niente. Dobbiamo ancora dipingere le pareti, attaccare la carta da parati... non c'è verso...»

«Ti ho detto di non discutere» la interruppe Magda, sollevando gli occhi dal suo blocco di appunti, e Kate si sentì sprofondare. «Non voglio sentire la minima... Che cavolo! Cosa ti è successo?»

Kate fece una smorfia. «Piove. Ho aspettato un autobus. Diversi autobus, in effetti.»

«Hai un'aria terribile!» esclamò Magda, guardandola come fosse uno strano animale feroce a cui non voleva avvicinarsi troppo.

«Sì, è vero.»

«Non puoi andare davanti alle telecamere in questo stato. Neanche per sogno. Oh, cavolo. Dov'è Lysander? Magari oggi possiamo occuparci dei vestiti. Okay, rimandiamo le tue cose a domani. Gareth, dove è Lysander? Digli che lo voglio qui, subito.»

Magda se ne andò tutta impettita in cucina, e Kate sospirò per il sollievo. Salvata dall'autobus. O meglio, dalla mancanza di un autobus.

«Qualcuno oggi è fortunato» insinuò Gareth malizioso. «Avresti potuto passare dei guai.»

«Trovami un phon e basta» rispose Kate con un sorrisetto, dirigendosi verso il salotto dei Moreley. "Elizabeth Stallwood, ti ho già perdonato tutto" borbottò fra sé. "Ecco il bello di fare le cose in modo differente."

Appena arrivò in salotto, Kate si rese conto che le cose non andavano per il verso giusto. La settimana prima avevano deciso che il momento della rivelazione sarebbe stato in salotto e non in camera da letto, dove Kate aveva concentrato tutti i suoi sforzi. Visto che non era riuscita a convincere lo staff a rimanere fedeli al progetto originario, aveva a malincuore escogitato un piano B: eliminare in fretta e furia la carta da parati sopra il camino del salotto, attaccarne della nuova bianca e dipingerla di quel bel mattone chiaro che aveva usato in camera. Aveva spiegato con cura al suo muratore di fiducia, Phil, quello che voleva, e lui aveva passato tutto il pomeriggio del giorno prima a realizzarlo.

A nessuno dei due, però, era minimamente passato per la testa che non appena Phil avesse cominciato a staccare dal muro la carta da parati, sarebbero venuti via anche grossi pezzi di intonaco.

«Bisogna toglierlo tutto e intonacare di nuovo la parete» disse Phil con un sospiro quando arrivò Kate, i capelli avvolti in un asciugamano.

Lei lo guardò scioccata. Magda, che si era materializzata dal nulla, scoppiò a ridere.

«Intonacare? Lei è pazzo! Giriamo domani. Kate, diglielo tu. Nessuna intonacatura, dovrà nascondere i buchi in qualche modo.»

Kate si morse le labbra. Magda aveva ragione. Non c'era tempo per intonacare la parete. Ma come potevano nascondere un muro così rovinato? Come faceva Magda a lavorare in questo modo? Era per motivi simili che le varie Carole Jacobs minacciavano di querelarla.

Magda uscì dalla stanza, e Kate guardò Phil disperata.

«Non ci sono altre soluzioni?» lo supplicò. «Qualche trucco del mestiere?»

Phil scosse la testa avvilito, come succedeva tutte le volte che le riprese avevano la precedenza sull'esecuzione dei lavori. Era stata necessaria una lunga opera di convincimento per indurlo a lavorare a *Future: Perfect*. All'epoca aveva spiegato a Kate che lui era una persona semplice: amava il suo mestiere e non appena avesse avuto abbastanza soldi in banca, si sarebbe trasferito con sua moglie in Spagna, dove il sole brillava sempre e il vino era ottimo. Lavorare con un mucchio di «gente della tv» nevrotica, come lui definiva Penny, Magda, la troupe e i galoppini annessi e connessi, e non fare mai niente per bene non gli piaceva proprio. Anche Kate detestava raffazzonare le cose, e con Magda aveva già avuto un'infinità di discussioni accanite sull'argomento, senza purtroppo ottenere il minimo risultato. Ai suoi occhi era importante quello che vedevano le telecamere, il resto poteva andare al diavolo. Oppure no, a seconda del caso.

«La carta da parati non rimane attaccata» disse Phil con un tono di voce monocorde. «Guarda l'intonaco. O meglio, i buchi sull'intonaco.»

Kate osservò il muro su cui la carta da parati color oro e rosa dei Moreley pendeva desolata, con grossi pezzi di intonaco appiccicati sopra. Phil aveva ragione: non poteva stendere la carta da parati, né tanto meno dipingerla. Non c'era verso di rimediare a quel pasticcio nel giro di ventiquattr'ore.

«Phil, dobbiamo fare qualcosa.» Kate cominciò a sentire delle gocce di sudore scenderle lungo la schiena. «Potremmo girare dietro il divano, così la zona scrostata non si vede.»

«E su cosa applichiamo la nuova carta da parati? Partiamo da metà muro e arriviamo in fondo? Ma dai!»

In quel momento, Magda rientrò come un ciclone in salotto. «Forza, forza. Per quale motivo siete con le mani in mano?»

Kate respirò a fondo. «Bisogna rimandare le riprese. Non ho avuto abbastanza tempo per lavorare al progetto, ed è necessario intonacare il muro... guarda là. Dobbiamo girare giovedì.»

Magda rise. «Stai scherzando, vero? Sarà meglio per te. Si gira domani. La troupe sarà qui domani. Giovedì saremo diretti a casa di Sarah Jones per trasformarla in una casalinga dominatrice. Capito?»

«Ma guarda le pareti!» la supplicò Kate. «Quelle della camera da letto sono bellissime, ma queste... be'... queste sono orribili.»

«E allora coprile. Forza, Kate. Phil, ha mai sentito parlare della sparapunti?»

Kate vide il muratore trasalire. Per lui le sparapunti erano quanto di peggio si potesse immaginare. «Se usiamo la sparapunti, la carta da parati rimarrà su un paio di giorni e poi cadrà di nuovo » disse Phil senza tanti giri di parole.

«Ma a quel punto avremo già finito le riprese» commentò Magda con un sorriso splendente e se ne andò, lasciando Kate a guardarla in cagnesco. Come poteva portare l'amore nella sua vita quando andava sempre così di corsa? Non c'era da meravigliarsi che Carole Jacobs volesse querelarla.

«Devo usare la sparapunti sulla vecchia carta da parati con l'intonaco che si stacca dal muro?» Phil aveva un'espressione vacua.

«Non abbiamo alternativa» rispose con un filo di voce Kate, guardandolo gironzolare per la stanza.

Ma oggi non era il giorno in cui doveva agire in modo diverso? Un'alternativa c'è sempre, no? «Phil» disse.

«Vuoi che usi un po' di nastro biadesivo eccetera?»

Kate scosse la testa. «Sotto l'intonaco, sai se è a mattone?»

Phil annuì. «Sì.»

Un sorriso affiorò sulle labbra di Kate non appena realizzò che una soluzione c'era, dopo tutto. «Allora riportiamo la parete a mattone, a nudo. E poi dipingiamo i mattoni invece dell'intonaco.»

«I mattoni? Sei sicura?»

«Sarà il pezzo forte del salotto!» esclamò Kate entusiasta.

«Sarà fantastico, me lo sento. Darà un tocco di calore alla stanza, svelerà un pizzico di storia della casa. Guardando la parete, i Moreley penseranno a tutte le cose che quei mattoni hanno visto.»

«Credi che gli piacerà?»

Kate corrugò la fronte, tornando con i piedi per terra. «Certo. Preferisci forse utilizzare la sparapunti?»

«Vada per i mattoni» rispose Phil, gli occhi scintillanti. «Te lo devo proprio dire, con te nei paraggi non ci si annoia mai.» E uscì mentre entrava Gareth.

«Riportiamo la parete a mattone» disse Kate.

«Non fa un po' anni ottanta?» chiese lui, inarcando un sopracciglio.

«No, è molto attuale. Fa molto loft, a dire il vero» rispose Kate sulla difensiva.

«Esatto. Solo che non siamo in un loft, giusto?»

Il sorriso speranzoso di Kate scomparve. «Pensavo fosse... una cosa diversa. Sai.»

«Ah, già, me ne ero scordato. Oggi fai cose "diverse". Allora, ti va di uscire appena finiamo qui?»

«Conosci le mie regole. Niente socializzazioni dopo il lavoro né lunedì né martedì» rispose decisa, poi però incrociò lo sguardo tagliente di Gareth. «Beccata! Okay, sì. Un drink è una buona idea.»

«Be', in effetti, anche prestarmi dei soldi sarebbe una cosa diversa da fare» disse lui sorridendo.

«Ho detto cose diverse, non folli. Non tirare troppo la corda.»

«Allora,» esordì Gareth alcune ore dopo «non mi hai raccontato come è andato lo speed dating. Hai ricevuto molti numeri di telefono?»

Si trovavano in un bar vicino agli uffici della Footprint Production, ad Acton, una zona di Londra un tempo famosa per i suoi enormi quartieri popolari, e che adesso si stava lentamente trasformando in zona residenziale.

Kate fece una smorfia. «Sono riuscita a cancellarlo dalla memoria. È stato tremendo, un'esperienza da non ripetere.»

«Non hai risposto bene alla domanda sull'animale, ho indovinato?»

«Sai della domanda sull'animale?» chiese lei corrugando la fronte.

«Ma va'?» Il tono di Gareth era incredulo. «La conoscono tutti. Se non rispondi perfettamente, sei rovinato.»

«Grazie per avermi avvertito» rispose Kate arrabbiata.

Gareth scrollò le spalle. «Cosa hai risposto? Un animale carino e peloso?»

«Un delfino, a dire il vero.»

«Oh mio Dio!» esclamò lui imbarazzato.

«È carino!»

«È un pesce. Nessun vuole farsi un pesce.»

«È un mammifero, non un pesce. E comunque non importa, perché non c'era nessuno che fosse nemmeno lontanamente interessante» disse Kate, desiderosa di cambiare discorso.

Gareth annuì, facendo finta di essere comprensivo. «Nessuno ti ha chiesto il numero, giusto?»

«Sì, qualcuno sì. Be', uno soltanto.»

«Uno su quanti?»

«Ventiquattro.»

«Ahi, ahi. Adesso capisco perché vuoi fare le cose in modo diverso. Uno su ventiquattro è deprimente. Poverina!»

«Non sono una poverina» ribatté Kate irritata. «E non voglio conoscere un uomo con lo speed dating. Se deve accadere, accadrà.»

«Dici così adesso, ma aspetta qualche anno ancora e ti ritroverai ad andare agli incontri di speed dating tutte le sere. Insomma, le cose non ti vanno poi tanto bene, giusto?»

«E invece sì» esclamò Kate indignata. «Vanno benissimo. Ci sono milioni di uomini là fuori. E io ne voglio uno solo. Da qualche parte ci sarà l'uomo perfetto per me.»

«È qui che sbagli. Non esiste l'uomo perfetto. Devi mirare all'ottanta per cento, ottantacinque al massimo, e hai già ottenuto un buon risultato.»

«L'ottanta per cento? Che significa?»

«Significa» rispose Gareth con studiata pazienza «che devi affrontare la ricerca come... come se stessi acquistando un paio di scarpe. La perfezione non esiste, quindi devi decidere su cosa fare il venti per cento di compromesso: il colore, la qualità della pelle, il taglio, la calzata, la forma del tacco...»

«Io non voglio scendere a compromessi» bofonchiò Kate. «Non li accetto.»

«Tutti li accettano» ribatté Gareth esasperato. «Tutti!»

«No, non è vero. Perché se tutti cedessero ai compromessi, allora che senso avrebbe l'amore? Se l'unica possibilità è avere l'ottanta per cento di felicità, perché non accontentarsi anche del settantacinque, o del settanta? Perché non sposare la prima persona che incontri sperando che vada bene? E se poi ti tradisce o ti lascia per un'altra, be', cosa vuoi che sia. Insomma, perché non rinunciare definitivamente all'amore?»

Kate era esaltata, e Gareth si ritrasse un po'. «Bene» disse alzando le mani in segno di resa. «Come credi.»

«Scusa. È che... è che desidero di più.»

«Non scusarti, hai ragione tu.» Gareth annuì con aria saggia. «Allora, dai, cosa cerchi? Come dev'essere l'uomo giusto per te?»

Kate si appoggiò allo schienale della sedia per pensarci. «Be'... dev'essere molto bello, intelligente, gentile e...»

Le parole le morirono sulle labbra non appena fissò lo sguardo sul barista e notò che le stava sorridendo. Kate arrossì. Lui era molto bello: alto, abbronzato, con i capelli biondi corti e un sorriso strepitoso.

«... e innamorato pazzo di me» concluse, costringendosi a guardare di nuovo Gareth, che le lanciò un'occhiata inquisitoria.

«Pensi che un uomo del genere arriverà come d'incanto nella tua vita? Be', se salta fuori, dimmelo! Mi piacerebbe uscire con suo fratello. Perché non vai a prendere un altro drink?»

Kate trasalì. «Un drink?» Significava andare al bancone. Adesso che il barista le aveva sorriso, avrebbe pensato che era una scusa per parlargli. «Certo, cosa vuoi?»

«Un Radler, grazie» disse Gareth porgendole il bicchiere. «E delle noccioline. O patatine. Vedi se hanno quelle light.»

Kate si morse le labbra e si incamminò verso il bancone.

«Ehi, come va?»

Il barista era americano. Ed era ancora più bello visto da vicino: aveva degli splendidi occhi marroni, lunghe sopracciglia e la mandibola più squadrata che avesse mai visto. Kate rimase senza fiato.

«Bene, grazie» rispose, facendo del suo meglio per apparire impassibile. «Vorrei un Radler e un bicchiere di pinot grigio.»

«Okay. Ma se il vino è per te, posso suggerirti uno chardonnay piuttosto? È californiano ed è ottimo.»

«Perché no? Uno chardonnay è perfetto, grazie.»

«Non c'è di che.» Lui sorrise e lei arrossì di nuovo. «Vivi in zona?» le chiese.

Kate scosse la testa. «Lavoro da queste parti. Anche se abito abbastanza vicino. Shepherd's Bush, Hammersmith. Sai...»

«In realtà, no. Sono arrivato in città da poco. Non conosco niente e nessuno.»

«No? E allora perché sei qui? Insomma, come mai sei venuto a Londra?»

«Sono un attore» rispose lui, mettendole i bicchieri davanti. «Di Los Angeles. Vorrei lavorare qui.»

«Wow. Fantastico!»

«E tu cosa fai?»

«Lavoro in tv» rispose Kate senza troppa convinzione. «Gli uffici della mia compagnia di produzione sono proprio in fondo alla strada.»

«In tv? Be', molto interessante» disse il barista, gli occhi scintillanti. «Sono cinque sterline e venti per i drink, fra parentesi. E io mi chiamo Joe.»

Lei rovistò nel portafoglio. «Ecco i soldi. Io sono Kate.»

«Piacere, Kate» disse Joe sorridendo.

«Piacere mio» rispose lei imbarazzata. Joe. Joe, l'attore di Los Angeles. Joe, l'attore stupendo di Los Angeles, con un sorriso che avrebbe fatto svenire chiunque. E Gareth dubitava che un uomo come quello potesse entrare nella sua vita? Okay, era stata lei ad andare da lui, ma adesso erano tutti e due lì, no?

«Magari ci rivediamo» disse Joe, sempre sorridendo.

Kate annuì. «Spero di sì.»

«Sarebbe più semplice se mi dessi il tuo numero.»

«Vuoi... vuoi il mio numero?»

«Non vuoi darmelo?»

«No! Cioè, sì. Cioè...» Kate tirò fuori un biglietto da visita. «Questo è il mio cellulare» disse in fretta e furia. «Se ti va... be', mi trovi in qualsiasi momento.»

«In qualsiasi momento, eh? Mi sembra una proposta niente male.»

Kate accennò un sorriso e, afferrando i bicchieri, tornò al tavolo.

«Ci hai messo un bel po'» esclamò Gareth. «Cosa hai fatto? Volevi rimorchiare il barista?»

Kate sorrise enigmatica.

«Beccata! Oh oh, fammi un po' vedere.» La spinse di lato per avere una prospettiva migliore, e rimase a bocca aperta. «Be', capisco perché tu te la sia presa comoda. Molto attraente. Magari dopo vediamo di recuperare il suo numero di telefono.»

«Ha già il mio.» Kate avrebbe preferito non dirlo a voce alta per paura che portasse iella.

«Gli hai lasciato il tuo numero?»

«Me lo ha chiesto lui.»

Gareth scosse la testa incredulo. «Così, su due piedi. Tu vai al bancone e lui...» Sollevò lo sguardo e poi sorrise tutto contento. «Buon per te. Sono stupito. Insomma, okay, è solo un barista, ma è comunque un bel pezzo di ragazzo, no?»

«È un attore» ribatté Kate. «Di Los Angeles.»

Gareth le lanciò un'occhiata guardinga. «Non è vero!»

«E invece sì!»

«Kate Hetherington, ritiro tutto quello che ho detto: non è vero che l'universo cospira contro di te. Se riesci a trovare un Adone come lui in una bettola come questa, allora c'è speranza per tutti. In ogni caso, prima ero serio.»

«A proposito di cosa?»

«A proposito del fatto che voglio uscire con suo fratello. Per farlo, mi sta bene anche andare a Los Angeles.»

6

DIFFONDERE GIOIA

Un'inguaribile romantica osserva il mondo in modo diverso dalle altre persone. Nota la bellezza ovunque, vede opportunità in tutto ed è sempre ottimista riguardo agli effetti delle proprie azioni.

È questo il motivo per cui provi fastidio quando coloro che non condividono la tua visione solare della vita esprimono commenti caustici su di essa o sostengono che il tuo è un ottimismo malriposto. Si tratta di persone ciniche – anche se probabilmente si definirebbero «realiste» – che preferiscono non ammirare la bellezza perché richiederebbe loro troppo impegno. Guardare al mondo come a un luogo meraviglioso ci carica sulle spalle l'onere di mantenere la sua meraviglia, di contribuire alla sua bellezza con generosità e sollecitudine. Un'inguaribile romantica pensa sempre agli altri, mentre le persone ciniche badano solo a se stesse.

Ma non basta evitarle. Sarebbe da irresponsabili, anche perché nascosto nel profondo di molti di loro c'è un'anima romantica che desidera uscire allo scoperto. Se dovessimo fuggire tutti i cinici di questo mondo, ci ritroveremmo davvero sole, perché essi sono almeno dieci volte più numerosi di noi.

E allora abbracciamoli. Affrontiamoli. Sfidiamoli. Non con parole amare e discussioni, ma dando prova dell'esistenza della bellezza, del calore, dell'affetto. Cercate la bellezza in ogni cosa e mostratela agli altri. Ricordate quanto sono meravigliose la natura e la vita, per assicurarvi di non cadere sotto l'influsso dei cinici. E se tutti i vostri tentativi falliscono, non demordete e non lasciatevi scoraggiare. Semplicemente dite a voi stesse che i tempi per loro non sono ancora maturi, e pensate a loro con animo gentile. Perché se veniamo trattati con gentilezza, impariamo a nostra volta a essere gentili...

Mercoledì mattina era il giorno delle riprese, ovvero quello più frenetico di tutta la settimana, perché erano tutti sotto pressione – anche se ogni cosa era a posto – e Magda sbraitava ordini a destra e a manca. Oggi però, aveva deciso Kate, le cose sarebbero andate in modo diverso. La parete di mattoni dipinta era favolosa, l'intonaco non cadeva più a pezzi ed erano in anticipo sui tempi, cosa praticamente inconcepibile. Lei e Phil passarono la mattina a sgombrare il salotto dai calcinacci e, prima dell'ora di pranzo, Kate stava ammirando con soddisfazione il lavoro svolto. Sentiva la gioia fiorirle dentro, la assaporava e aveva anche l'intenzione di diffonderla. Intenzione che svanì non appena vide Penny avanzare di gran carriera verso di lei.

«Ciao, Kate! Bello che qualcuno abbia il tempo di starsene in giro con le mani in mano! Ascolta, occupiamoci del copione. E cerca di non farmi incavolare perché non sono dell'umore adatto. Chiaro?»

Kate annuì, cercando di sorridere. Voleva diffondere la gioia, ma essere affabile con Penny era un errore a priori, come essere gentile con una vespa che stava per pungere qualcuno o aiutare un cacciatore ad arpionare un tenero cucciolo di foca.

«Dai, forza» disse Penny spazientita. «Andiamo in cucina, okay? Lì avremo un po' di calma.»

Penny indossava già gli abiti di scena, ovvero un paio di pantaloni stretti di pelle, un pullover vaporoso a maniche corte dello stesso colore dei capelli, e un paio di tronchetti alla caviglia tacco dodici. Aveva la faccia incrostata di trucco e il suo caratteristico rossetto rosso aveva già cominciato a sbavare sulle rughe intorno alla bocca. Su qualsiasi altra persona, Kate le avrebbe definite rughe del sorriso, ma su Penny era impossibile.

Dopo aver fatto sloggiare Lysander e Gareth dal tavolo della cucina ed essersi accomodata, Penny si girò e sorrise a Kate. «Cara,» esordì con dolcezza, e Kate si sentì morire. Penny ti chiamava «cara» solo quando era di umore pessimo. Usava la tattica del poliziotto buono e di quello cattivo negli interrogatori, anche se in questo caso interpretava tutti e due i ruoli. E la parte della poliziotta buona non le riusciva granché bene.

Se Penny avesse già fatto parte della troupe quando Kate aveva inoltrato il curriculum per quel posto di lavoro, probabilmente non lo avrebbe accettato. A quei tempi lei era un libero professionista, e aveva arredato la casa dell'amico di un amico dell'amministratore delegato della Footprint. All'epoca *Future: Perfect* era solo un'idea, la compagnia di produzione stava ancora definendo il format, e lei era stata coinvolta per sviluppare il progetto di un programma di ristrutturazione che si occupasse non solo dell'arredamento, ma anche del guardaroba e del benessere fisico: un'operazione di restauro a tutto tondo per gente che si era lasciata andare al trantran quotidiano.

Era stato divertente, e anche un bel cambiamento rispetto al lavoro di designer per clienti ricchi e complicati a cui era abituata, clienti che cambiavano idea ogni cinque minuti ed erano convinti fosse assolutamente ragionevole chiederle di passare a ritirare gli abiti in lavanderia quando la governante era a casa malata. Kate aveva potuto indulgere a tutte le sue fantasie romantiche, facendo avverare i sogni della gente comune e trasformando la loro monotonia in qualcosa di esotico e meraviglioso (o meglio, esotico e meraviglioso quanto era possibile con un budget di settecentocinquanta sterline): era cosa risaputa che lei e Gareth si mettevano a piangere quando un'operazione di restauro veniva particolarmente bene.

Naturalmente questo accadeva prima che arrivassero Magda e Penny, e prima che in tv comparissero così tanti programmi del genere che era impossibile cambiare canale senza vedere qualcuno a cui veniva detto cosa non doveva indossare, cosa non doveva mangiare o quanta attività fisica doveva invece fare. All'inizio *Future: Perfect* era presentato da Bunny Rider, un'ex conduttrice di programmi per ragazzi tonda e affettuosa. I produttori avevano pensato che le casalinghe sarebbero entrate in sintonia con lei. Poi però Magda si era unita alla squadra e aveva assunto il ruolo di produttrice/direttrice, nutrendo grosse ambizioni per il programma. Nel giro di un mese Bunny era stata buttata fuori, insieme a gran parte dello staff, ed erano stati tirati dentro Penny e Lysander. Kate non era stata licenziata – perché, credeva lei, Magda era a conoscenza del ruolo svolto dall'amministratore delegato nella sua assunzione – ma sapeva, come sapevano tutti (soprattutto perché Magda lo ripeteva di continuo), che la celebrità era Penny. Di loro si poteva fare a meno, di Penny no.

«Guardiamo un attimo cosa c'è scritto qui, okay?» continuò Penny, tirando fuori il copione da una Birkin falsa che lei dava a intendere fosse originale, nonostante le cuciture malfatte. Come sempre, non poté fare a meno di notare Kate, il copione era ricoperto di segni rossi. «Cara,» disse Penny con il suo tipico tono condiscendente «io ero convinta che per i Moreley l'idea fosse quella di un nuovo inizio. Sai, buttarsi il passato alle spalle, una cosa del genere.»

Kate annuì pacata. «Esatto.» "Sii gentile", pensò. "Diffondi la gioia."

«Perfetto!» esclamò Penny sollevata. «Quindi dipingerai di nuovo le pareti, giusto? Insomma, non scherziamo: sembrano merda. Letteralmente merda. Perché mai, cara Kate, qualcuno vorrebbe avere i muri del proprio salotto colore delle feci?»

Kate la fissò. Colore delle feci. Okay, questa non se l'aspettava. «Scusami?» disse fremente d'indignazione. «Cosa vuoi dire?»

«Voglio dire, cara, che le pareti sono color merda e non mi fanno sentire a mio agio. A essere sincera, sono stupita che tu lo sia.» Mentre scuoteva la testa per sottolineare quanto fosse disgustata, Penny aveva uno sguardo freddo. Kate socchiuse gli occhi. Al diavolo la gentilezza. *Il manuale per inguaribili romantiche* non diceva anche che si dovevano affrontare e sfidare i cinici? Questo poteva farlo.

«Non è color merda» ribatté, tentando di mantenere un tono di voce ragionevole. «È più caffè macchiato con sfumature rosa. È un colore ottocentesco autentico, rivisto però in chiave moderna – è molto attuale, in effetti –, un vero e proprio colore del terzo millennio. Ho scelto i toni rosati per i rivestimenti del divano e delle poltrone in modo da rendere il tappeto rosa... be', un po' meno anni ottanta.» La diffidenza di Kate scemava a mano a mano che in lei si risvegliava l'entusiasmo per i colori, l'arredamento, il design. «È moderno e riposante. Trasporta la casa in una dimensione diversa rispetto al chintz anni ottanta e ai tocchi in finto stile edoardiano che c'erano prima, senza perdere la... l'atmosfera specifica del luogo.» Vedendo l'espressione gelida di Penny, Kate balbettò.

«Allora, fammi capire bene. Dovrei stare seduta su un divano coperto da un telo color merda, davanti a pareti color merda, e parlare con i signori Moreley della vita entusiasmante che li aspetta? Mi dispiace, ma non riesco proprio a immaginarmelo. E cosa diavolo è questo? Dimmi, cosa è?»

Stava indicando il nome della vernice evidenziata sul copione: «salmone morto».

«È un prodotto della Farrow & Ball» rispose Kate pacata. «Questo colore si chiama così.»

«Salmone morto, ovvio. Be', anche se vendono vernici fetide hanno senso dell'umorismo!» Per un attimo rise della sua battuta poi, notando che Kate non rideva, smise di colpo. «Allora, cara, concludendo, quali sono i ritocchi che hai intenzione di apportare per ravvivare un po' il tutto? Perché, te lo dico chiaramente, non c'è verso che segua questo copione. Se fossi i Moreley ti querelerei, come ha fatto l'altra donna che a quanto pare hai scioccato. Ma, per mia fortuna, io non devo far ricorso a un programma televisivo per ristrutturare casa mia gratis. Io posso permettermi dei veri interior designer. Non che ne abbia bisogno, perché ho anche buon gusto, il punto è che non credo abbiamo mai lavorato al meglio, qui. Nel settore arredamento, intendo. Mi capisci?»

«Il punto è, Penny,» rispose Kate, imponendosi di apparire forte seppur tradita dalla voce leggermente tremula «che sono io la responsabile dell'interior design. So quello che faccio. E ti posso assicurare che il salmone morto è un colore fantastico, e funziona benissimo nel salotto dei Moreley. Inoltre, Magda ha approvato le tavole di stile. Per cui forse dovresti parlarne con lei.»

Le labbra di Penny si contrassero in un sorriso. «Buffo» commentò velenosa. «Stavo per suggerirti la stessa cosa.»

E se ne andò, i pantaloni di pelle che frusciavano a ogni passo.

«Okay, cinque minuti, ragazzi.»

Magda apparve in salotto seguita da due cameraman. «Mettetevi là... voglio le loro facce in primo piano quando entrano. Useremo quello specchio per il momento della rivelazione dei nasi, e – se c'è tempo – potete fare una carrellata della stanza adesso. Dov'è Gareth? Dovrà essere pronto a intervenire nel caso siano necessari dei ritocchi.»

«È con Penny» si affrettò a rispondere Nick. «Ha detto che aveva bisogno di più fard. Per via dello... dello sfondo marrone.»

Esitò prima di dire marrone, e Kate sapeva bene qual era il termine che Penny aveva effettivamente usato.

«Perfetto, fallo venire subito qui. E anche Penny. Ora, Kate... a proposito di questo colore...»

Kate sollevò lo sguardo con aria di sfida. «È un bel colore» disse. «Ed è troppo tardi ormai...»

Magda annuì. «Senti, non me ne importa un cavolo se si chiama trota morta o elefante defunto. Ma Penny si è fissata e...»

Prima che riuscisse a finire la frase, Penny entrò nella stanza, accompagnata da una nuvola di cipria e lacca. Teneva stretti due cuscini azzurri di pelliccia sintetica e camminava con aria trionfante verso il divano.

«Eccoci» disse sorridendo soddisfatta. «Assicuratevi che questi due cuscini mi stiano sempre dietro il viso» ordinò ai cameraman. «Non voglio assolutamente che si intraveda quel color merda... o, insomma, quel color pesce morto.»

Kate si sentì ribollire il sangue nelle vene. «Tu quei cuscini non li metti sul divano» esclamò incredula. «Neanche per sogno...»

«Okay, e dieci, nove, otto, sette, sei, i Moreley sono alla porta...»

«Ma... quei cuscini. Sono orribili. Rovinano tutto...»

«Shhh! Scordati quei cuscini del cavolo» le sussurrò Magda inviperita. «Cinque, quattro...»

Segnalò con la mano tre, due, uno e tirò da parte Kate un attimo prima che la porta si aprisse ed entrassero i Moreley.

Kate si costrinse a lasciare la stanza. Non tollerava di vedere la combinazione di colori che lei aveva così scrupolosamente scelto distrutta da Penny Pennington, che cavolo.

Trovò Gareth e Lysander a bivaccare in cucina. Erano lì ad aspettare la temuta chiamata, quando cioè avrebbero dovuto raggiungere Penny sul divano per due minuti di chiacchiere insensate sul perché avevano scelto una particolare sfumatura di rossetto/carta da parati/scarpe.

«La odio» bofonchiò Kate. «E uno di questi giorni...»

«Non pensarlo neppure. Non si parla male dei morti» sussurrò Gareth con un sorriso comprensivo. «Mah, neanche con mezzo tubetto di fard è stato possibile rianimarle il viso oggi. Guarda, questo ti tirerà su di morale.»

Spinse verso Kate una copia di *Closer*, un settimanale di gossip. Sulle pagine centrali c'era una foto poco lusinghiera di Penny in costume da bagno, era davvero un disastro.

«Visto? Sembra un mocio. Un mocio a testa in giù e con le setole bionde.»

Kate tentò di sorridere, ma non ne aveva la forza.

«Dai» esclamò Gareth incoraggiante. «Ti riprenderai. In ogni caso il programma non lo segue nessuno.»

«Non ti far sentire da Magda» borbottò lei. «È solo che... azzurro. Abbinato al salmone morto. Fra tutti i colori che poteva scegliere! La gente penserà che ce li ho messi io, quei cuscini. E sono mostruosi.»

Gareth annuì con indulgenza e si girò verso il monitor: Penny stava tentando, senza successo, di convincere i Moreley a esprimere le loro emozioni riguardo all'operazione di restauro che era stata compiuta; Lysander, invece, aveva preso una copia del *Daily Telegraph* e faceva finta di leggere un articolo sull'Unione Europea, malgrado tutti sapessero che in realtà stava controllando il servizio di un suo ex collega sulle ultime sfilate di Parigi.

«Perché non parliamo di questa stanza?» Sentendo la voce di Penny attraverso lo schermo, Kate sollevò lo sguardo e vide Nick nel corridoio che gesticolava come un pazzo.

«Veloce, tocca a te!»

Kate uscì di fretta dalla cucina ed entrò in salotto, che adesso era pieno di cameraman e caldo per via delle luci.

«Ed ecco che ci raggiunge sul divano la nostra esperta di interior design, Kate Hetherington» disse Penny con un sorriso finto che le metteva in mostra i denti bianchi. «Allora, Kate, che cosa ti è passato per la testa?»

Kate si sedette, sorridendo perplessa per via di quella battuta pungente e improvvisata. Penny infatti avrebbe dovuto dire: «Allora, Kate, qual è l'idea alla base del tema di oggi?».

Continuò a sorridere, cercando di sembrare il più allegra possibile. «Volevo riscaldare la stanza con dei colori intensi sui toni del caffè e del cioccolato, che valorizzano la sontuosità del tappeto, rinnovando al tempo stesso il salotto in modo da creare una bella atmosfera, moderna e classica insieme.»

A furia di sorridere le guance cominciarono a farle male. Eppure ormai i muscoli avrebbero dovuto essere allenati, si disse. Sono tre anni che va avanti così. La prima volta che Kate era apparsa in televisione era stato un incubo. Non era riuscita a concentrarsi su quello che Bunny le chiedeva, pensava solo al fatto che la stavano riprendendo, che probabilmente veniva malissimo, che non aveva alcun diritto di dare consigli di design perché poteva a malapena definirsi un'esperta, e che tutti si sarebbero resi conto che era un'imbrogliona arrivata fin lì solo per un colpo di fortuna. Adesso, invece, davanti alle telecamere non batteva ciglio, anche se si imbarazzava tutte le volte che si rivedeva, e regolarmente ringraziava la sua buona stella per il fatto che nessuno dei suoi conoscenti avesse il tempo o la voglia di guardare la televisione durante il giorno.

«Non credi che quel marrone sia un tantino deprimente?» le chiese Penny, gli angoli della bocca rivolti all'insù, un'espressione gelida sul viso.

Kate la fissò, e Penny sgranò gli occhi. Sembravano dirle: cosa c'è? Non riesci a rispondere a un paio di domande pertinenti?

Kate sorrise, come se ormai fosse diventata una gara.

«Oh, Penny,» disse con voce stridula «credo che nessuno trovi deprimenti queste belle sfumature di marrone. Rilassanti, magari, ed è proprio questo che si cerca in un salotto, no?»

«Rilassanti? Be', è un punto di vista» commentò Penny con una risatina secca. «La cosa più importante, però, è quello che pensano i protagonisti del programma. Ovvero Marcia e Derek Moreley.» Mentre Penny parlava, la telecamera fece una panoramica sui coniugi Moreley, entrambi impauriti e appollaiati sul divano accanto a lei. «Allora, Marcia, ti piace questo nuovo stile? Squallido o elegante? Questo è il problema» chiese Penny. Kate fremeva di rabbia.

I Moreley si guardarono attorno, senza parole, e Kate si sentì sprofondare. Altro che mollare il programma, che diavolo, dopo questa puntata l'avrebbero licenziata.

«Un po' troppi cambiamenti da assimilare?» suggerì Penny. «Un colore difficile?»

Marcia Moreley scosse la testa. «Mi piace molto» disse sottovoce. «Oh, mi piace davvero molto. Non riesco a credere che sia la stessa stanza di prima.»

Penny, disarmata, si rivolse a Derek. «E cosa ne pensa l'uomo di casa? È contento della nuova combinazione di colori del salotto?»

Derek annuì.

«Non c'è niente che vorreste cambiare?» insisté Penny con un sorriso forzato.

«I cuscini, forse» rispose Marcia pensierosa. «Ma li possiamo sempre togliere, no?»

«Certo» concordò Kate. Tentò di nascondere la sua espressione trionfante mentre guardava Penny che inarcava le sopracciglia. «In effetti, perché non ce ne liberiamo subito? Non facevano parte del mio progetto. Sono i cuscini di Penny.» Sorridendo beata in direzione della conduttrice, tirò via i cuscini e li buttò dietro il divano.

«Posso vedere il mio naso adesso?» chiese Marcia. «E quello di Derek? Possiamo toglierci le bende?»

«Taglia!» Magda alzò gli occhi al cielo. «Okay, dobbiamo girare di nuovo questo pezzo. Marcia, tesoro, ti ricordi di cosa abbiamo parlato? Cerca di concentrarti sulla casa prima, dopo passiamo alle bende. Chiaro?»

La signora Moreley fece di sì con la testa. «E poi vedremo i nostri nasi?»

«Esatto» disse Magda. «Cosa diavolo è questo ronzio?»

Kate sbiancò e infilò una mano in tasca per prendere il telefono. «Mi dispiace.» Sorrise per scusarsi. «Ho dimenticato di spegnerlo.»

Mentre Kate accostava il cellulare all'orecchio, Magda alzò di nuovo gli occhi al cielo.

«Pronto?»

«Kate!» disse un tizio dall'accento americano. «Sono Joe. Ti chiamavo per fissare un appuntamento.»

7

Sal agganciò il telefono e cercò di ignorare la lucina rossa che lampeggiava stizzita sull'apparecchio per comunicarle che c'era almeno un messaggio in segreteria. Aspetti pure, si disse, nonostante per lei fosse quasi impossibile ignorare un dettaglio del genere, rimandare anche la più piccola questione. La vita, dal suo punto di vista, era un elenco di cose da fare che attendevano di essere spuntate, e lei era orgogliosa di aver completato la sua lista con prontezza ed efficienza. Marito? Spuntato. Bella casa? Spuntata. Lavoro appagante? Spuntato. O quasi.

Tuttavia accettava il fatto che a volte era necessario ignorare la lucina rossa. A volte doveva dimostrare a se stessa che era capace di ignorarla. E poi, in quel preciso istante, aveva voglia di una tazza di tè.

Sal lavorava nel settore controllo di una grossa azienda farmaceutica, e decideva con quali dichiarazioni e slogan pubblicitari la società poteva passarla liscia e con quali no. «Sollievo rapido ed efficace dal dolore» andava bene, «Niente più dolori mestruali» no. Anche se la squadra di marketing era convinta fosse lo slogan migliore che avessero mai inventato. Sal era una scienziata, ma aveva lavorato per un periodo nel marketing, e il suo capo le aveva detto che il nuovo lavoro sarebbe stato il meglio di tutti e due i mondi, perché era a cavallo di entrambi. In realtà, Sal era più una sorta di capro espiatorio, il fulcro di tutta la rabbia che i due settori avrebbero voluto scagliarsi addosso l'un l'altro. A lei però non importava, reggeva lo stress. Sal non permetteva che le cose la turbassero più di tanto perché era una persona concreta, pragmatica. Suo marito Ed spesso le raccontava gli atteggiamenti teatrali delle fidanzate e delle moglie dei suoi amici: spaccavano i piatti per un nonnulla, reagivano in modo eccessivo e si innervosivano per cose da niente – lui era felicissimo che lei non fosse così, era molto fortunato che la «sua Sal» fosse tanto realistica e ragionevole.

Lentamente Sal si alzò e si diresse verso il cucinotto dell'ufficio. Era proprio di buon umore quella mattina: la sera precedente Ed era uscito per una cena di lavoro, ma era tornato prima di mezzanotte, e non era niente male come prestazione. L'aveva perfino baciata quando si era alzato alle cinque e mezzo del mattino, e si era anche ricordato di chiudere la porta della camera da letto perché il rumore della doccia non la svegliasse.

Poi, come se il dio della serendipità l'avesse guardata con occhi benevoli, la metropolitana era arrivata puntuale e Sal aveva perfino trovato un posto a sedere. Se si esclude una piccola discussione per il testo di una pubblicità sui cerotti alla nicotina, anche al lavoro le cose sembravano filare piuttosto lisce. Nessuno si era dato malato, e il suo capo non era comparso sulla soglia del suo ufficio sconsolato, come succedeva tutte le volte che aveva avuto una strigliata dal suo capo perché una decisione presa da Sal non era stata approvata. Tutto sommato era una giornata positiva.

E allora perché aveva una strana sensazione allo stomaco, si chiedeva mentre inseriva una bustina di tè nella tazza e metteva a bollire l'acqua. Perché sentiva un minuscolo cipiglio farsi strada in mezzo alla fronte e un senso di irritazione – di solito riservato alle notti in cui Ed non rientrava a casa all'ora promessa – insinuarsi nella coscienza?

Non ce n'era motivo, si disse. Si stava immaginando tutto, e dunque se ignorava questi segnali, sarebbero spariti. Sal non indulgeva a sensazioni che non erano collegabili a eventi concreti, a stati d'animo che non avevano basi reali. Di solito accettava senza problemi che una volta al mese i suoi ormoni, non gli eventi, la facessero sentire strana, ma non tollerava un senso di malessere generico – né negli altri né in se stessa. Crei da solo i tuoi stati d'animo, diceva regolarmente a chiunque fosse disposto ad ascoltare. Proprio come crei da solo la tua fortuna.

Magari aveva dormito male, pensò. Magari aveva bisogno di una vacanza. Avrebbe chiamato Ed per proporglielo, anche se sapeva bene che lui le avrebbe detto di non avere tempo. Ed non aveva mai tempo per le vacanze: sembrava convinto che se avesse messo piede fuori dall'ufficio anche solo per un giorno, si sarebbero accorti che dopo tutto non avevano bisogno di lui e lo avrebbero licenziato. Magari Sal avrebbe semplicemente prenotato una giornata di relax in una spa.

Tirò via la bustina del tè dalla tazza e la buttò nella pattumiera.

Lei era assolutamente soddisfatta della sua vita. Kate poteva anche sostenere che chi lavora nella finanza è noioso, e insieme a Tom poteva pensare che anche Sal ed Edward fossero noiosi e «maturi», ma a Sal non gliene importava nulla. Passione e amore andavano benissimo, ma non ti mantenevano da vecchi, giusto? Non tutti erano alla ricerca di grandi emozioni e dell'amore vero. Alcuni preferivano una vita più tranquilla.

Anche lei era tra questi ultimi, si chiese con aria malinconica. E in ogni caso, in quale preciso momento lei ed Edward erano diventati così seri? Prima si divertivano insieme. Ridevano, facevano stupidi giochetti e passavano interi fine settimana a letto.

Adesso però sembrava che Ed trascorresse tutto il suo tempo in ufficio, o a giocare a golf con qualche cliente nel weekend. E lei sembrava che passasse tutta la sua vita a mettere in ordine il caos che lui lasciava, o a tormentarlo per attaccare uno scaffale alla parete, per portare fuori la spazzatura o per rientrare a casa all'ora che aveva promesso, in modo da non far scuocere i piatti che lei aveva preparato.

Sal aprì il frigorifero per prendere un po' di latte. Crescere significava proprio questo, decise. Dopo tutto, avevano un mutuo da pagare. La vita andava affrontata con serietà: era una cosa inevitabile.

E poi, la fissazione di Kate di trovare l'uomo giusto e vivere una vita piena di romantiche fantasie non la stava portando molto lontano. No, il pragmatismo avevano funzionato per Sal, e qualche piccolo segnale non l'avrebbe certo convinta a cambiare rotta. Come diceva sempre, sei tu a creare la tua fortuna. E lei era molto fortunata, si disse tornando alla scrivania. Davvero molto fortunata. In effetti avrebbe chiamato subito Ed, semplicemente per ricordarsi quanto era felice.

Con fare deciso, alzò la cornetta e digitò il numero.

«Ciao, tesoro, sono io.»

«Sal?» Ed sembrava sorpreso. «Cosa vuoi?»

«Volevo solo sapere come stavi. Insomma, volevo salutare mio marito.»

«Bene. È solo che qui c'è un sacco da fare. Tutto a posto?»

«Sì, tutto a posto» rispose irritata. «Devo essere in crisi per chiamarti?»

«Non so. Senti, ne possiamo discutere dopo? Sono un po' impegnato ora.»

«Okay» disse Sal, afflosciando un po' le spalle. «Torni a cena stasera?»

«Ah. A dire il vero, no. Ho un impegno.»

«Un impegno.»

«Sì. Di lavoro. Mi dispiace. Probabilmente farò anche tardi.»

«Perfetto. Be', allora ci vediamo, eh.»

«Sicura che sia tutto a posto?» Dal tono di voce di Ed, Sal intuì che lui stava pregando che fosse tutto a posto. Che l'ultima cosa di cui aveva bisogno adesso era che ci fosse un problema, una circostanza nella vita di Sal che reclamasse il suo prezioso tempo.

«Sto bene, davvero. Buon lavoro.»

«Perfetto. A dopo.»

Ed riattaccò prima che Sal riuscisse a dirgli ciao, lei ripose lentamente la cornetta e si girò a fissare la pila di fogli sulla scrivania, dicendo a se stessa che era tutto okay, che il fatto che suo marito fosse sempre impegnato non significava niente, tanto meno che ci fosse qualcosa che non andava nel loro matrimonio.

E poi anche lei era impegnata, pensò guardando la fascetta pubblicitaria che aveva davanti e contraendo le labbra in una smorfia. Quante volte aveva ripetuto ai suoi colleghi di non fare affermazioni che non potevano dimostrare? Eppure, per l'ennesima volta, la confezione per i chewing-gum alla nicotina recava la scritta «Smetterete di pensare alle sigarette, per sempre».

Facendo schioccare la lingua in segno di disapprovazione, cancellò «Smetterete» e lo sostituì con «Potrete smettere».

Tom sbadigliò e fissò i documenti che aveva davanti con disprezzo. Era un dottore, non un amministratore del cavolo, eppure ultimamente passava sempre più ore a riempire moduli, scrivere relazioni e compilare orari. Una completa perdita di tempo!

«Dottor Whitson?»

Sollevò gli occhi e vide una delle infermiere che indugiava sulla porta del suo studio.

«Lucy? Ciao, cosa posso fare per te?»

Era nuova. Molto carina, ma con troppi denti. E un po' troppo aggressiva per i suoi gusti. Sembrava il tipo di ragazza a cui bastava un niente per togliersi la maglietta in un locale e iniziare a ballare sul bancone. Probabilmente era stata in vacanza a Ibiza e aveva un tatuaggio tribale su un fianco.

«Può dare un'occhiata a queste cartelle per me? Per verificare che vada tutto bene.»

«Non puoi leggerle da sola?»

«Vorrei la sua opinione. Se non è un problema.» Non era intimidita da lui, pensò Tom. A dire il vero, lo fissava dritto negli occhi.

Tom annuì, e Lucy gli porse le cartelle. Le conosceva bene: erano quelle della signora Sandler. Era stato lui a operarla due mesi prima. Un brutto tumore, si ricordava. Preso piuttosto tardi.

«È tornata qui?» chiese preoccupato. «Credevo che stesse facendo un ciclo di chemio.»

«Infatti, ma non ha reagito bene. E ora il dottor Laketin dice che il cancro è tornato. Solo che, in questo momento, la signora è troppo debole per essere operata di nuovo.»

Tom fissò le cartelle. «Dunque, vanno abbastanza bene» rispose, dimenticandosi all'istante dei denti di Lucy e del suo probabile tatuaggio, e lasciandosi assorbire dai tracciati, dai numeri e dai risultati che rivelavano tanto sui suoi pazienti, sulla fragilità della condizione umana. «I dosaggi sembrano giusti.

Monitora questo valore… se sale, informami subito. Mangia bene?»

Lucy scosse la testa. «Continua a vomitare.»

«Okay, è questo il problema. Parla con lei, scopri se ci sono dei cibi che le piacciono particolarmente. La minestra spesso è adatta.»

Lucy annuì. «Credo sia preoccupata. Mi ha raccontato di suo figlio. Non riesce a smettere di pensare che può prendersi cura di lui solo il padre e…»

«Sono certo che sia preoccupata, ma concentriamoci sulla terapia, okay?» la interruppe Tom. «Sul cibo. È quello che le serve adesso.»

«Lo so, dottore. Ma c'è una recita scolastica a breve, e lei vuole andarci a ogni costo. È in ansia perché pensa che non riuscirà a esserci…»

«Lucy, qual è il tuo compito?»

L'infermiera lo guardò perplessa.

«Che lavoro fai?» insisté Tom.

«Sono un'infermiera, dottore.»

«Bene. Brava. Allora, perché non ti concentri sul tuo lavoro, cioè curare i pazienti, assicurandoti che ricevano le giuste medicine e attenzioni? Un po' più di impegno e un po' meno chiacchiere. Chissà, magari la signora Sandler potrebbe riprendersi e andare alla recita.»

«Pensavo che forse potrei contattare il marito. Insomma, verificare che vada tutto bene.»

Tom corrugò la fronte. «Parli di nuovo della sfera personale. Strano. Perché come penso di aver chiarito un attimo fa, non mi interessa, okay? Minestra. Domani. E monitora i tracciati. Chiamerò il dottor Laketin per vedere quando potrà metterla in lista per l'operazione.»

«Minestra» disse Lucy in tono secco.

«Esatto. Avevi bisogno di altro?»

Lei lo fissò negli occhi un secondo in più del necessario, poi scosse la testa. «No, dottore, solo questo.»

Mentre l'infermiera usciva, Tom alzò gli occhi al cielo. Perché la gente trovava così difficile restare distaccata a livello emotivo? Perché i suoi colleghi sentivano l'esigenza di farsi coinvolgere a livello personale dai pazienti? Era una follia. Un dottore impassibile prendeva decisioni ponderate. Le giuste decisioni. Le emozioni complicavano le cose e basta. Lui aveva scelto di studiare medicina per curare la gente, non per ascoltare i loro problemi.

Se la signora Sandler si rifiutava di mangiare perché era preoccupata, allora Lucy avrebbe dovuto spiegarle, senza mezzi termini, che stava mettendo a repentaglio la sua guarigione. I pazienti andavano gestiti così: attenendosi ai fatti. Bianco e nero.

Anzi, decise, avrebbe provveduto lui stesso a dirglielo. La prossima volta che la vedeva.

Sospirò e tornò alle sue scartoffie.

8

LA DANZA DELL'AMORE

Innamorarsi è una danza. Ciascun ballerino ha i propri passi, ma affinché ci sia armonia, entrambi devono capire i movimenti dell'altro e diventare un insieme fluido; anche se a volte è necessario separarsi, l'importante è non perdersi mai di vista. È un'immagine bella da osservare. Eppure tante storie d'amore in boccio sfioriscono al primo ostacolo: troppi ballerini piroettano lontano l'uno dall'altra o non riescono a seguire il ritmo del compagno.

Un'inguaribile romantica capisce la danza dell'amore. Sa come raggiungere il delicato equilibrio tra farsi ammirare e concentrare la propria attenzione su un solo uomo; sa come tenere alto l'interesse del proprio corteggiatore mentre impara a conoscere tutto di lui.

Ascoltare è un'arte quanto mai affascinante, eppure pochi la padroneggiano. Naturalmente vestirsi con cura per un incontro galante è altrettanto fondamentale: indossare accessori appariscenti per valorizzare un abito semplice, per esempio, ravviverà il giorno del vostro appuntamento; scegliere un profumo dolce ma non travolgente lascerà intuire che siete una persona premurosa; trovare i tacchi dell'altezza che vi consenta di camminare in modo elegante, esaltando al tempo stesso le vostre gambe, vi assicurerà gli occhi di tutti puntati addosso. Ma ascoltare davvero un genti-

luomo, ricordando ciò che dice e facendo osservazioni ponderate, riuscirà a imprimervi nella sua memoria più di qualsiasi cipria o crema per il viso. Imparate ad ascoltare e l'amore vi seguirà ovunque andiate.

La danza dell'amore è anche una questione fisica. Come nel ballo, sarà l'uomo a guidarvi, ma è importante che nelle prime fasi manteniate le distanze. Dopo uno o due appuntamenti è accettabile un bacio casto, niente di più. Non sia mai che l'uomo dei vostri sogni vi giudichi una facile conquista. Conservate il vostro charme facendovi desiderare e sarete sicure che la danza dell'amore durerà una vita; concedetevi troppo presto e finirà prima che la musica abbia smesso di suonare.

Accessori appariscenti, pensò Kate perplessa osservando il suo guardaroba. Profumo dolce. Non era il consiglio più pratico che le avessero mai dato. Ma tenendo presenti i suoi successi – o meglio, la loro assenza – non le sembrava di essere nella posizione adatta per discutere.

«Ciao!»

Joe la stava aspettando al tavolo, e si alzò mentre lei si accomodava. «Kate, sei... molto bella» le disse, osservandola con un sorriso. «Mi piace quella... cos'è? Una spilla?»

Kate annuì, sorridendo a sua volta. «Grazie. È simpatica, no?»

«È carina. Dà soddisfazione vedere qualcuno vestito... in modo elegante. Qualcuno che ha messo cura e attenzione nello scegliere il proprio abbigliamento.»

Kate arrossì. «È un vestitino semplice, in realtà.»

«Be', ti sta a meraviglia. Allora, spero che ti piaccia la cucina italiana.»

Kate prese il menu e da sopra dette una sbirciatina a Joe. Era incredibilmente bello, si disse. Indossava una maglietta bianca, che metteva in evidenza il suo torace largo, le braccia muscolose, la pelle abbronzata. Sembrava un modello di Calvin Klein. O il giardiniere di *Desperate Housewives*. Il tipo di uomo che poteva sollevarti da terra e prenderti in spalla senza fatica, se ne aveva voglia.

«Adoro il cibo italiano» farfugliò Kate. «L'anno scorso sono stata in vacanza in Italia e ho mangiato in un ristorante che faceva delle straordinarie...» All'improvviso tacque.

«Cosa?» chiese Joe. «Faceva delle straordinarie...?»

Kate si morse le labbra. «Capesante» continuò con un filo di voce. «Delle capesante buonissime.»

«Tutto okay?» azzardò Joe, e Kate annuì. Stava pensando a Elizabeth Stallwood. Ascoltare davvero un gentiluomo, ricordandovi ciò che dice e facendo osservazioni ponderate, riuscirà a imprimervi nella sua memoria più di qualsiasi cipria o crema per il viso...

«Sto bene» rispose. «Parlami di te, Joe. Come mai un americano è finito a lavorare in un bar di Londra?»

Joe sorrise. «A dire il vero sono un attore. Faccio il barista solo per tenermi lontano dai guai.»

«Ah, sì, me lo avevi accennato. Ho un amico che si è dato alla recitazione. Si è iscritto alla Central School of Drama in Swiss Cottage... proprio qui in fondo alla strada...»

Kate si fermò di nuovo.

«Raccontami del tuo lavoro di attore» disse, conficcandosi le unghie nelle palme delle mani per ricordarsi di lasciare spazio a lui, stavolta.

«Oh, non c'è molto da raccontare» rispose Joe scrollando le spalle.

Kate sorrise incoraggiante, costringendosi a tenere la bocca chiusa.

«Okay» cedette infine lui. «Ho fatto un sacco di cose a Los Angeles. Ho girato un telefilm famoso negli States, *Everything I do*. Io ero il secondo protagonista maschile. Poi la serie è finita, io volevo cambiare aria e sono venuto a Londra. Sono arrivato qui un mesetto fa, ed è bello, sai? A dire il vero si muore di freddo, ma questa è un'altra storia!»

«E che tipo di casting stai cercando?»

Joe era pensieroso. «Una serie televisiva. Ho un agente qui, trova lui i provini per me.»

«Bene, certo.» Kate, tutta agitata, prese di nuovo il menu, tentando disperatamente di concentrarsi su qualcosa che non fosse Joe. Lui era così raggiante che le sembrava di guardare il sole. Era convinta che tutte le volte che i loro sguardi si incrociavano, Joe capisse che lei andava in brodo di giuggiole.

Pochi minuti dopo arrivò una cameriera e ordinarono.

«Quindi tu lavori in televisione?» le chiese Joe.

Kate scrollò le spalle. Si sentiva sempre in imbarazzo a parlare di quello che faceva. Lei era una interior designer, non una conduttrice, il che rendeva difficile spiegare il suo ruolo in tv, e poi la gente era molto incuriosita solo finché non scopriva che il suo era un programma poco seguito in fascia diurna.

«Sì, in un reality show di ristrutturazione, su un canale via cavo» rispose con aria vaga.

«Bello! È una grossa compagnia di produzione? Fanno serial, sitcom, cose del genere?»

«No» Kate scosse la testa. «Solo *Future: Perfect*, il programma di ristrutturazione più scadente della tv. Io mi occupo dell'arredamento, ma a essere sincera mi chiedo se sia il lavoro giusto per me. Voglio dire, mi piace l'interior design, ma dobbiamo fare tutto con un budget bassissimo, e non è che mi interessi il mondo della televisione...»

«Sembra che tu abbia bisogno di essere salvata» disse Joe, inarcando le sopracciglia in modo allusivo.

Kate lo fissò. Joe aveva appena detto quello che lei pensava avesse detto? Era una trappola o invece era serio?

Osservò i suoi occhi azzurri e l'espressione sincera dipinta sul suo viso. Non sembrava scherzasse. Era serio, si rese conto all'improvviso Kate. Un uomo splendido, un uomo incredibile era entrato nella sua vita e le aveva appena detto che voleva salvarla.

Kate sorrise con dolcezza. Le sembrava di essere un'oca che faceva del suo meglio per apparire serena ed elegante, mentre sotto il pelo dell'acqua muoveva le zampe all'impazzata. Si guardò le palme delle mani, dove le unghie avevano lasciato incise delle mezzelune rosso scuro, e si schiarì la gola.

«Ti... ti piace Londra?»

«Direi di sì. Insomma, è una città fantastica, non fraintendermi. Ma è anche un po' dura. Ti può far sentire molto solo.»

«Ti... ti senti solo?» borbottò lei.

Joe scrollò le spalle, e per un attimo i suoi occhi incrociarono quelli di Kate. «Credo di sì. Oddio, sembro un idiota, vero? Comunque sì, mi sento solo. È bello essere seduti qui a parlare. Ed è buffo, la prima volta che ti ho visto ho avuto questa sensazione...»

«Quale?»

«La sensazione che mi saresti piaciuta.»

«Ti piaccio?»

Joe rise. «Mi piaci tanto. È stato un colpo di fortuna che tu sia venuta al bar, no?»

Kate sorrise a sua volta, e di colpo non si sentì più come

un'oca che muoveva le zampe all'impazzata. Adesso le sembrava di scivolare leggera sull'acqua, o forse era in caduta libera? In ogni caso, era favoloso.

«Un bel colpo di fortuna» disse con voce suadente. «Proprio un bel colpo di fortuna.»

Tre ore dopo, Joe e Kate erano seduti in un taxi fermo davanti a casa di Kate.

«Sicura che non vuoi farmi salire?» le chiese lui con dolcezza. «Ho passato una serata incredibile, e non voglio che finisca.»

Kate deglutì. Anche lei aveva passato una serata fantastica. Non sapeva se era perché lo aveva ascoltato con attenzione, o semplicemente perché Joe era un uomo meraviglioso, ma era una vita che non rideva così tanto. E poi, durante tutta la cena, lui l'aveva guardata in un modo in cui lei non si ricordava di essere stata guardata da tempo: intenso, ardente, con quei due occhi azzurri scintillanti come il mare sotto i raggi del sole. Joe non le aveva sbirciato il seno, non le aveva chiesto quali fossero i suoi piani pensionistici e adesso voleva salire su.

Anche Kate lo desiderava.

Eppure sapeva che Elizabeth Stallwood non avrebbe approvato.

«Joe, anch'io sono stata benissimo. E mi piacerebbe molto rivederti. Ma penso sia meglio che rientri» rispose con gentilezza.

Lui annuì a malincuore: «Sei straordinaria, Kate». Poi sospirò, la tirò a sé e la baciò delicatamente sulle labbra. «Mi rivedrai sicuramente. E prestissimo.»

Sentendo il cuore accelerare, Kate scese dal taxi e si diresse verso il portone di casa, cercando di camminare in linea retta e di non saltellare per la gioia. Era troppo presto per dirlo, ma credeva di avere incontrato l'Uomo Giusto. L'Uomo Giusto che guarda caso era un attore hollywoodiano. L'Uomo Giusto che voleva rivederla prestissimo e il cui bacio le aveva fatto tremare le gambe.

Se questo significava essere un'inguaribile romantica, allora il gioco valeva la candela.

9

IL MASCHIO ROMANTICO

È stato scritto molto sulla bellezza femminile, e sui modi in cui le donne attraggono un potenziale marito e lo rendono felice e soddisfatto.

Un'inguaribile romantica deve scegliere con cura il proprio partner. Non fanno per lei gli uomini insolenti, maleducati e noiosi. Né fa per lei un uomo che vuole dominare, prende in considerazione solo le proprie idee e ritiene la moglie una schiava pronta a servirlo e a esaudire ogni suo capriccio.

Il matrimonio è una società, un incontro di anime, al quale entrambi contribuiamo con differenti qualità: la donna porta grazia e delicatezza, l'uomo forza e stabilità economica. E tutti e due possono donare gentilezza, attenzione e sostegno. Possono chiedersi reciprocamente com'è andata la giornata, e dimostrare interesse per la risposta, anche se le giornate di una donna (di solito) non sono movimentate come quelle di un uomo in ufficio.

E allora domandiamoci, quali sono le caratteristiche da cercare nel nostro compagno? Come può un'inguaribile romantica assicurarsi un matrimonio felice e autentico?

La qualità in assoluto più importante da tenere in considerazione è la gentilezza. Gentilezza di spirito, che è cosa diversa dalla generosità, virtù in se stessa molto valida, ma non altret-

tanto preziosa. Perché la gentilezza è un atteggiamento fondamentale nei confronti della vita: ci permette di avere a cuore tutte le persone, preclude la meschinità e la crudeltà, insomma, è una dote su cui contare quando più se ne ha bisogno. Se trovi un uomo premuroso con te e con coloro che lo circondano, un uomo che usa parole gentili verso la sua famiglia e i colleghi, allora, mia cara lettrice, tienilo stretto, perché sarà un uomo buono e sincero.

Di sicuro, la gentilezza non è l'unica qualità da valutare in un compagno. Un'inguaribile romantica cerca la bellezza in tutte le cose, anche quando si tratta di un potenziale marito. Un abito sartoriale, un cappello portato sulle ventitré, un sorriso accattivante suggeriscono un uomo attento al suo aspetto, che in casa apprezzerà la vostra cura per i dettagli. In modo analogo, i regali premurosi lasciano intravedere un uomo che vuole compiacervi e che ama vedere i vostri occhi illuminarsi, qualità molto attraente!

Un uomo che ha hobby e passioni continuerà a essere una persona interessante anche da sposato; tuttavia, fa' attenzione ai giocatori di carte e agli appassionati di corse di cavalli. Per molti di loro queste attività sono un semplice piacere, per alcuni tuttavia si trasformano in un'ossessione. Se tieni al denaro necessario per mandare avanti la famiglia, sii prudente.

Il club che un uomo frequenta può rivelare molto su di lui e sulle persone con cui trascorre il proprio tempo. Non dimenticare che gli amici di tuo marito diventeranno i tuoi amici, e i suoi interessi i tuoi interessi: tutti possiamo imparare ad amare cose nuove se ci impegniamo, ma quanto è più facile e semplice se già ci piacciono!

Le buone maniere, naturalmente, sono importantissime, anche se alcune persone (purtroppo) non se ne rendono conto. Essere puntuali, tenere la porta aperta, camminare sul marciapiede dal lato della strada: sono piccole cortesie, indicative dell'educazione e dei valori di un uomo.

Infine, osserva con attenzione il comportamento di un gentiluomo quando lo presenti ai tuoi cari. È premuroso e carino, oppure ti sembra annoiato e distratto? Dobbiamo compiere delle scelte nella vita, senza farci fuorviare dalla famiglia e dagli amici, ma un uomo che si dimostra sprezzante verso coloro che amiamo, temo che nel tempo sarà sprezzante anche verso di noi.

Kate aprì la porta di un piccolo ristorante e si diresse verso un tavolo d'angolo. Il secondo appuntamento, pensò disinvolta. Il secondo appuntamento con un uomo splendido che voleva salvarla. Un uomo premuroso, affascinante, carino. Era piuttosto sicura che Joe fosse così. Quel libro sembrava magico. Più che magico.

Dopo essersi tolta il cappotto, Kate si accomodò e iniziò a guardarsi attorno, mentre una cameriera le porgeva il menu. Era un locale carino, in cui non era mai stata prima. C'erano rastrelliere piene di bottiglie di vino sulle pareti, e tavoli di legno sgangherati illuminati da candele che riflettevano la loro luce sul vetro delle bottiglie.

Kate ordinò un bicchiere di vino e uno di acqua, e anche delle olive e del pane, dopodiché si appoggiò allo schienale della sedia e si mise ad aspettare, origliando le conversazioni intorno a lei: una coppia che litigava, un gruppo di amici che discuteva di un film, due uomini che parlavano sottovoce di un affare.

Guardò l'ora. Joe era in ritardo di quindici minuti, niente di che. Forse era arrivata in anticipo lei, forse il suo orologio andava avanti.

Bevve un sorso di vino, si guardò di nuovo intorno e incrociò per caso lo sguardo della cameriera. Incoraggiata ad avvicinarsi, la ragazza le chiese con un marcato accento francese: «Tutto a posto? Desidera qualcos'altro?».

Kate scosse la testa. «No, no, per ora va bene così. Grazie.»

Forse aveva capito male. Forse Joe aveva detto le otto e mezzo, non le otto. In ogni caso, non era la fine del mondo. Era in ritardo solo di venti minuti.

Con tutta calma Kate finì il bicchiere d'acqua, e con altrettanta calma terminò anche il bicchiere di vino. Mangiò le olive una a una, e alle otto e quaranta si ritrovò a fare la scarpetta per raccogliere l'olio.

Proprio mentre stava ingoiando l'ultimo boccone, arrivò Joe.

«Mi dispiace tantissimo» esordì lui, sedendosi e afferrandole le mani. «Davvero. È stata una giornata tremenda. Stavo per venire via dal bar e una delle ragazze si è sentita male. È tornata a casa, e io sono dovuto rimanere finché non hanno trovato un sostituto. Non potevo piantarli in asso, ti pare?»

Kate sorrise. Carino, pensò. «Nessun problema. Non è da molto che sono arrivata.»

Joe guardò i bicchiere e i piatti vuoti che Kate aveva davanti, e notò la sua espressione imbarazzata.

«Ehi, ti ho portato una cosa» disse, infilandosi una mano in tasca e tirando fuori un dvd. «Volevi vederlo... no?»

«*Everything I do*! Wow, la tua serie!» esclamò Kate. Condivideva i suoi interessi.

Joe scrollò le spalle. «È un episodio della seconda stagione, la migliore. In ogni caso, non sei obbligata a guardarlo...»

«Lo farò molto volentieri! Grazie. È un bel pensiero.»

Joe sorrise e prese il menu. «Allora, beviamo dell'altro vino?»

Kate annuì e cercò di ricordare qualche dritta letta sul manuale. «Come mai oggi è stata una giornata tremenda?» chiese dopo che avevano ordinato una bottiglia di rosso e qualcosa da mangiare. «Hai fatto un provino?»

«Sono stato tutto il giorno al bar. Ho avuto un casting ieri, ma quel ruolo non andava bene per me. Ero convinto che fosse un progetto interessante, in realtà era piuttosto mediocre: copione scadente, regista incapace...»

«Dev'essere dura.»

«Esatto! Durissima. E poi ci sono tanti cretini in questo settore. Il mio agente vuole che giri uno spot per un formaggio spalmabile! Te lo immagini? Roba da pazzi.»

«Lo so, anche la conduttrice del mio programma vuole fare pubblicità. È convinta che accresca il suo prestigio, o qualcosa del genere. È abbastanza triste, se ci pensi.»

«Ha intenzione di fare pubblicità per accrescere il suo prestigio?»

«A quanto pare un tizio che vende assicurazioni auto travestito da gorilla ha avuto più spazio di lei su una rivista di gossip, quindi adesso è furiosa.»

«Travestito da gorilla?»

«È ridicolo, vero? Ma Penny è ossessionata dalla celebrità. È l'unica cosa che le è rimasta nella vita, credo.»

«È famosa?»

«Si chiama Penny Pennington. Ha sfondato con una hit tanti anni fa, ed è stata mandata sulla faccia della terra per assicurarsi che io sia sempre triste.»

«È una cantante?»

«*Fly me high, fly me to the sky, give me wings, and never say good-bye*» accennò Kate. «Te la ricordi?» Joe scosse la testa. «Forse è stato un successo solo in Gran Bretagna. In ogni caso, è stato al primo posto della Top Ten per diverse settimane alla fine degli anni ottanta, e in qualche modo lei è riuscita a costruirci sopra una carriera.»

«Hmm!» Ci fu un attimo di silenzio mentre Joe digeriva questa informazione.

«Allora,» continuò Kate bevendo un sorso di vino «quali sono i tuoi interessi? Voglio dire, oltre la recitazione. Cosa fai nel tempo libero?»

Il viso di Joe si aprì in un sorriso pacato e seducente. «Mi piacerebbe uscire più spesso con te, nel tempo libero.»

«Bella risposta» disse lei arrossendo un po'.

«Quando hai finito il vino, perché non andiamo a casa tua?» chiese sottovoce Joe, spostando la mano su quella di Kate. «Potrei verificare le tue doti di interior designer.»

Kate sbiancò. «Oddio, casa mia non è un'ottima pubblicità per i miei progetti» farfugliò. «Insomma, è un casino, c'è troppa roba ammassata...» Vide Joe lanciarle un'occhiata strana e si emozionò. «Era una battuta, vero?»

«Direi di sì.» Sulle labbra di Joe spuntò un sorrisetto, e Kate sentì un brivido di eccitazione lungo la schiena.

Non doveva cedere. Il libro diceva di aspettare e finora i suoi consigli non l'avevano mai tradita.

Kate si morse le labbra. «È ancora presto. Per me, insomma. Mi piaci molto, ma... be'...»

Joe la guardò dritto negli occhi e annuì. Aveva uno sguardo intenso. «Nessun problema. Rispetto la tua scelta.»

Poi sorrise. «Preferirei non aspettare, ovvio. C'è qualcosa di particolare in te, Kate. Qualcosa di speciale. Ma godiamoci la serata, okay?»

Kate sospirò sollevata, e si domandò cosa avrebbe pensato Elizabeth Stallwood di Joe. Lo avrebbe promosso a pieni voti, sospettava. Con o senza il cappello sulle ventitré.

10

SUPERARE GLI OSTACOLI

Pensiamo spesso che la vita sia piena di difficoltà e che l'universo cospiri contro di noi. Quante volte ci si è rotto un tacco prima di un appuntamento o abbiamo scoperto che il nostro soufflé si era sgonfiato proprio mentre gli ospiti stavano per arrivare? Che frustrazione se una serata speciale viene rovinata da un litigio o da un amico che arriva in ritardo! Che irritazione se siete in compagnia di gente noiosa e la vita appare monotona e lontanissima dai sogni e dalle aspettative che nutrite!

Ricordate, però, anche le giornate in cui tutto sembra andare a gonfie vele. Le mattinate primaverili trascorse a passeggio, osservando felici e contente gli uomini e le donne che vi camminano accanto nei loro vestiti eleganti; i piacevoli pomeriggi in cui avete incontrato le amiche per fare quattro chiacchiere davanti a una tazza di tè; le magiche serate passate fra gli amanti del teatro sotto le luci scintillanti del West End.

È stato il sole a rendere tanto speciale quella mattina? La chiacchierata con le amiche è stata particolarmente piacevole quel pomeriggio? È stata davvero la commedia più bella a cui avete mai assistito?

Forse. O forse, in quelle situazioni meravigliose, siete state voi a portare il sole, la conversazione su temi interessanti e la gioia di vivere. Quelle mattine non vi siete forse svegliate allegre ed entusiaste per ciò che la vita aveva in serbo?

Adesso pensate a una giornata piena di difficoltà. Vi siete alzate riposate e felici? Oppure una nube oscura incombeva all'orizzonte non appena avete aperto gli occhi? Vi aspettavate che le cose andassero storte? Avete contribuito al litigio che ha rovinato la serata? Il tacco si è rotto per puro caso o erano settimane che dovevate farlo riparare, e avete deciso di temporeggiare ancora una volta?

Consideratemi pure ingiusta. Magari siete davvero sfortunate e l'universo, di tanto in tanto, cospira contro di voi. Tuttavia, un'inguaribile romantica non consente ai problemi di rovinarle la vita. È una donna che sa come ravvivare una cena noiosa con una conversazione frizzante e commenti garbati e lusinghieri. Evita le discussioni, le stronca sul nascere, facendo ricorso alla propria capacità di ascolto e comprensione, placa il nervosismo degli amici.

In breve, è padrona del proprio destino, sceglie se godere ogni singolo giorno della sua esistenza o se lasciarsi bistrattare dalla vita. Un'inguaribile romantica vede in ogni ostacolo l'opportunità di capire di che tempra è fatta, una sfida entusiasmante da affrontare usando l'intelligenza, il fascino e l'ottimismo che la contraddistinguono. Sa infatti che concentrandosi su tutto ciò che c'è di bello e piacevole nella sua vita, sarà sempre di buonumore e avrà sempre il sorriso sulle labbra.

E poiché un'inguaribile romantica diffonde gioia ovunque vada, scoprirà che le nubi scure e i tacchi rotti non solo non la scoraggeranno, ma diventeranno sempre meno frequenti. Un'inguaribile romantica riesce a superare ogni ostacolo, e a renderlo soltanto un ricordo lontano.

Kate corrugò la fronte. Eccoci, era sabato sera. E invece di uscire con l'uomo giusto, era in tuta sul divano, mentre Joe lavorava al bar, senza dubbio circondato da un mucchio di splendide donne. Andava benissimo sostenere che un'inguaribile romantica avesse in mano le redini del proprio destino, ma nel suo caso era palesemente falso. In che senso un sabato sera passato davanti alla tv poteva diventare una sfida entusiasmante per capire di quale tempra era fatta?

Eppure, Kate non era preoccupata. Non dopo la loro ultima uscita. Avevano parlato per ore, e quanto al bacio fuori dal ristorante... Sospirò al ricordo. No, era praticamente sicura che Joe non avrebbe guardato nessun'altra donna. E non lo aveva neanche invitato a salire su. Aveva avuto bisogno di tutta la sua forza di volontà, e in diverse occasioni aveva quasi ceduto, ma alla fine ci era riuscita. E per la seconda volta! Dettaglio che, sperava Kate, avrebbe spinto Joe a desiderare di rivederla.

Non che questo pensiero la aiutasse adesso che si annoiava da sola in casa.

Chiuse di botto il libro, ma le parole appena lette continuavano a rimuginarle dentro. Concentrandosi su tutto ciò che c'è di bello e piacevole nella sua vita, sarà sempre di buonumore e avrà sempre il sorriso sulle labbra.

Okay, pensò. Ecco le cose belle e piacevoli della sua vita:

Joe. Non serve aggiungere altro.

Gli amici. Conosceva Tom e Sal da quando erano piccoli. Abitavano dietro l'angolo. E Sal aveva sempre il frigorifero pieno.

Il lavoro. A parte la donna che forse l'avrebbe querelata. E Penny, che le dava il tormento di continuo.

L'appartamento. Era un casino, ma era suo. Be', suo e della banca con cui aveva acceso il mutuo. Ma per lo più suo.

Analizzò l'elenco. Tutto qui? Si guardò attorno e cercò qualche altra cosa bella e piacevole.

Insonnia d'amore.
Le barrette di cioccolata della Galaxy.
La pizza da asporto.

Soddisfatta, prese la borsa per andare alla ricerca di tutte e tre. Ma chi voleva prendere in giro? Aveva una vita fantastica.

La sera dopo, Kate e Tom arrivarono al Bush Bar & Grill nello stesso istante.

«Come sta la mia inguaribile romantica preferita?» chiese Tom con un sorriso, baciandola sulla guancia mentre si avvicinavano al bancone.

«Abbastanza bene» rispose contenta Kate. «E come sta il mio burbero dottore preferito?»

Tom inarcò un sopracciglio. «Non è burbero, è solo malridotto e acciaccato perché l'universo cospira contro di lui. Cosa ti offro da bere?»

«In realtà stavo per comprare una bottiglia di champagne.»

«Champagne? Festeggiamo? E cosa, di grazia?»

«Be', ho un annuncio da fare. Non sono più disperata, perché forse ho un ragazzo. E poi, visto che sono di ottimo umore, ho pensato che dovremmo celebrare la nostra amicizia.»

«La nostra amicizia?»

«Sì. Ti rendi conto che ci conosciamo da più di vent'anni ormai? Credo sia un motivo sufficiente.»

«Tu sei fuori di testa. Ma se hai voglia di buttare via i tuoi soldi offrendo champagne, io certo non te lo impedirò. Hai un ragazzo quindi?»

«Esatto. O almeno credo, non ne abbiamo parlato, però ho una buona sensazione al riguardo. Un'ottima sensazione.»

«Hai un ragazzo? È successo in fretta, no?» disse Sal con il fiato sospeso, apparendo all'improvviso accanto a loro. «Scusatemi per il ritardo. Ho discusso con Ed, non chiedetemi niente. Allora, questo ragazzo?»

«È americano» rispose Kate con entusiasmo. «E fa l'attore.»

«Un attore che lavora come attore o un attore che lavora come cameriere?» chiese Tom.

Kate corrugò la fronte. «Come fai a sapere che lavora in un bar?»

Tom sorrise. «Non lo sapevo. Ho semplicemente tirato a indovinare. Non si dice che Los Angeles sia piena di attori che lavorano nei bar?»

«Okay, al momento lavora in un bar. Ma ha recitato in una serie che si chiama *Everything I do*, e che è stata un successo negli Stati Uniti.»

«Dev'essere stata davvero un grosso successo se lo ha spedito a servire ai tavoli di Londra» commentò sarcastico Tom.

Kate lo guardò di traverso. «Smettila di essere così cinico. È bellissimo e diventerà famoso. Non mi importa cosa ne pensi tu.»

Tom continuava a sorridere. «Credevo volessi celebrare la nostra amicizia con una bottiglia di champagne, per cui terrai sicuramente molto al mio parere, no?»

«Champagne?» chiese Sal. «Per quale motivo tu e Tom festeggiate?»

Kate sospirò. «Festeggiamo tutti e tre» rispose seccata. «La nostra amicizia. Insomma, dovremmo riflettere su quanto siamo fortunati eccetera.»

«Fortunati?» domandò Sal. «In che senso?»

«In tutti i sensi» disse Kate esasperata. «Abbiamo un lavoro, abbiamo la nostra amicizia, e tu hai Ed, per l'amor del cielo. Non ti sembra una bella fortuna?»

Sal scrollò le spalle. «Fammi un po' capire: sono fortunata a essere sposata con un uomo che preferisce giocare a golf piuttosto che stare con sua moglie, e ad avere un mutuo talmente caro che non possiamo permetterci una vacanza?»

Kate la guardò inerme. «Ho solo pensato che...»

«Kate, sei su di giri perché finalmente hai fatto sesso dopo un periodo di astinenza, tutto qui» disse Tom. «Mentre noi siamo gli stessi stronzi della scorsa settimana. Ignoraci.»

«In realtà, noi...» farfugliò Kate, poi però decise che Tom non doveva conoscere i dettagli della sua vita sessuale, o meglio della sua assenza. «Ero convinta che ti facessi una donna diversa a settimana» ribatté invece. «Non dovresti essere sempre su di giri?»

«Immagino che la novità dopo un po' si esaurisca» rispose lui, abbozzando un sorriso. «Allora, ordiniamo da bere o rimaniamo qui in piedi tutta la sera?»

«Niente champagne» disse stizzita Kate, domandandosi se aver messo i suoi amici quasi in cima all'elenco delle cose di cui essere felice non fosse stato un po' azzardato. «Che ne dite di una bottiglia di vino?»

Presero una bottiglia di rosso australiano e si sedettero al solito tavolo.

«Raccontaci del tuo nuovo ragazzo» esordì Sal dopo che si furono accomodati. «Dove lo hai conosciuto?»

Kate sorrise. «In un bar. Nel suo bar, quello in cui lavora cioè. Ero lì insieme a Gareth. Comunque, siamo andati a cena fuori e poi siamo usciti di nuovo qualche sera fa. Lui è davvero molto carino.»

«Carino?» intervenne Tom. «Credevo che le ragazze non volessero uscire con i ragazzi "carini".»

«Per carino intendo splendido, divertente e dolce» rispose Kate irritata.

«I vostri sguardi si sono incrociati da una parte all'altra del bancone? Hai capito subito che era quello giusto?» domandò Tom ironico.

«Ma smettila!» esclamò Kate. «Perché devi essere sempre così cinico?»

«Sì, taci, Tom» concordò Sal. «Pensi sia una storia seria?»

«Forse. Insomma, credo di sì. Spero di sì. Ti ricordi che la scorsa settimana parlavamo di speed dating e roba simile? Be', ho cominciato a pensare che magari avevi ragione tu, che dovevo uscire con qualcuno – con chiunque – e smetterla di preoccuparmi se fosse quello giusto o meno. E poi ho incontrato Joe, e sembra che tutto funzioni alla grande. Sono contenta di non averlo fatto. Di non essermi accontentata, intendo. Ha detto che sono davvero speciale.»

«Speciale?» chiese Tom. «Passami il sacchetto per vomitare. A breve ti manderà i biglietti della Hallmark prestampati, "alla mia donna speciale".»

Kate gli lanciò un'occhiataccia. «Vuoi smontare la mia nuova storia solo perché non sei mai stato speciale per nessuno in tutta la tua vita, né hai mai permesso a qualcuno di diventare speciale per te» disse brusca. «Sei geloso, tutto qui.»

«Mi interessa essere definito speciale solo durante o dopo il sesso. E solo in riferimento alla mia prestazione. Sul serio... se una di voi mi definirà mai speciale, la nostra amicizia terminerà. All'istante. Senza possibilità di appello.»

«Come se potesse succedere» bofonchiò Kate, e bevve un sorso di vino.

Sal abbozzò un sorriso. «Tom, essere speciale per qualcuno non è una condanna a morte. C'è vita anche dopo che uno ha deciso di sposarsi o impegnarsi.»

«Sono sicuro di sì, ma non per me.»

«Perché è una noia? Perché da sposati non ci si può più divertire?» domandò Sal con aria sostenuta.

«Per la cronaca, vorrei semplicemente dire che io e Joe non ci sposeremo» intervenne Kate. «Insomma, sapete, ci sono uscita solo due volte...»

«Fantastico. Anche tu sei convinta che il matrimonio sia una noia» esclamò Sal arrabbiata.

«Io no!» rispose Kate stizzita. «Ma non perché un uomo mi definisce speciale andrò all'altare insieme a lui. Insomma, potrei, prima o poi. Ancora è presto...»

Tom le lanciò un'occhiata torva. «Pensi sul serio che potresti sposare questo tizio che conosci da una settimana? Sei pazza?»

«No! Non sto per sposarlo, che cavolo! Ho solo detto che... Oh, lascia perdere. È ridicolo.»

«Bene» disse Sal incrociando le braccia. «Quindi mentre voi due vi divertirete, io starò a casa a condurre la mia noiosa vita da sposata, eh?»

Tom si girò verso di lei con fare premuroso. «Sal, credimi, io e Kate non ci divertiamo per niente. Be', Kate forse sì, ma durerà poco e poi sarà depressa come al solito. Allora tu tornerai a regnare incontrastata su di noi, perché sei l'unica matura abbastanza da reggere una relazione adulta.»

Kate inarcò le sopracciglia e lo guardò. «Non durerà poco, o almeno spero. Ma Tom ha ragione: Sal, tu non sei la nostra noiosa amica sposata. No, tu sei la nostra fortunata amica sposata.»

«Lo pensi tu» rispose lei scrollando le spalle. «Scommetto che nessuno di voi ha passato il fine settimana a casa da solo...

be', fino alle quattro di oggi pomeriggio, in realtà. Scommetto che questa bevuta non è l'unica cosa entusiasmante che vi è successa durante tutto il weekend.»

Tom sollevò il bicchiere. «Io ho lavorato. Fantastico, no?»

«E io ieri sera ho guardato *Insonnia d'amore* da sola» aggiunse Kate.

Sal sorrise imbarazzata. «Vi aspettavate che sarebbe andata così? Voglio dire, io credevo che dopo l'università tutto sarebbe stato meraviglioso.»

«E lo è» annuì Kate. «Devi solo concentrarti sulle cose belle e piacevoli della tua vita, così sarai sempre di buonumore.»

Tom e Sal la fissarono.

«Kate, è la cosa più ridicola che tu abbia detto stasera» esclamò Tom. «Ovviamente sei sotto l'effetto di endorfine, che sono generate dall'erronea convinzione di essere innamorata di questo tizio americano. Se la situazione non migliora, dovrò prescriverti una terapia.»

«Può essere che sia innamorata di Joe, però non è solo una reazione chimica» replicò lei impassibile. «E soprattutto non è questo il punto. Il punto è che ho conosciuto un uomo speciale, buono e gentile, forte e generoso, e mi piace molto, okay? Per di più, ho due fantastici amici...» Lanciò un'occhiata significativa a Tom. «Scusate, ho un'amica fantastica e un amico niente male ma molto irritante, e poi ho anche un lavoro con cui pago le bollette e che a volte mi dà soddisfazioni. Per cui sentiti libero di rompere le uova nel tuo paniere, ma non toccare il mio. Io sono felice, e se la cosa non ti va giù, francamente non mi interessa.»

Tom scrollò le spalle. «Bene, speriamo solo che il nostro Uomo Perfetto sia all'altezza delle tue aspettative.»

11

DELINEARE UN PROFILO ROMANTICO

Anni fa, mai un gentiluomo si sarebbe aspettato di vedersi offrire da una donna qualcosa in più di una mano da baciare. In effetti, era un'epoca più semplice, in cui l'affetto tra una coppia di fidanzati si esprimeva con parole e sguardi, i quali a loro modo erano davvero intensi.

Oggi invece un'inguaribile romantica naviga in acque agitate e pericolose, poiché le aspettative sono cambiate e le decisioni da prendere molto più complesse. Un bacio può essere solo un bacio, ma può portare alla svelta ad altro. Quante giovani donne si sono concesse troppo e troppo presto, salvo poi avere il cuore spezzato quando il loro «pretendente» è passato alla conquista successiva!

Naturalmente un'inguaribile romantica sceglierà con cura il suo pretendente, come ho già sottolineato, e tale processo di selezione ridurrà la probabilità di trovarsi davanti a incomprensioni e promesse non mantenute. Tuttavia, per quanto sia affidabile la parola data da un uomo, ricordatevi che la carne è debole e che ciò che avete esibito una volta non potrà più essere nascosto.

Per quanto ammiriate e abbiate fiducia nel gentiluomo che frequentate, vi consiglio di attenervi alle linee guida che seguono.

Un bacio casto è sempre un modo ragionevole di concludere un appuntamento. Un uomo che si aspetta di più nelle prime fasi del corteggiamento è improbabile nutra intenzioni onorevoli.

Mano a mano che il rapporto cresce, potreste essere tentate di spingervi oltre e, grazie agli attuali sviluppi della medicina, adesso siete libere di farlo con tranquillità. Ma non siate impulsive, perché è molto difficile riparare un cuore spezzato.

Prima di abbracciare il mondo moderno e dire di sì a un uomo che anela alle vostre attenzioni, assicuratevi di avere le risposte alle seguenti domande: è l'uomo dei vostri sogni? Siete la donna dei suoi? Parlate regolarmente del futuro? Desidera essere ben accolto dalla vostra famiglia e vi implora di passare più tempo con la sua? Quando vi guarda, lo fa con amore o semplicemente con passione? Sarebbe un buon padre per i vostri figli o eviterebbe le sue responsabilità?

Dopodiché, un'inguaribile romantica saprà se vuole concedersi più di quanto sarebbe opportuno secondo la tradizione. Non sempre le storie d'amore durano – né dovrebbero durare – in eterno. Ma finché la relazione resiste, entrambi dovrebbero nutrire il desiderio di passare tutta la vita insieme, anche se gli eventi potranno infrangere i loro sogni. Le storie senza amore, d'altro canto, sono completamente diverse e non vi offriranno bei ricordi da conservare, né vi insegneranno alcunché di positivo. Perché, in verità, dandovi a chi non vi merita, vi ritroverete semplicemente più povere.

Sarah Jones, la donna piuttosto florida seduta davanti a Kate, giocherellava nervosa con l'orlo del vestito, e di tanto in tanto si asciugava il sudore sul naso e sul labbro superiore.

«Come sa,» disse Kate prendendo i suoi appunti «*Future: Perfect* realizza un'operazione di restauro a 360°. Io sono Kate Hetherington e ristrutturerò la casa. Ora, ho guardato i suoi suggerimenti e il suo video che, fra parentesi, era fantastico!»

Lanciò una rapida occhiata alla signora Jones per vedere se il commento aveva prodotto l'effetto desiderato, calmandola o almeno facendola sorridere, ma non era servito proprio a nulla. La signora era terrorizzata.

«In casa sua» proseguì Kate «ci piacerebbe creare un'atmosfera che le consenta di vivere appieno la sua frenetica vita familiare, e che al tempo stesso ne rafforzi il senso di protezione, mi capisce?»

Sarah Jones la guardò vacua.

«Un luogo speciale nel quale lei possa sentirsi a suo agio, coccolata» continuò Kate con un sorriso incoraggiante. «Uno spazio che esalti il focolare domestico... che celebri lei come dea della casa!»

La faccia di Sarah Jones continuava a essere impenetrabile, ma Kate si scrisse quello che aveva appena detto. Frasi come quelle erano perfette per il suo pezzo davanti alle telecamere.

Stava facendo del suo meglio per trasmettere entusiasmo, ma era in difficoltà. Joe l'aveva chiamata tardi la sera prima – lei era appena rientrata dal Bush Bar & Grill – per dirle che aveva finito il turno, che aveva pensato tutto il giorno a lei e che voleva andare a trovarla.

E lei aveva risposto di no.

Naturalmente se ne era pentita all'istante, ed era rimasta sveglia tutta la notte a sperare che Joe non si stufasse di essere rifiutato, e a ripetersi che era una pazza a seguire uno stupido codice di comportamento destinato alle donne degli anni cinquanta. Adesso aveva davvero la luna storta.

«Ho delle bellissime stoffe da mostrarle e delle vernici fantastiche...» continuò, il sorriso forzato cominciava a indolenzirle i muscoli delle guance. «Motivi e colori vivaci, ma delicati allo stesso tempo. Dall'aria un po' vissuta...»

Porse a Sarah una grande tavola di stile su cui aveva scrupolosamente dipinto alcune tonalità di blu e verde per le pareti, abbinate ad alcune stoffe Ikea allegre come quelle che si potevano trovare in un negozio di Cath Kidston.

Sarah non parve conquistata dai campioni, e mantenne un'espressione tesa.

«Questa è la combinazione per la cucina, in ogni caso ristrutturеremo anche il salotto» si affrettò ad aggiungere Kate. «Seguendo le stesse linee, ma con sfumature più tenui...»

Ti prego dì qualcosa, la implorò fra sé e sé Kate. Ti prego dì almeno una parola. Le bastava un sorriso, un cenno del capo o una frase come «Carino, questo», e si sarebbe messa al lavoro. O meglio, Phil si sarebbe messo al lavoro, sotto la sua direzione.

Sarah si schiarì la gola e la fissò.

Kate sfoggiò un sorriso allegro e annuì incoraggiante.

«Voglio un divano in pelle. Come quello di Linda Barker nella pubblicità.»

Un divano in pelle? Kate corrugò la fronte. Come si abbinava al tema che avevano scelto per la puntata, una via di mezzo fra *Desperate Housewives* e Camilla Parker Bowles? L'unica alternativa valida sarebbe stata un divano grande e bello morbido, che avrebbe consumato il budget di tre puntate.

«Bene,» commentò Kate, cosciente di quanto fosse importante non dire mai di no, ma offrire piuttosto delle opzioni «non sono sicura di aver capito quale divano intenda, ma non crede sia meglio rivestire quello che ha adesso con questi meravigliosi colori? Pensi a tutti i bei ricordi di famiglia legati al suo divano... e ora potrà tenerlo, ma al tempo stesso rinnovarlo in modo che si intoni alla nuova combinazione di colori!»

«Pelle nera e acciaio cromato, era così» dichiarò Sarah. «La mia vicina ne ha uno uguale. Pelle nera e acciaio cromato, ecco cosa voglio.»

Kate respirò a fondo. «Il fatto è, signora Jones... Sarah... che il progetto pensato per lei non prevede un divano di pelle. Probabilmente saprà anche che il nostro budget è molto limitato, un divano assorbirebbe quasi tutta la somma a disposizione.»

Sarah Jones la fissò, impassibile. Poi si chinò in avanti e afferrò Kate per un braccio. «Senta,» sussurrò disperata «non mi importa nulla del vostro progetto. Lei è giovane e carina, per cui non è in grado di capire, ma io sono sposata da sedici anni, ho avuto tre bambini e si vede pure. Negli ultimi dieci mio marito è andato a letto con una donna che vive dall'altra parte della strada, e non mi ha mai baciato, neanche su una guancia. Nessuno strato di trucco e nessuna delle vostre idee potranno cambiare il fatto che io non faccio sesso da anni. Per cui voglio un divano in pelle. Più bello di quello della mia vicina. E lui non potrà neanche posarci una natica sopra. Chiaro?»

Kate rifletté un attimo, poi annuì. La capiva, più di quanto avrebbe voluto. Chiuse gli occhi e tornò a quando aveva otto anni. Ricordò le urla dei suoi genitori, come stava ad ascoltare ogni singola parola accovacciata in cima alle scale. Ricordò l'espressione «quella donna» usata durante le conversazioni. Aveva giurato a se stessa che non avrebbe mai avuto un matrimonio come il loro, un matrimonio tenuto assieme con lo scotch invece che con il Super Attak.

Capiva anche la frustrazione accumulata per non aver fatto sesso da tanto tempo, da non ricordarsi quasi più come funzionava; sapeva cosa voleva dire aspettare così a lungo la perfezione da rischiare di lasciarsi scappare tutto il resto. Ma era anche consapevole del fatto che un divano in pelle non era la soluzione ideale per la casa di Sarah Jones. «Ne parliamo dopo, okay?» disse accondiscendente, e si alzò. Andò in corridoio e prese il cellulare.

«Joe? Sono io. Ci vediamo alle sette da me?»

Joe arrivò alle sette meno un quarto con una bottiglia di vino in mano. Bottiglia di vino che non fu aperta fino a due ore dopo.

Kate aveva avuto ragione a pensare che fosse il tipo di uomo capace di prendere una donna sulle spalle senza fatica. Appena cominciarono a baciarsi, lui la prese tra le braccia e la portò in silenzio in camera, dove lentamente ma con cura la spogliò.

«Sei bella» le disse mentre la baciava. «Sei molto seducente. E sexy.»

Kate non arrossì. Né si preoccupò di tirare in dentro la pancia o di spegnere le luci quando Joe si spostò sopra di lei, esplorando ogni centimetro del suo corpo. Si sentiva bella. E seducente. Che cavolo, era una donna sexy con l'uomo dei suoi sogni fra le gambe, e non c'era niente, assolutamente niente che potesse farla sentire in modo diverso.

E se per puro caso *Il Manuale per inguaribili romantiche* era finito sotto la sua giacca e non poteva vedere quello che stava succedendo, non significava niente. Kate stava solo eseguendo la danza d'amore. Una danza, la sua, senz'altro molto fisica.

12

Joe fu svegliato dal cellulare e si ritrovò in un letto vuoto. Un letto che emanava ancora un delizioso odore di sesso. Guardò il numero che lampeggiava sul display e sorrise.

«Bob! Come stai? Hai buone notizie?»

«Joe, ciao» rispose il suo agente. «Non è andata come speravi.»

Joe corrugò la fronte. Non era andata come sperava? I soldi erano pochi? Cosa era successo?

Era stato il miglior provino che aveva fatto finora. Aveva avuto una buona sensazione, come se le cose iniziassero a girare per il verso giusto. *Over Here, Over There* sembrava fosse stato scritto per lui, era perfetto.

Certo, il direttore del casting aveva accennato a lui come al «fratellino tonto» di *Everything I do*, descrizione che Joe detestava e che gli era stata appiccicata addosso dalla stampa. Come se la gente non sapesse distinguere un attore dal ruolo che interpreta. Lui non era tonto. Aveva ottenuto una borsa di studio come sportivo per un'importante università. Ma di questo non ne parlava mai nessuno, ovvio, no?

Eppure la parte gli calzava a pennello: un ragazzo americano innamorato di una ragazza inglese. Lo aveva sottolineato anche al direttore del casting, aveva una ragazza inglese nella vita reale, non avrebbe quasi dovuto recitare.

«Qual è il problema?» chiese perplesso.

«Gli sei piaciuto tantissimo, ma hanno deciso di scegliere un inglese.»

Joe scosse la testa incredulo. Era impossibile. Quel ruolo era fatto apposta per lui. Era fatto apposta per lui!

«Sul serio? E perché, cazzo? Perché non l'hanno dato a me?»

Il cuore di Joe cominciò a battere all'impazzata per la rabbia. Avrebbe potuto recitare quella parte a occhi chiusi, non aveva quasi bisogno del copione, porca miseria. E avevano scelto un attore inglese del cavolo!

«Joe, ascolta, cerca di capire. Hanno detto che sei stato davvero formidabile. Ma ha un nome, questo tipo. È sempre sui giornali. Sono spaventati dall'idea di dare la parte a uno sconosciuto...»

«Uno sconosciuto? Io sarei uno sconosciuto? Mi hanno ascoltato o no? Ero il secondo protagonista maschile in *Everything I do*, una serie che ha avuto un successo enorme!»

«Il fatto è, Joe, che la serie è finita da un bel pezzo. E da allora non c'è stato praticamente...»

Joe sentì salire dentro di sé un'ondata di rabbia intensa, la stessa che lo aveva incendiato dopo la cancellazione di *Everything I do*. Quei bastardi della compagnia di produzione. Gli avevano promesso un'altra parte, avevano continuato a ripetergli quanto fosse importante per loro. E poi, finito di girare l'ultima puntata, il nulla. Nessuno lo aveva più chiamato, neanche l'ombra di una proposta.

O meglio. Una proposta l'aveva ricevuta: il ruolo di un idiota in una nuova sitcom, che era un «pastiche» di *Everything I do*, qualunque cosa quella parola significasse. A Joe era stato chiesto di riprendere la sua vecchia parte, ma stavolta non avrebbe dovuto fare battute quanto piuttosto esserne l'oggetto. Insomma, doveva interpretare lo zimbello della serie.

Li aveva mandati al diavolo, ovviamente. Salvo poi, per carenza di altre offerte, ripensarci. A quel punto, la produzione gli aveva detto: «Non preoccuparti, abbiamo trovato un altro bel viso». Bastardi. Bene, glielo avrebbe fatto vedere lui. Sarebbe tornato a Los Angeles dopo aver sfondato a Londra. Sarebbe diventato un attore di successo.

«Ho lavorato molto» disse Joe stizzito.

«Inaugurare un salone dell'automobile o due non fa testo.»

«Sono un attore famoso» continuò Joe imperterrito, ignorando il commento di Bob. Che cavolo, a volte bisogna adattarsi per raggranellare un po' di soldi, no? «Potevano avere nel cast un attore di Los Angeles che ha esperienza con le major, e invece mi definiscono uno sconosciuto! Chi è questo tizio? Cosa ha fatto?»

Bob si schiarì la gola. «Ha girato una pubblicità per un'assicurazione auto. Travestito da gorilla.»

«Da gorilla?»

«Ha catturato l'immaginazione del pubblico. Fa comparsate vip e ha partecipato a *Ballando con le stelle*.»

«Come, scusa? Di cosa cazzo stai parlando? È un programma?» Joe cercò di mantenere un tono di voce pacato, ma non riuscì a nascondere la sua indignazione. Aveva bisogno di quella parte. Avrebbero dovuto essere lì a supplicarlo, e invece avevano scelto uno stupido gorilla.

«È un reality molto popolare. I vip devono imparare a ballare e vengono eliminati dal pubblico. Lui ha ballato con il suo costume da gorilla...»

«Vuoi che mi travesta da gorilla?» chiese Joe brusco. «È questo che vuoi? Che ne dici se invece faccio il canguro? Pensi che così potrei convincere quegli stronzi a prendermi sul serio? Insomma, sii sincero, cosa diavolo sta succedendo?»

Bob sospirò. «Ho fissato altri provini. Joe, devi solo avere pazienza, ci vuole tempo.»

«Lo so» rispose lui tentando di calmarsi. Adesso non era il momento di urlare contro il suo agente. «Ma avevo avuto una buona sensazione.»

«Anch'io. Senti, ci sono altre cose in ballo. Non dello stesso livello, certo, ma ti hanno richiamato per la pubblicità del formaggio spalmabile.»

«Il formaggio spalmabile? Bob, te l'ho già detto, non mi presto per una schifezza del genere. Sono Joe Rogers, io.»

«Ma pagano bene. Perché non farlo mentre aspetti il ruolo giusto?»

«Nemmeno per sogno. Ho una reputazione, Bob. E mi farebbe molto piacere che tu, come me, la salvaguardassi.»

Joe chiuse di botto il telefono e sospirò sconsolato. Non si sarebbe lasciato scoraggiare da un no, non avrebbe permesso a un rifiuto di intaccare la fiducia in se stesso. Era Joe Rogers, un attore affermato, sempre e comunque migliore di un gorilla parlante.

Lentamente sprofondò di nuovo sotto le lenzuola, e maledì il fatto che Kate fosse già andata a lavorare. Aveva bisogno di comprensione, aveva bisogno che lei lo guardasse con quegli occhi da cerbiatta e gli ricordasse che era un uomo di talento, un uomo sexy.

Preso dall'agitazione, si sedette sul letto e afferrò il cellulare. Kate adesso era impegnata, ma poteva sempre vederla dopo, no?

«Non riesco proprio a credere che abbiano messo il gorilla prima di me!»

Kate sollevò lo sguardo dal cellulare e sorrise. Era l'ora di pranzo sul set di *Future: Perfect*, e aveva appena ricevuto un messaggio di Joe, che la invitava a uscire quella sera.

«Quale gorilla?» chiese vaga Kate.

«Quel maledetto tizio travestito da gorilla. Hanno pubblicato la sua intervista prima della mia… a pagina quattordici, ci credi?... Cacciando me a pagina ventisei. E lui ha pure una foto in copertina, mentre io ho solo una piccola riga in fondo.»

«Non direi che di fondo… schiena tu sia molto piccola» esclamò Gareth. Penny lo folgorò con lo sguardo.

«Adesso chiamo il mio agente. Ne ho abbastanza di queste stronzate.»

Mentre Penny stava per uscire, Magda entrò come una furia. «Hai visto questa intervista?» chiese, agitando una copia del giornale che poco prima anche Penny aveva brandito.

«Lo so» rispose con voce cantilenante. «Pagina ventisei. Incredibile!»

Magda le scoccò un'occhiataccia. «Neanche un accenno a *Future: Perfect*, mi stavo domandando come mai» disse arrabbiata. «Abbiamo fatto un accordo, Penny. Noi ti strapaghiamo, e tu – nelle tue stupide interviste – parli solo ed esclusivamente del programma.»

«Magda, non essere ingenua. Come se qualcuno mi chiedesse del programma per un'ora!»

«Be', se non stai attenta, addio interviste! Ti ritroverai disoccupata, ammesso che il programma non chiuda prima.» Lanciò la rivista sul tavolo dei Jones e uscì inviperita dalla cucina, lasciando Gareth e Kate ammutoliti.

«Bella scenata da primadonna» borbottò Penny. Prese il giornale, tirò fuori il cellulare e si diresse in giardino.

Gareth sospirò sollevato, poi si girò verso Kate con aria complice. «Sai che il programma sta andando a picco? Voglio dire, se Magda e Penny non implodono prima. A quanto pare lo sponsor ha intenzione di chiamarsi fuori.»

«Sul serio?» chiese Kate preoccupata. Le andava benissimo lamentarsi, ma era pur sempre grata di avere un lavoro.

«Voci di corridoio,» continuò Gareth, guardandosi intorno per controllare che nessuno li ascoltasse. «Non rimarrei sorpreso se cestinassero il programma alla fine di questa stagione. Per ciò, negli ultimi tempi, Magda ha la sindrome premestruale perenne.»

Penny rientrò di gran carriera in cucina. «E hanno messo il gorilla prima di me!» urlava. «Ha mai avuto una canzone al primo posto in classifica? Presenta un reality show? No, certo che no. Chiamali e dì loro che sono delusa. Molto delusa... Sì, lo so. Sì, capisco perfettamente che... No, so che lo spot è molto popolare e che passa regolarmente sulle reti nazionali, però... Perfetto. Bene, allora trova una pubblicità anche a me... Sì, so di averti detto il contrario, ma ho cambiato idea. Assicurati che sia sui canali nazionali.»

Chiuse di scatto il telefono e guardò prima Kate e poi Gareth. «Smettetela di fissarmi, grazie» disse scuotendo i capelli, o almeno tentando di farlo: li aveva talmente irrigiditi da tutti i prodotti che usava, che non si mossero di un millimetro. «Appena girerò una campagna pubblicitaria nazionale, non dovrò più lavorare con dei reietti come voi» esclamò e uscì.

Gareth inarcò le sopracciglia. «Ma che diavolo di prodotto potrà mai pubblicizzare? Sarebbe bene che qualcuno pagasse lei perché stesse alla larga dai salotti altrui.»

Mentre Gareth parlava, Magda rientrò impettita in cucina. «Kate, hai un minuto?»

Kate alzò gli occhi verso di lei.

«Ha chiamato di nuovo la donna che ti perseguita» continuò Magda. «Non ha voluto dire quale fosse il problema, solo che desiderava parlare con te. È un brutto segno, Kate, che non lasci un messaggio. Gli avvocati non l'hanno ancora contattata, prima vogliono sapere cosa hai fatto tu, per filo e per segno. Così si preparano.»

«Si preparano?» le fece eco Kate. Suonava male.

«Così sanno cosa aspettarsi. E sanno anche di chi è la colpa, se del programma o tua.»

«La colpa per cosa?»

«Non lo so. Chiedilo a loro, ambasciator non porta pena.»

Appena Magda uscì, Kate appoggiò la testa sul tavolo e se la prese fra le mani.

«Non ti stressare» le suggerì Gareth. «Nega di aver mai saputo che qualcosa sia andato storto. Non possono farti nulla, se non lo dimostrano.»

«Ma non so cosa dovrei aver fatto!» esclamò indignata Kate. «Perché non posso semplicemente parlare con quella donna? Perché devono mettersi in mezzo gli avvocati? Durante il programma era stata molto carina. Proprio non capisco.»

«Hai il suo numero, no? Perché non la chiami?»

Kate lo fissò. Certo. Aveva i numeri di telefono di tutti i protagonisti del programma.

«Ma se ha ragione Magda e la donna registra la telefonata?»

«Non dire niente di compromettente. Almeno così scoprirai qual è il problema.»

«Sei un mago, Gareth» esclamò Kate raggiante. «La chiamerò, che cavolo!»

«Brava! Ora, ti dispiacerebbe spiegarmi perché Sarah Jones continua a pretendere un divano in pelle?»

13

L'ARTE DEL COMPROMESSO

Volesse il cielo che tutte le nostre relazioni e conversazioni fossero sempre gentili, appaganti e prive di difficoltà. Molto spesso, invece, le nostre amicizie sono costellate di battibecchi e dissapori; e anche fra innamorati i bisticci sono inevitabili. Uno dei due vuole andare a teatro, l'altro desidera rimanere a casa. Uno ama svagarsi in campagna nel fine settimana, l'altro preferisce gli agi della città.

Un'inguaribile romantica tuttavia sa che i contrasti non necessariamente provocano tristezza e angoscia. Se gestiti bene, infatti, possono essere trasformati in una meravigliosa opportunità di dimostrare che riusciamo ad accettare un compromesso, di provare all'altro che sappiamo anteporre i suoi sentimenti ai nostri. E nel momento in cui questo succede, anche il nostro innamorato o la nostra amica saranno portati ad agire allo stesso modo. Così, da parole irose nascono parole garbate, dalla disperazione la speranza.

Essere romantici, sapete, non è andare a teatro né tanto meno fare un regalo piccolo ma costoso. Essere romantici è uno stile di vita, è generosità di spirito. E un'anima generosa avrà sempre tutto ciò che le serve...

La sera, appena arrivata a casa, Kate cercò il numero di telefono di Carole Jacobs e si diresse in cucina. Prese il telefono, iniziò a digitare il numero e poi mise giù. Si sedette comoda e iniziò a tamburellare le dita sul tavolo.

Era facile per Elizabeth Stallwood parlare di compromessi, pensava con un certo nervosismo, probabilmente nessuno aveva mai minacciato di querelarla! Come poteva Kate dimostrare alla signora Jacobs che era disposta ad anteporre ai propri sentimenti i suoi, quando neanche li conosceva?

A dire il vero, non era così. Riesaminando i suoi appunti aveva individuato due situazioni che potevano aver urtato la sensibilità della Jacobs. O l'uso della sparapunti: stavolta per le tende, perché non avevano avuto tempo di fissare una riloga doppia. O il pavimento sabbiato, ma solo intorno ai mobili, non sotto, per espresso ordine di Magda, e ancora una volta per mancanza di tempo. In pratica, Carole non avrebbe potuto spostare neanche una poltrona senza mettere bene in vista il loro espediente da due soldi.

Magari era arrabbiata per entrambe le cose, o per un problema completamente diverso. Tuttavia era necessario querelare Kate? Non era una reazione esagerata?

Mentre fissava il foglio sul quale aveva scritto tutte le possibili motivazioni per cui non era colpa sua se Carole Jacobs era insoddisfatta della ristrutturazione, piano piano spostò la mano verso il telefono.

Gli avvocati di *Future: Perfect* le avevano spiegato che era fondamentale non chiedere mai scusa, perché in tal caso si ammetteva la propria responsabilità. Consigliavano invece di usare espressioni come «Mi rincresce» o «È un peccato», che suonavano pompose e condiscendenti. Non le aveva mica scritte lei le regole, si ripeté decisa.

«Mi rincresce che non sia contenta della ristrutturazione.»

«È un peccato che il programma non abbia soddisfatto le sue aspettative.»

«Mi rincresce averle rovinato la casa, e avere trasformato lei in una mia acerrima nemica...»

Kate fece una smorfia. Poteva farcela. Ne era sicura.

Respirò a fondo, alzò la cornetta e compose il numero. Poi, mentre il telefono squillava, sperò con tutta se stessa che Carole non fosse in casa, che si fosse trasferita, o fosse andata a trovare un lontano parente che viveva in qualche angolo sperduto della Mongolia.

«Pronto?»

«Carole Jacobs?»

«Sì, cara. Con chi ho il piacere di parlare?»

Kate trasalì. La signora Jacobs sembrava carina, proprio come ricordava lei. Adesso quindi si sentiva in colpa, altro che indignata.

«Sono Kate, Kate Hetherington di *Future: Perfect*. Chiamo semplicemente per dirle che mi dispiace. Qualunque sia il motivo per cui è arrabbiata o insoddisfatta, qualunque disastro io abbia combinato in casa sua, sono mortificata. È tutta colpa mia e, nei limiti del possibile, rimedierò. Okay?»

Carole Jacobs rimase in silenzio, e Kate si morse le labbra per l'ansia. «Ehm, pronto? È ancora lì?» chiese esitante.

«Sì. Sì, ci sono. Mi scusi. Pensavo fosse uno scherzo telefonico. Cosa vuol dire "arrabbiata"? Io non sono per niente arrabbiata.»

«Ha chiamato il programma, ha telefonato per lamentarsi, e loro non ci lasciano... Insomma, preferiscono gestire situazioni del genere in modo diverso. Tuttavia io preferirei che ne discutessimo noi, da adulti ragionevoli, se non ha niente in contrario. Insomma, non c'è bisogno di coinvolgere altre persone, le pare?»

«Non lo so, cara. Ce n'è bisogno?»

Kate corrugò la fronte e si girò verso *Il manuale per inguaribili romantiche.*

I contrasti non necessariamente provocano tristezza e angoscia. Se gestiti bene, infatti, possono essere trasformati in una meravigliosa opportunità di dimostrare che riusciamo ad accettare un compromesso, di provare all'altro che sappiamo anteporre i suoi sentimenti ai nostri.

«Cosa non le è piaciuto dell'operazione di restauro?» domandò Kate con il tono più gentile che possedeva. «Cercheremo di ovviare al problema, perché i suoi desideri sono importanti per *Future: Perfect*. Insomma, mi auguro che riusciremo a trovare un compromesso.»

Ci fu un altro momento di silenzio. «Cosa non mi è piaciuto?» chiese Carole.

«Esatto, qualsiasi cosa.»

«Il rossetto. So che il rosso ciliegia è spaventosamente datato, ma è così allegro. Quel giovanotto carino cercava solo di aiutarmi, però non mi è piaciuto il color mattone che ha scelto. È così smorto. Se metto il rossetto, allora voglio che sia luminoso e vivace.»

«Il rossetto» ripeté Kate interdetta. «Okay, bene, ne parlerò senz'altro con Gareth. E della casa che mi dice? Insomma, cosa non le è piaciuto?»

«A dire il vero, mi è piaciuta moltissimo. E ho anche pensato che fosse un sistema molto intelligente: perché spendere un mucchio di soldi per sabbiare una parte del pavimento che nessuno vede? Mi dica, avete davvero un budget di settecentocinquanta sterline per tutta la ristrutturazione?»

Kate inarcò le sopracciglia. Carole stava sicuramente facendo il doppio gioco: parlava così per convincerla ad ammettere che aveva risparmiato, in modo da avere gli estremi per poterla querelare.

«Dobbiamo rispettare un preventivo» disse per tastare il terreno. «Quindi preferiamo concentrarci sulle zone che garantiscono il massimo risultato estetico...»

«Eppure, non si direbbe. Insomma, nessuno dei miei amici si era accorto dei punti sotto i mobili. Per lo meno finché non glieli ho fatti notare io. In pochi agirebbero così, cercando di risparmiare, sa? Non tutti capiscono il valore del denaro.»

Kate trasse un respiro profondo. Questa conversazione la stava frastornando. O un'astuta manipolatrice la stava raggirando, oppure...

«Signora Jacobs, perché ha chiamato *Future: Perfect*?» le domandò.

«Oh, per chiederle di aiutarmi. Lei ha illuminato la mia vita con meno di settecentocinquanta sterline, cara. Allora ho pensato, be', se è stata capace di farlo con me, sarà anche in grado di illuminare la casa di cura. Lavoro lì, accanto all'ospedale. Ed è un posto talmente triste... non aiuta certo a guarire. Per questo ho provato a contattarla. Ma lei è sempre molto impegnata, è difficilissimo riuscire a parlare con lei.»

Kate fissò il telefono.

«Non mi vuole querelare?»

Carole restò a bocca aperta. «Querelarla? E perché mai? Oh, cara, si è cacciata in qualche guaio? Non sa quanto mi dispiace.»

«Bene. Cioè, no, non sono nei guai» rispose Kate imbarazzata. «Scusi, voleva parlarmi di una casa di cura?»

«Sì, esatto.»

«Che tipo di istituto?» chiese Kate. Non sapeva se ce ne fossero diversi tipi. A dire il vero, non era neanche sicura di sapere cosa fosse.

«È una casa di cura che ospita malati di cancro, per lo più. Fanno terapia all'ospedale e poi vengono da noi. Insomma, siamo una via di mezzo fra un ospedale e una casa vera e propria. Può essere orribile, sa, il cancro. Alcuni non vogliono tornare a casa. Altri hanno bisogno di cure mediche costanti, ma non vogliono rimanere in ospedale più di quanto sia strettamente necessario. Ora, noi non abbiamo molti soldi, ma raccogliamo fondi da un po' di tempo, e io ho pensato che se esisteva qualcuno capace di farli fruttare era proprio quella ragazza carina della tv che usava meravigliosi colori per arredare. Oh, è molto bello che mi abbia chiamato. So che quelli come lei hanno una vita frenetica. Mia nipote è uguale... è sempre di corsa, non ha mai tempo per fermarsi a bere una tazza di tè, figuriamoci per venire a trovarmi.»

«Vuole ristrutturarla?» domandò Kate incuriosita.

«Oh sì. Sarebbe una bella novità, capisce. Per tanta gente.»

«Quanto... quanto è grande?»

«Dunque, adesso accogliamo una trentina di persone. Alcune condividono una camera, ovvio, perciò dovremmo contarne circa venticinque. Più la sala tv. E la sala da pranzo, anche se di questi tempi i pazienti tendono a mangiare nella sala tv, portandosi dietro il vassoio. Non mi convince molto come abitudine, ma tant'è.»

Kate restò senza fiato. «Quindi parliamo di ventisette stanze?»

«Più o meno. Sono tante, lo so. Eppure, anche dei minimi cambiamenti in ognuna farebbero la differenza.»

Kate cercò di non entusiasmarsi troppo. Immaginava già le pennellate di colore capaci di trasmettere gioia a tutti quei malati, i trattamenti alle finestre in grado di infondere speranza e ottimismo per il futuro. Le venne il dubbio di aver letto un po' troppo Elizabeth Stallwood ultimamente. «Strepitoso!» disse titubante. «Sono onorata che abbia pensato a me.»

«Forse vorrà dare un'occhiata alla struttura» suggerì Carole Jacobs. «Per ideare un progetto, intendo.»

«Volentieri. Insomma, ho un lavoro a tempo pieno, per cui potrò dare una mano solo durante il fine settimana, o poco più. Ma mi farebbe molto piacere essere coinvolta. Allora, qual è il budget?»

«Millecinquecento sterline.»

«Scusi, non credo di aver sentito bene. Ha detto millecinquecento sterline?»

«Esatto» rispose Carole allegra. «So che non è molto, ma cosa potremmo fare con questa somma?»

Kate deglutì. «Potrebbe... comprare le vernici. Davvero è il solo budget disponibile?»

«Temo di sì» annuì Carole senza scomporsi. «Però sono sicura che tutti vorranno collaborare e contribuire.»

Kate si morse le labbra. Non sapeva cosa aggiungere.

«Venga a trovarci» continuò la signora Jacobs interrompendo il silenzio. «Venga a vedere la casa di cura e ci dia il suo parere spassionato. Saranno tutti entusiasti. Non abbiamo mai ricevuto la visita di un vip prima d'ora.»

«Io non sono una...» farfugliò Kate, poi scrollò le spalle. Non aveva importanza se gli ospiti della casa di cura la consideravano una vip, pensò. E poi, un'inguaribile romantica non dice di sì alle novità? «Perfetto» esclamò. «A domani.»

Mise giù il telefono, senza capire se era più sollevata o terrorizzata dalla conversazione che aveva avuto con Carole. In che situazione si era andata a cacciare?

Prima di riuscire a chiarire la questione dentro di sé, il campanello suonò.

14

Sal avrebbe voluto smettere di pensare a Kate che faceva sesso con il suo ragazzo. Non che pensasse esattamente a loro due, era più l'idea in sé: Kate che andava a letto con un uomo nuovo. Sal ricordava a malapena i brividi delle sue prime volte. Gli sguardi intensi, la pelle che si sfiora, l'esplorazione...

Il guaio è che, per quanto si dica che il sesso migliori mano a mano che la relazione va avanti, niente riesce a sostituire l'eccitazione con cui salti addosso a qualcuno quando inizi a frequentarlo. Il modo in cui senti di aver bisogno di lui, in quel preciso istante.

Il sesso nel matrimonio ha un sacco di vantaggi: la serenità, la confidenza necessaria per sperimentare nuovi giochetti (solo nelle prime settimane, ovvio), la profonda conoscenza del corpo dell'altro utile a raggiungere l'orgasmo insieme e nel modo più rapido ed efficace possibile, così da non perdere ore di sonno prezioso o gli ultimi quindici minuti di *Prison Break*. Eppure, il sesso da sposati non ti fa tremare di passione, non ti lascia quella sensazione di benessere che la gente intorno a te riesce a cogliere sul tuo viso anche ventiquattro ore dopo averlo fatto. E senz'altro, non è sesso da urlo.

In ogni caso, buon per Kate. Era una notizia fantastica, che avesse un ragazzo eccetera.

Be', per certi versi lo era. Sal sperava solo che non cambiasse troppo il loro rapporto. Che la nuova storia di Kate non la rendesse felice in modo disgustoso.

Sospirò. Oddio, che razza di amica era? Avrebbe dovuto essere felice per Kate. E lo era. Per davvero. O almeno così credeva.

Però... be', era successo tutto così in fretta. Non è che adesso questo Joe avrebbe voluto unirsi alle loro serate al Bush? O che Kate avrebbe iniziato a fare prediche sui valori fondanti di una relazione fantastica, sottraendo a Sal l'unica freccia al suo arco? Sarebbe cambiata l'intera dinamica della loro amicizia? Cambiamento significava scompiglio, incertezza, assenza di controllo. Cambiamento significava... be', cambiamento.

Ed le aveva mai detto che lei era speciale?, si chiedeva Sal.

Non che fosse importante. Tom aveva ragione: Sal aveva un matrimonio fantastico.

Anche se, come poteva saperlo lui? Non aveva idea di come si susseguissero le sue giornate da sposata, nella quotidianità. E poi, Tom non aveva nemmeno una bella storia d'amore con cui confrontarlo.

Forse Sal si era semplicemente sistemata. Forse, se avesse aspettato, sarebbe uscita con qualcuno che l'avrebbe considerata speciale. E non avrebbe avuto quei lancinanti attacchi di solitudine che finivano in venti minuti, quando perdeva il controllo e mangiava enormi quantità di cioccolato con le lacrime agli occhi, quando si permetteva di pensare tutti i pensieri che di norma scacciava via. Lei non era amabile. Ed non si divertiva a passare il tempo con lei. Malgrado le liste, le caselle da spuntare e i fogli di calcolo, la sua vita le stava lentamente ma inesorabilmente sfuggendo di mano.

Sal si dette una scossa. Non era una fallita, era una donna felicemente sposata che abitava in una casa bella e grande.

Aveva una vita piacevole e lo avrebbe dimostrato: organizzando una cena alla quale invitare Kate e il suo nuovo ragazzo. E anche Tom.

All'improvviso Sal immaginò la scena: Ed che portava su il vino dalla cantina mentre le candele illuminavano i loro visi, e si parlava dei vecchi tempi prendendosi in giro a vicenda. Joe sarebbe entrato nel gruppo senza fatica, e avrebbe insistito per comprare una casa in zona. Fra di loro non sarebbe cambiato nulla, a parte il fatto che avrebbero avuto un nuovo amico glamour e – di tanto in tanto – sarebbero stati invitati alla prima di un film. In un battibaleno la relazione tra Kate e Joe sarebbe diventata proprio come quella fra lei ed Edward, e lei avrebbe riso di se stessa per essere stata così sciocca e paranoica, e per aver pensato che altri erano molto più felici di lei.

Prima di avere dei ripensamenti, Sal chiamò Kate. «Ciao Kate, sono io. Ho deciso di invitarvi a cena. Tu e Joe. E Tom, ovvio.»

«A cena?»

«Sì» rispose Sal spazientita. «Tovaglioli eleganti, buon vino, chiacchiere affabili, hai presente?»

«Che pensiero carino! A Joe farebbe un immenso piacere. Ma lavora martedì, mercoledì e giovedì. E un sabato sì e uno no.»

«Sta diventando una storia seria?»

«Sì. È fantastico, sai? Joe è... be', è incantevole. E poi c'è questa straordinaria connessione fra di noi.»

Sal rimase un attimo in silenzio. «È... è meraviglioso. Quindi, venerdì va bene?»

«Perfetto. A che ora?»

«Sette e mezzo.»

«Splendido, a presto.»

Sal riattaccò e cominciò a scrivere un'e-mail a Ed. Sapeva che suo marito era libero venerdì sera, ma sapeva anche che all'improvviso poteva saltare fuori un aperitivo con dei clienti, d'altronde succedeva sempre così. Si augurava che Ed non vedesse l'e-mail prima di fine giornata, quando cioè – avrebbe sostenuto Sal – sarebbe stato troppo tardi per disdire.

Penny aprì la porta dell'ufficio di Magda senza bussare e si accomodò.

«Sai che non lavoro di prima mattina» esordì scontrosa. «Ti dispiace se fumo?»

Magda grugnì. «Sì, che cavolo» rispose in modo altrettanto scontroso. «E per la cronaca, neanche io amo lavorare di prima mattina, come non amo vedere lo share calare a picco, né tanto meno avere la prospettiva di non andare più in onda.»

Penny sgranò gli occhi. «Non dire sciocchezze!»

«E invece è così. Siamo appesi a un filo. E se il programma sparisce, sparisce anche l'affitto del tuo lussuoso appartamento, lo sai, vero?»

Penny sussultò. «Io ho comunque avuto altre proposte lavorative.»

«Forse sì. Ma credimi, bellezza, se *Future: Perfect* viene cancellato, nessuno di noi ne uscirà vincitore.»

Penny sospirò. «Io faccio quello che posso. È degli altri che dovresti preoccuparti. Non c'è un solo talento in questo programma. Le combinazioni di colore di Kate sono orribili, e anche Lysander sembra un po' sottotono negli ultimi tempi.»

«A nessuno importa dell'arredamento e della moda. Ci serve visibilità. Dobbiamo farci pubblicità, pubblicità seria, in modo da sopravvivere. E poi, chissà, forse potremo anche salire di un livello o due. Attrarre una rete come si deve, tipo Channel 3.»

«Channel 3?» chiese Penny, drizzando le orecchie.

«Vale la pena tentare un'ultima volta» disse Magda con un sospiro. «Hanno già un mucchio di paccottiglia in programma tutte le sere. Perché non dovrebbe esserci spazio anche per noi?»

«Io sono su *Hot Gossip* tutte le settimane! Non so che pretendi di più da me.»

«Ti voglio in copertina.»

Penny alzò gli occhi al cielo. «Okay, vedrò cosa posso fare.»

«Ascolta, tu conosci le regole del gioco. Torna in clinica a disintossicarti, vai a vivere con una pop star, dichiara di avere una malattia terminale. Non me ne importa un tubo. Hai questo lavoro solo perché puoi generare pubblicità, ed è esattamente quello che voglio che tu faccia. Sarebbe fantastico se potessi accennare alla Winter Sun Holiday Breaks nel frattempo, visto che stanno pensando di sponsorizzare il programma. Chiaro?»

Penny storse le labbra e si alzò. C'era da sperare che Magda avesse ragione a proposito di Channel 3. Altrimenti avrebbe preso in seria considerazione le proposte che aveva ricevuto. Scommetteva che il gorilla dell'assicurazione auto non doveva sopportare questo genere di fesserie. E non avrebbe dovuto farlo neanche lei.

«Una cena?» Sal riusciva praticamente a vederlo corrugare la fronte dall'altro capo del telefono.

«Sì, Tom. Cibo, compagnia, vino...» Perché tutti reagivano come se fosse un'idea strana? La gente organizza cene con gli amici di continuo.

Aveva affrontato l'argomento anche con Ed, ma non gli aveva cavato di bocca una risposta diretta. Lui aveva ignorato la sua e-mail, perciò lei lo aveva chiamato. Non che avesse avuto proprio tutta la sua attenzione.

Sal: Vorrei organizzare una cena con i nostri amici.

Ed: grugnito.

Sal: Cosa ne pensi?

Ed: Non saprei. Scusa, Sal, sono un po' impegnato adesso. Parliamone dopo.

Sal: Ma non torni a casa dopo.

Ed: Ah ah.

Sal: E domani sera non vai a cena con dei clienti?

Ed: Clienti?

Sal: Avevi detto di avere una cena. Con un manager di fondi di investimento, no?

Ed: Oh, giusto, sì. Esatto. Me ne ero dimenticato.

Sal: Allora, cosa ne pensi?

Ed: Di cosa?

Sal: Non importa. Ciao, Ed.

Ed: Ciao, tesoro. Clic.

«... è solo una cena» esclamò Sal esasperata.

«Sì, ho presente» rispose Tom. «È passato tanto tempo dall'ultima volta che qualcuno mi ha inserito nella sua lista degli invitati. In realtà, non sono neanche sicuro di esserci mai stato. Non pensavo che il nostro gruppo avrebbe mai apprezzato questa faccenda delle cene formali. Ma adesso che ho preso in considerazione l'idea, mi sembra fantastica e non mancherò.»

«Ho invitato anche Kate e Joe.»

«Oh, meraviglioso. La coppia felice. Non vedo l'ora.»

«Lei è tutta cinguettante» disse Sal cupa. «Come se stesse facendo del sesso fantastico.»

Tom rimase un attimo in silenzio, poi si schiarì la gola. «Con l'uomo speciale della sua vita?»

«Mi ha detto che hanno una profonda connessione.»

«Eh be', le connessioni. Io cerco di evitarle, a meno che non si tratti di una rete wireless.»

«E se Kate si trasferisce a Los Angeles e va a vivere in una casa enorme?»

«Sal, stanno insieme da una settimana. E lui fa il cameriere, non è un divo del cinema. Sei sicura che sia tutto a posto?»

«Sì, sì, certo» rispose Sal più pacata. «Scusa, sono solo... non lo so. Stanca, credo.»

«Troppo sesso da sballo con Ed, vero?» chiese Tom malizioso.

«Magari» sospirò Sal. «Siamo sposati, non te lo dimenticare.»

«Ah già, ovvio.»

«Tu te la spassi, invece.»

Tom si mise a ridere. «Non credo, visto che ho trovato il tempo di rispondere al telefono.»

«Sai cosa intendo. Sono l'unica che lo fa una o due volte a settimana – se sono fortunata –, con la luce spenta e sempre e solo in camera da letto?»

«Credo che questo si chiami prendersela comoda» disse con gentilezza Tom.

«Hai proprio reso l'idea. A presto.»

Tom mise giù il telefono e corrugò la fronte.

«Tutto a posto?»

Alzò gli occhi e vide Lucy sulla soglia.

«Sì, sì. Cosa posso fare per te?»

«Ti ho appena sentito parlare di sesso da sballo» disse Lucy, sorridendo maliziosa. «Mi domandavo se potevo aiutarti in qualche modo.»

Tom trasalì, ma Lucy gli fece l'occhiolino.

«Sono libera per un aperitivo, dopo. Se ti interessa.»

Sorrise di nuovo, si girò e andò via, lasciando Tom imbambolato a fissarla.

15

Sal non aveva notato le braccia di Jim prima d'ora. Erano muscolose. Andrà in palestra?, pensò.

Erano seduti nel suo ufficio, e lei cercava di ascoltare quello che lui diceva, ma non ci riusciva proprio. Continuava a distrarsi, chiedendosi cose che di norma non si permetteva mai. Sarebbe stato concedersi troppe libertà. Erano domande tipo: che sarebbe successo se non avesse sposato Ed? Se non si fosse sempre ostinata a controllare tutto e avesse invece semplicemente lasciato accadere le cose? Ed era davvero la sua anima gemella, o lei – pur di sposarsi – si era lasciata sfuggire l'uomo dei suoi sogni che adesso, per colpa sua, era intrappolato in un matrimonio senza amore chissà dove? Se fosse stata un po' più paziente, avrebbe fatto sesso da sballo in questo preciso istante invece di valutare se cucinare pollo o pesce per la cena di venerdì?

«Tutto a posto, Sal?»

Lei arrossì, accorgendosi che Jim la guardava in modo strano. Doveva essersi messa a fissare nel vuoto un'altra volta. Nel bel mezzo di una conversazione. Non poteva andare avanti così.

«Scusa, Jim, stavo riflettendo su una cosa che hai detto prima» mentì. «E quindi, non sei soddisfatto di questo comunicato stampa?»

Jim era il responsabile delle pubbliche relazioni. Non era il settore di competenza di Sal, ma lei aveva agito da intermediaria per lui in passato, convincendo gli scienziati dell'azienda a permettergli di tanto in tanto di usare un superlativo nelle sue pubblicità, in cambio dell'inserimento di alcuni dati tecnici. Sal ebbe la sensazione che Jim avesse solo bisogno di lamentarsi con qualcuno delle difficoltà del suo lavoro, e suppose di essere più comprensiva – o almeno di apparire tale – della collega del team di controllo sull'aspirina e l'ibuprofene.

«Se non possiamo affermare che il nostro antidolorifico funziona meglio o più rapidamente, che chance abbiamo?» esclamò scuotendo la testa. «Insomma, che senso ha? Cavolo!»

Sal lo guardò comprensiva. Il trucco, voleva dirgli, è non preoccuparsi troppo del senso: si rischia di entrare in una crisi esistenziale perenne e di ritrovarsi a farfugliare in un angolo come un deficiente. No, piuttosto ci si deve concentrare sui valori del marchio, i concetti vincenti, e attendere con ansia le prossime vacanze. O funzionava così solo per lei?

«Siamo ancora la marca di antidolorifici più venduta» rispose. «Non puoi puntare su questo?»

Jim scosse la testa. «Non posso catturare l'attenzione della stampa medica su un antidolorifico che ha un nuovo packaging solo perché è prodotto dal leader del mercato. Ho degli obiettivi da raggiungere, fra l'altro. Sono io quello che finirà per perdere le gratifiche, non loro. Per loro è semplice.»

Sal annuì, anche se non era del tutto sicura che creare l'antidolorifico più venduto al mondo fosse così semplice. D'un tratto si ritrovò a guardare le braccia di Jim. Non aveva mai osservato le braccia di Ed. Certo, le aveva viste: non avevano nulla di strano, e lei non ne era stata mai particolarmente attratta. Non ricordava nemmeno quando era stata la prima volta che le aveva viste. O meglio, guardate. Per bene, non dando una rapida occhiata per confermare che ci fossero e non fossero deformi.

Altre donne sposavano uomini di cui avevano a malapena notato le braccia?

«Vai in palestra, Jim?» gli chiese sovrappensiero. Lui la fissò, e lei arrossì di nuovo, realizzando cosa aveva appena detto, per non parlare di quello che aveva sottinteso.

«Non volevo dire...» farfugliò. «Cioè... me lo domandavo. Sembrerebbe di sì, e siccome ho intenzione di iscrivermi in palestra, chiedevo solo...»

Invece di trattarla come se fosse impazzita, Jim le sorrise. «Sì, ci vado. È proprio qui vicino, dietro l'angolo... in Holmes Place. Ti accompagno a vederla, se ti va.»

Sal annuì, non sapendo bene cosa rispondere. Probabilmente Jim l'avrebbe lasciato cadere lì come un invito aperto, che lei non si sarebbe mai sognata di accettare. Nel giro di qualche giorno, lo avrebbero dimenticato, si rassicurò.

«Magari stasera? Dopo il lavoro... verso le sei?»

Jim si era alzato e la stava guardando, i suoi occhi azzurri fissi in quelli di Sal.

Maledizione, pensò lei. Quindi non se ne era scordato.

«Fantastico» rispose allegra.

Lui sorrise di nuovo e uscì dalla stanza, lasciando Sal a scuotere la testa incredula per quello che aveva appena fatto.

Si massaggiò le tempie e cerco di concentrarsi sul profilo del prodotto che aveva davanti. Jim, il responsabile delle pubbliche relazioni, le avrebbe fatto vedere la palestra che frequentava. Com'era potuto succedere? Lo conosceva a malapena e non aveva nemmeno intenzione di iscriversi in palestra. Vado al Gym Center con Jim. Sembrava una filastrocca per bambini. Era una cosa comica, ridicola.

O no? Di sicuro non sembrava comica. Era l'inizio, si rese conto di colpo. L'inizio della fine del suo matrimonio. Se lo sentiva. Un attimo prima non ricordava com'erano le braccia di Ed, quello successivo avrebbe voluto fare sesso selvaggio con Jim. Al Gym Center. Forse lei gli faceva pena: una donna sposata, triste e noiosa, che viveva a West Kensington.

A parte che non le era sembrato di fargli pena. E poi, piuttosto che tornare a casa e aspettare Ed tutta la sera...

Comunque andavano solo in palestra, per l'amor del cielo. Un po' di moto era quello che ci voleva. Magari, se si fosse rimessa in forma, la sua vita sessuale sarebbe migliorata. Con Ed, cioè. Non con Jim, ovvio. Lui era stato gentile, e se quell'invito aveva involontariamente puntato un faro sulle ragnatele che infestavano il suo matrimonio, be', non era colpa di Jim. Era colpa di Sal, che aveva permesso che si verificasse una situazione del genere. Quindi toccava a lei rimediare.

In fretta e furia, come per impedirsi di cambiare idea, prese il telefono e chiamò Ed.

«Ed Long.»

«Ciao, sono io. Stasera torno tardi perché vado al Gym Center.»

«Tu? Al Gym?» Ed stava ridendo.

«Sì, io. Vado con un collega, Jim.»

«Ho capito che vai al Gym. Ma come si chiama il tuo collega?»

«Ah, ah. Si chiama Jim.»

«Vai al Gym Center con Jim?» Ed rideva a crepapelle.

«Sì» rispose Sal indispettita. «Ci sta che non rientri in tempo per preparare la cena.»

«Perfetto. Posso ordinare al take-away?»

Sal sospirò. Era questo che succedeva quando non avevi sposato l'Uomo Giusto, pensò. Tuo marito non si accorgeva delle enormi crepe che iniziavano a rovinare il vostro matrimonio.

«Sì, Ed, puoi ordinare al take-away.»

«Splendido. Ascolta, adesso devo andare, ho un'altra chiamata in attesa... probabilmente una dritta. Ciao, tesoro.»

Sal sentì il consueto clic. Qualche mese prima aveva notato che Ed riattaccava sempre prima di lei. Ci aveva fatto caso una volta in cui lui aveva messo giù mentre lei stava ancora parlando, perché aveva ricevuto un'e-mail. Da quel momento, Sal si era accorta che succedeva di continuo. Anche quando lei voleva concludere la telefonata prima di Ed, lui riusciva ad anticiparla. Ed probabilmente non aveva mai provato la sensazione di vuoto che dava il suono del clic quando qualcun altro riagganciava, pensò avvilita.

16

La casa di cura non era proprio l'istituto che Kate si era immaginata. In qualche modo, l'espressione «casa di cura» aveva evocato in lei l'immagine di un ospedale vittoriano con grate di ferro alle finestre e una direttrice austera a gestirlo. Kate sapeva benissimo che era una visione molto lontana dalla realtà, in primo luogo perché l'epoca vittoriana era finita da un pezzo, poi perché non esistevano più le direttrici di un tempo, infine perché Carole Jacobs le aveva esplicitamente detto che era più una casa che un ospedale.

Fu comunque uno shock quando, dopo aver mentito a Magda dicendo di avere un appuntamento dal dentista, andò a vedere il St. Mary e scoprì che assomigliava davvero a una casa, non a un istituto. Un luogo dove la gente viveva. Era un edificio più o meno quadrato, dalla pianta piuttosto irregolare per essere a Londra, e vittoriano (come notò Kate con una certa soddisfazione). Sembrava fosse stato strappato da un paesino chissà dove e scaraventato nel bel mezzo della metropoli inglese. L'edera cresceva lungo le pareti e in alcuni casi anche sulle finestre, che – lasciate accostate troppo a lungo – adesso erano tenute socchiuse dal rampicante sempreverde.

Fu uno shock anche scoprire che Carole Jacobs si aspettava che Kate lavorasse senza essere pagata, o quasi. L'intera struttura pareva sul punto di crollare se solo si fosse sfilato un mattone a metà di una parete, e questo era solo l'esterno. Kate non osava pensare allo stato in cui avrebbe trovato gli interni.

«Stavano per demolirlo» disse Carole con la sua tipica voce allegra, aprendo il portone e invitando Kate a entrare. «Lo abbiamo salvato noi, però, e guardi com'è adesso. Non è meraviglioso?»

Kate sorrise esitante. Aveva capito che Carole Jacobs era una donna a cui piaceva concentrarsi sugli aspetti positivi della realtà. Aveva grinta e determinazione sufficienti per un piccolo esercito, e sembrava convinta che Kate potesse fare miracoli. Apprezzamento lusinghiero, certo. Ma anche la creatività di Kate aveva dei limiti.

Gli interni della casa di cura erano ancora più fatiscenti dell'esterno. La vernice sui muri nascondeva a fatica grosse macchie di umidità, e ovunque c'erano fili elettrici attaccati con il nastro adesivo alle pareti o al pavimento. L'impianto elettrico andava rifatto di sana pianta, pensò Kate preoccupata. La maggior parte dei muri andava riportata a nudo e intonacata. E presumibilmente l'edificio andava ristrutturato con i pazienti dentro.

Non era un problema suo, si disse Kate. Lei non sarebbe stata coinvolta nel progetto, perché Carole le aveva chiesto solo un consiglio. E un consiglio era l'unica cosa che poteva dare, a dispetto di tutti i complimenti con cui la riempiva.

Sospirando, Kate seguì Carole lungo un breve corridoio e attraverso una porta.

«Questa è la sala tv» annunciò orgogliosa Carole. «Ehi, voi tutti, vi presento Kate. Della televisione. È lei che trasformerà la nostra struttura.»

Kate la guardò e inarcò un sopracciglio. «Non sarò io a trasformarla» puntualizzò. «Io darò solo dei consigli. Un aiuto, sotto forma di consulenza...»

La sua voce si affievolì non appena notò la marea di facce sorridenti che aveva davanti. In cinque, uomini e donne, erano seduti sulle poltrone davanti alla tv, tre di loro avvolti in una coperta. Altre quattro donne stavano giocando a carte in un angolo, un vecchio signore e un ragazzo sui diciassette anni erano assorti in una partita a scacchi, mentre una ragazza di non più di quindici anni mise giù il libro che stava leggendo non appena entrò Kate.

Due delle donne che giocavano a carte indossavano un foulard in testa; le altre due avevano smesso di tentare di coprire la calvizie ed esibivano orgogliosamente una peluria morbida e lanuginosa come quella di un neonato.

«Lei è Betty» disse Carole, portando Kate in giro per la sala. «Verrà operata al Charing Cross fra un paio di settimane, e poi tornerà qui per la chemio.»

Betty, una donna sulla sessantina dall'aria intelligente, porse la mano a Kate e le sorrise, gli occhi scintillanti. Non sembrava malata. Sembrava una madre. O forse anche una nonna.

«Charing Cross?» chiese Kate prima di riuscire a trattenersi. Era l'ospedale in cui lavorava Tom.

«Sì, cara. Siamo proprio dietro l'angolo. E lei è Margaret, rientrerà a casa alla fine di questa settimana.»

«Forse no» si affrettò a rispondere Margaret. «Insomma, potrei fermarmi ancora un altro po' qui, se andiamo in televisione.»

Mano a mano che veniva presentata agli ospiti, Kate sorrideva. Scambiò due parole con tutti sulla permanenza nella casa di cura, sulla lotta contro il cancro e sul sollievo di vivere in un luogo che non fosse una corsia di ospedale, che non ricordasse loro – ogni singolo minuto di ogni singola giornata – di essere malati gravi, e che consentiva una parvenza di dignità all'esistenza umana. Kate scoprì che fra i loro colori preferiti c'erano il blu, il giallo e il rosa, ma non quel brutto rosa pesca che a Margaret faceva venire in mente il vomito. Ognuno di loro sorrideva con gratitudine a Kate ed era contentissimo di raccontarle piccoli frammenti della sua vita: della famiglia, degli amici e della casa che aveva dovuto abbandonare. Ognuno di loro aveva una storia da raccontare. Una storia più coraggiosa e difficile di qualsiasi cosa Kate avesse mai sperimentato, e che la fece sentire mortificata e sollevata al tempo stesso. Non aveva avuto la minima idea di cosa aspettarsi, ma le persone che aveva davanti non sembravano malate. Erano lottatori, costretti a combattere una durissima battaglia, che continuavano a vivere con allegria.

«Allora,» disse infine Carole, dopo aver mostrato a Kate l'intera struttura, le piccole camere da letto, le anguste stanze del personale e i bagni malmessi «so che c'è tanto da lavorare, ma che idea si è fatta?»

Carole aveva gli occhi scintillanti per l'emozione, e Kate si ritrovò a pensare, non per la prima volta, che fosse una donna pericolosa.

«Si rende conto che non si tratta di un semplice lavoro di tinteggiatura? Insomma, l'impianto elettrico non è a norma, mancano prese ovunque, le pareti sono umide e i sanitari vanno sostituiti.»

Carole contrasse il volto preoccupata. «Oh, cara. È davvero messa così male? Non potremmo semplicemente... ravvivarla un po'?»

Kate scosse la testa. «È un rischio» rispose pragmatica. «E si muore anche di freddo, qui dentro. In più, metà delle finestre è tenuta aperta dall'edera.»

«Ma l'aria fresca è salutare, no?» suggerì Carole.

«Non quando il riscaldamento costa così tanto. Senta, non c'è un modo per raccogliere più fondi?»

Carole la guardò sconsolata. «La maggior parte delle persone che viene qui non ha molti soldi. Quelli con i soldi vanno altrove. E noi siamo un'associazione piccolissima: una manciata di persone in tutto. All'inizio abbiamo ottenuto un finanziamento da Cancer Trust: ci hanno aiutato a comprare la casa, ma il patto era che al resto avremmo provveduto noi. Potremmo organizzare una vendita di beneficenza, ma non credo che lei stia parlando di un centinaio di sterline, vero?»

Kate fissò il pavimento. Cosa poteva fare? L'unico consiglio sensato era abbandonare qualsiasi idea di ristrutturazione finché non trovavano un bel po' di soldi.

Carole la osservò e annuì. «Capisco, cara. Non si preoccupi, davvero. È stato molto carino da parte sua venire a trovarci... sono sicura che tutti hanno apprezzato molto la sua visita.»

Kate fece una smorfia. Non voleva andarsene. Nella sua mente aveva già cominciato a buttare giù qualche schizzo, ad aprire alcuni spazi, a ravvivare la struttura con colori e stoffe che avrebbero rallegrato gli ospiti.

Ma era una sfida impossibile. Non sapeva neanche da dove cominciare.

«Se avessimo i soldi, potrei lavorarci» esclamò decisa, e notò il viso di Carole illuminarsi. «Ci lavorerei. Però stiamo parlando di tanti soldi. Non c'è nessun altro a cui chiedere una mano? Qualcuno disposto a pagare...?»

Carole abbassò gli occhi. «Continueremo a risparmiare» disse allegra. «Finché non avremo denaro a sufficienza.»

Kate annuì con aria colpevole. Non aveva la bacchetta magica, non poteva far apparire i soldi dal nulla. «Mi terrò in contatto» promise. «E se mi viene in mente una… scorciatoia, glielo comunicherò.»

Carole sorrise. «Grazie, Kate. Grazie mille.»

"Per cosa?" pensò Kate sospirando mentre la salutava e tornava di corsa al lavoro.

Phil le si avvicinò, grattandosi la barba con un gesto familiare che, come Kate sapeva, significava brutte notizie. Era in ritardo di un'ora sola – forse due –, ma aveva già ricevuto due sms dal muratore e una telefonata da Magda, la quale non sembrava aver abboccato alla scusa del dentista.

«Cosa c'è?» chiese Kate.

«Hai visto il soffitto in cucina?» rispose Phil, la faccia sconsolata come sempre. «Non possiamo fissare le lampade nuove: verrebbe tutto giù.»

Kate si sentì sprofondare. Il fatto che Sarah Jones avesse insistito per avere un divano in pelle era già una bella seccatura: non aveva bisogno di altre grane. Sospirando, seguì Phil in cucina.

«Vedi dove hai segnato le croci sul soffitto?» continuò Phil.

Kate annuì. «Sì, è il posto delle luci, perché il tavolo andrà proprio lì sotto. Voglio delle lampade vintage che scendano basse sul tavolo e creino un'atmosfera accogliente per le cene in famiglia.»

Phil la guardò scuotendo la testa. «Sai che non ci sarà nessuna cena in famiglia, vero? Hanno un figlio di sedici anni che mangerà ogni sera davanti al computer, mentre il signor Jones probabilmente andrà al pub.»

«Non ci andrà quando la cucina sarà diventata il rifugio accogliente che ha sempre desiderato» rispose Kate ostinata. «Sarah cucinerà degli arrosti deliziosi, e staranno tutti insieme a tavola a parlare della giornata appena trascorsa…»

Phil inarcò un sopracciglio. «A quanto ho capito io, Sarah Jones non vuole un tavolo da cucina con le luci basse. Vuole un divano in pelle e acciaio cromato.»

«Non cominciare» lo avvisò Kate irrigidendosi, mentre piccole scaglie di intonaco cadevano dal soffitto. «Io sto facendo il mio lavoro, e siamo già d'accordo sulle fantasie a fiori. Neanche morte Bree Van de Kamp e Camilla Parker Bowles siederebbero su un divano in pelle e acciaio cromato.»

Phil sorrise. «No, eh? Be', se è questo che vuoi, dobbiamo rinforzare il soffitto con delle assi. Altrimenti non ci si potrà appendere nulla.»

«Bene» commentò Kate cupa. «Rinforza il soffitto. Ritarderemo solo di qualche ora sulla tabella di marcia.»

Quando Phil uscì, la sua espressione lasciava intendere che «qualche ora» fosse una previsione un tantino ottimista, Kate si girò e vide Gareth entrare in cucina. O meglio, precipitarsi in cucina agitato.

«Non le piace assolutamente!» esclamò disperato. «Kate, si è limitata a guardare e a scuotere la testa. Non ha detto neanche una parola. Le ho mostrato uno schizzo di come sarebbe stata con i capelli più scuri e dei tenui colpi di sole, e ha fatto una smorfia. Ha fatto una smorfia! Oddio, è un disastro!»

«Spiegale semplicemente che sotto il lampadario basso della cucina sarà bellissima» disse Phil dalla soglia. «Sono sicuro che a quel punto le piaceranno da morire.»

«Ignoralo!» ordinò Kate. «Stavi andando a sistemare un po' di cose, vero, Phil?»

Phil sorrise e tornò al lavoro. «E non preoccuparti» aggiunse Kate rivolta a Gareth. «Si è comportata allo stesso modo con me. Sembrava quasi che non approvasse il progetto. Ah, Magda!»

Era appena comparsa Magda, accigliata. «Che c'è?»

«La signora Jones pare abbia dei ripensamenti sul restauro che le abbiamo proposto» disse Kate. «Mi chiedevo se tu potessi parlargliene... per ricordarle gli accordi presi. Altrimenti questa settimana sarà davvero complicata.»

«Il progetto. Sì» rifletté Magda. Sette giorni prima delle riprese, i documenti che descrivevano a grandi linee il progetto, il budget e altri dettagli (inclusa una montagna di scartoffie nella quale *Future: Perfect* veniva esulato da qualsiasi responsabilità su qualsiasi problema) venivano regolarmente spediti con un pony express alle vittime in questione. Finché i documenti non venivano firmati, il lavoro non cominciava. Di solito la produzione lasciava il corriere lì in attesa, per spronare la coppia a siglare tutto al più presto.

«Lo scorso venerdì» continuò Magda, senza guardare nessuno di preciso «mi sono un po' distratta.»

«Ma i documenti sono stati consegnati, giusto?» chiese Kate preoccupata.

Magda si morse le labbra.

«Magda!» strillò Kate. «Se la signora Jones non ha firmato i documenti siamo in un bel guaio.»

«Senti, ci sto lavorando. Ma ho anche altre cose a cui pensare. Tipo, se esisterà ancora un programma fra qualche settimana.»

«È così tragica la situazione? Insomma, potrebbero davvero cancellarlo?»

«Non piange mai nessuno in questo reality, cavolo. Ci servono storie di vita che stendano la gente, drammi che tengano gli spettatori incollati alla poltrona, e invece troviamo casalinghe sovrappeso a cui non importa un tubo di trasformare la loro vita. A volte penso che non ci meritiamo di andare in onda.»

Drammi e storie di vita?

«Hai mai pensato di farci lavorare su qualcosa di... più importante?» domandò Kate esitante. «Che ne so, una casa di cura o qualcosa del genere?»

Magda scrollò le spalle. «È dove le persone vanno a morire, giusto? Non credo proprio che possa funzionare. Abbiamo bisogno di storie di vita, non di morte, Kate. E comunque, ascolta, è meglio che mi rimetta al lavoro. Non preoccuparti per i documenti. Cerca solo di rendere il soffitto filmabile, okay?»

Uscì di corsa, lasciando Kate pensierosa. Magda si sbagliava. La casa di cura avrebbe funzionato benissimo in tv, e lei avrebbe ottenuto i fondi per la ristrutturazione. Doveva solo trovare un modo per convincerla.

«Okay Joe, siediti lì. Mangerai un cracker spalmato di formaggio, e dopo ti leccherai le labbra. Ma assicurati di non avere il formaggio sulla lingua.» Il regista indicò una poltrona in pelle, e Joe si accomodò docilmente.

«E poi dico la battuta?» domandò Joe.

«No. La giriamo prima e la inseriamo in fase di montaggio. Inutile rischiare che tu abbia la bocca piena di formaggio.»

«Quando pensi che arriverà la coprotagonista? Cosa la sta trattenendo?»

Il regista corrugò la fronte. «Dov'è Penny? Come mai ritarda?»

«È per il trucco» gridò qualcuno. «Hanno difficoltà a ottenere la pelle levigata che hai richiesto tu.»

«Be', che si diano una mossa» rispose il regista urlando.

«Allora, Joe, perché non provi la tua battuta? Ricordati, devi guardare dritto nella telecamera.»

Joe si schiarì la gola. «Mmm, cremoso.»

«Sì, fantastico. Magari con un po' più di sex appeal? Vogliamo che le casalinghe si eccitino, okay?»

Joe annuì e provò di nuovo. «Mmm, cremoso» disse con voce sensuale.

«Ehm. Sexy sì, ma non da film porno. Ci serve l'aria da americano purosangue, chiaro? Seducente, ma non minaccioso. Sai cosa intendo?»

«Certo. Da americano purosangue. Capito!»

Joe stava per ripetere la battuta, quando sul set arrivò una donna scheletrica con i capelli ossigenati.

«Quei deficienti del trucco sono ridicoli!» esclamò arrabbiata. «Avrei fatto meglio da sola. E il regista dov'è? Devo parlargli delle mie battute.»

Il regista si avvicinò e sorrise. «Ciao Penny, sono Andrew. E non preoccuparti delle tue battute... il tuo è un ruolo visivo.»

«È proprio questo il problema» rispose stizzita la donna. «O mi dai una battuta o me ne vado.»

«Vuoi una battuta?»

«Vedi, non era poi così difficile. E questo chi è?» Penny stava guardando Joe, e lui trasalì.

«Joe Rogers» disse. «Sono Joe Rogers, signora.»

Lei lo squadrò. «Be', sì. Credo che tu possa andare.»

«Tu pensi che io possa andare?» chiese Joe. «Andrew, che storia è questa?»

Andrew sorrise con aria mite. «Penny, Joe è un attore di successo, per cui siamo molto fortunati ad averlo con noi. Joe, Penny Pennington è una sorta di istituzione in Gran Bretagna. Sono sicuro che lavorerete benissimo insieme.»

Joe inarcò le sopracciglia. «Penny Pennington di *Future: Perfect*? Quella che ha avuto un singolo in cima alla Top Ten secoli fa?»

Penny strizzò gli occhi. «Be', sai il fatto tuo. E non erano secoli fa, se non ti dispiace.» Si avvicinò a Joe e si sedette sul bracciolo della poltrona. «Per cui tu saresti un attore di successo, eh? Allora perché non ti ho mai visto?»

«Ho lavorato negli Stati Uniti fino a poco tempo fa» rispose lui abbozzando un sorriso. «In diverse serie, alcune molto importanti.»

Penny incrociò il suo sguardo e si leccò le labbra. «E adesso sei qui. In cerca di gloria e di fama?»

«In cerca di lavori interessanti.»

«Tipo pubblicità per un formaggio spalmabile?» ironizzò Penny.

Joe la fulminò.

«Allora, dimmi» continuò lei. «Sei fidanzato?»

Joe annuì.

«Peccato, saremmo una coppia molto fotogenica, non trovi? Già immagino le due pagine centrali di *Ok!*.»

«Be', sono impegnato, per cui non credo che succederà» rispose lui, lasciando trapelare un briciolo di incertezza nella voce.

«Mi sa di no» concordò Penny imbronciando le labbra. Poi sorrise di nuovo. «E chi è la tua ragazza? Dev'essere una donna straordinaria.»

«Penso che tu la conosca, a dire il vero. È Kate Hetherington, una tua collega.»

Penny sgranò gli occhi. «Kate?»

Joe annuì, e lei scoppiò a ridere. «Dio, e io che pensavo che la tua fidanzata fosse una rivale. Adesso mi domando se hai buon senso.» Gli lanciò un'occhiata eloquente e si girò verso il regista. «Allora, Andrew, a proposito delle mie battute. Pensavo, mentre passo il cracker a Joe potrei dire: "Tesoro, ti piace?".»

Penny sorrise trionfante e Andrew, abbattuto, si rivolse al suo assistente. «Servirà dell'altro caffè. Sarà una giornata molto lunga.»

17

TENERE VIVA UNA STORIA D'AMORE

Cominciare una storia d'amore è semplice. Forse voi siete convinte del contrario ma, credetemi, le persone si innamorano di continuo. La parte difficile è mantenerla viva – alimentare l'interesse, ravvivare l'amore. Per cui, cosa può fare un'inguaribile romantica per assicurarsi che i suoi sogni non solo si avverino, ma rimangano tali un giorno dopo l'altro, una settimana dopo l'altra?

La risposta è semplice: prendetevi cura di voi stesse, e dell'uomo che amate.

Parleremo di come prenderci cura di noi nel prossimo capitolo, all'interno del quale analizzeremo i segreti per apparire bella in modo naturale e spontaneo. Avere cura dell'uomo che amate è altrettanto importante. Un uomo che sente di essere al centro del vostro mondo, che sa che avrà sempre la vostra totale dedizione, e che può confidare sul fatto che anteponiate lui a voi, i suoi bisogni ai vostri, sarà un uomo che vi amerà, vi onorerà e vi rimarrà fedele…

Joe era sfinito. Era stato otto ore sul set per girare uno spot di due minuti. E gli avevano detto che forse ci sarebbe stato bisogno di lui anche il giorno successivo. Dio, Penny Pennington lo aveva fatto impazzire. Aveva parlato solo ed esclusivamente di sé, della sua battuta, della sua inquadratura.

Joe odiava le donne montate. Avercele intorno era una vera e propria tortura. Era molto meglio uscire con chi mostrava interesse per lui, con chi desiderava renderlo felice. Come Kate. Sembrava che lei avesse sempre voglia di ascoltarlo. "Che è esattamente come dovrebbe essere", pensò Joe.

"Chissà quando le racconto che ho lavorato con Penny", si diceva sorridendo. Fra tutti, proprio lei! Kate non ci avrebbe creduto.

In ogni caso, erano soldi. E lo spot avrebbe accresciuto la sua popolarità. Il suo agente gli aveva promesso grandi cose. Il giorno prima aveva fatto un provino per un telefilm giallo, e aveva avuto una buona sensazione. Corrugando la fronte, Joe tirò fuori il cellulare. Poteva benissimo verificare la situazione subito.

«Bob!» esclamò. «Sono io. Ho finito ora di girare. Volevo sapere com'è andato il provino di ieri, cos'altro c'è in ballo.»

«Joe! Che piacere sentirti. Tutto okay le riprese? Come ti sei trovato con la coprotagonista?»

«Un incubo. Allora, che mi dici dei provini?»

Bob trattenne il fiato. «Joe, purtroppo non hai avuto la parte. Però non devi scoraggiarti. Arriverà qualcosa di buono, ne sono convinto.»

«Okay. Ti hanno dato qualche feedback?»

«Sei piaciuto tanto» rispose Bob con entusiasmo. «Davvero tanto. Ma la gente vuole un volto riconoscibile. È tutta una questione di immagine, Joe.»

«Riconoscibile. Giusto.»

«Lo spot ti aiuterà. Solo che andrà in onda fra tre mesi...»

«Tre mesi? Cosa diavolo farò per tre mesi? È ridicolo.»

«Lo so, lo so. Joe, io sto dalla tua parte. Vedi, la concorrenza là fuori è spietata, e se non sei già famoso, è difficile attirare l'attenzione del pubblico. Ci sto lavorando, però. Quando esce lo spot, cercherò di farti avere un pezzo su *Hot Gossip*, la gente parlerà di te.»

«*Hot Gossip*?»

«Certo. O magari un'altra testata. Sono sicuro che riusciremo a ritagliarci un po' di spazio su uno di questi giornali. E di ottenere anche una foto.»

«È così che si trova lavoro da queste parti? Mettendo la faccia sulle riviste patinate?»

«Abbi pazienza, Joe. È dura,» lo incoraggiò Bob «ma puoi farcela. Ne sono sicuro.»

«Come no» esclamò Joe scontroso. «Che roba!»

Il campanello suonò, Kate mise giù il libro e si alzò per aprire la porta. «Ciao!» disse allungandosi verso Joe per mettergli le braccia al collo. «Come sono andate le riprese?»

«Abbastanza bene» rispose lui. «Non indovinerai mai chi era la coprotagonista.»

Kate corrugò la fronte. «Chi?»

«Una certa Penny Pennington.»

«Oh mio Dio. È stata tremenda?»

«Più che tremenda. Provo compassione per te, che ci lavori fianco a fianco ogni giorno.» Andò in cucina e si mise a sedere sospirando. «Sei mai stata su *Hot Gossip*?» le chiese.

Kate lo guardò stranita. «Io? No. Perché?»

«Lavori in televisione, giusto? Voglio dire, sei una mini celebrità. Potresti anche finirci, no?»

«Joe, ma quale celebrità! *Future: Perfect* è un pessimo programma che nessuno guarda: neanche fra un milione di anni *Hot Gossip* potrebbe interessarsi a me.»

«Peccato! Per cui non credi che possano essere interessati alla nostra storia? Sai, una star della tv e un attore di Los Angeles?»

«Come Teri Hatcher e George Clooney?» chiese Kate ridendo. «Sì, sono sicura che non se la lasceranno sfuggire.»

«Ehi, era solo un'idea. Allora, cosa hai cucinato? Qualcosa di buono? Muoio di fame.»

«Lasagne e budino al cioccolato. Che te ne pare?» chiese Kate. «Tutto rigorosamente fatto in casa.»

«Sai, credo di essermi innamorato di te» disse Joe, gli occhi scintillanti fissi su di lei.

Kate restò senza fiato. «Sei... sei innamorato?»

«Certo. Perché, tu non sei innamorata di me?»

Kate sollevò lo sguardo su di lui, esitante, e poi sorrise. Forse gli americani si innamorano alla svelta, pensò. Forse il suo problema con gli inglesi era stato che impiegavano troppo tempo a decidersi. «Certo» rispose allungando le braccia al collo di Joe, e appoggiando la testa sulla sua spalla. Aveva trovato l'amore, realizzò. Aveva trovato il vero amore. Ed era stato semplicissimo.

«Okay, bene» esclamò disinvolto Joe. «Allora, questa cena è pronta? Sono affamato.»

«Ancora dieci minuti» disse Kate, scostandosi e andando verso il forno. «Adesso siediti e raccontami la tua giornata. Voglio sapere tutto.»

Sal pensò che avrebbe potuto vomitare. Si sentiva uno straccio, ed era stata su quel maledetto aggeggio solo una decina di minuti. Prima correva i millecinquecento metri senza alcun problema, mentre adesso una patetica corsettina l'aveva stroncata.

Scese lentamente ed ebbe l'accortezza di aggrapparsi a un lato del macchinario. Appena toccò terra, le gambe per poco non le cedettero. Non sarebbe stata una bella figura accasciarsi al suolo la prima volta che veniva al Gym Center. Con Jim.

Lui era stato molto dolce a presentarla come sua ospite e a mostrarle la palestra, sorridendo di continuo e facendo commenti carini tipo: «Sono sicuro che per te sarà uno scherzo». Sal non era abituata a persone che le parlavano così. Non che Ed non fosse carino – ovviamente lo era. Ma era Ed. Fin dagli inizi della loro relazione erano stati così a proprio agio insieme, da non sentire l'esigenza di gentilezze come: «Stai bene oggi», preferendo piuttosto scambiarsi affettuosi insulti. Nessuno dei due era molto romantico: non erano il genere di persona che regalava un mazzo di rose rosse, o definiva l'altro l'amore della propria vita. Ed non chiamava Sal «dolcezza» o «tesoro», ma «nanerottola», perché era alta appena un metro e sessantatré contro il suo metro e ottantacinque; e lei non lo chiamava «amore mio» o «la mia stella», ma «fustone», per via del suo grosso girovita. Di norma, parlando di se stessi o l'uno dell'altra, si definivano «rompiscatole apatici di mezza età», con un tono autodenigratorio che in realtà era molto compiaciuto. Dopo tutto, Sal aveva sempre pensato che fossero apatici perché erano felici. Sposati. Sistemati.

Adesso però non le sembrava più così. La sera prima, quando Ed si era incupito all'idea di trascorrere due settimane di vacanza con lei, Sal aveva cominciato a pensare che la situazione fosse più grave del previsto. Per Ed, due settimane insieme a sua moglie erano troppo perfino da prendere in considerazione.

La verità era che la parola «sistemati» aveva assunto una sfumatura molto diversa. «Apatico» sembrava la descrizione del loro matrimonio. E ormai la mezza età era davvero dietro l'angolo.

«Tutto a posto?» Sal alzò gli occhi e vide Jim sorriderle con aria premurosa. «Sì. Oh, sì. Sto bene. Solo che... be', era un po' che non venivo in palestra» mentì, sforzandosi di sorridere a sua volta e augurandosi che la nausea sparisse.

«Bene, io finisco tra poco... magari dopo possiamo andare a bere un succo di frutta? C'è un bar al piano di sotto.»

«Volentieri.» Sal vedeva dei puntini davanti agli occhi e aveva un disperato bisogno di infilare la testa fra le gambe, ma finché Jim non se ne andava, doveva rimanere in piedi e sorridere.

Per fortuna lui si diresse nella zona dei pesi liberi, e Sal corse verso un tappetino sul quale si lasciò cadere fingendo di fare stretching. Un succo di frutta. Era una bella idea. E non c'era motivo di sentirsi in colpa. Era un succo di frutta, mica un drink! Sì, okay, era un drink, ma non alcolico. E lasciava presagire che fosse solo ed esclusivamente un'operazione di reidratazione.

Allora perché sentiva un fremito di paura, di anticipazione, di turbamento? Perché aveva messo nella borsa della palestra un eye-liner e del fondotinta? Perché era arrossita – solo in senso figurato, ovvio, visto che era così paonazza da non poter diventare ancora più rossa – quando Jim le aveva sfiorato il braccio un attimo prima?

Sapeva il perché. Certo che lo sapeva. Era già colpevole, ecco perché. Una sola parola. Una parolina. Ma avendola detta, tanto valeva che si togliesse la fede, si infilasse un top e andasse in un bar da due soldi un'ora prima della chiusura. Anche adesso, non sapeva come e perché era successo. Come aveva potuto essere tanto brutale, tanto crudele... tanto sincera!

Mentre andavano in palestra, Jim le aveva chiesto: «Sei sposata, vero?».

E lei aveva risposto: «Sì, esatto».

A quel punto lui aveva insistito: «Felicemente?».

E lei aveva detto…

Sal sentì il senso di colpa divampare dentro di sé come un incendio in una cartiera.

Aveva detto: «Quasi».

18

«A che ora torna Ed?»

«Chissà!» rispose Sal, mentre sbucciava le verdure che poi Kate tagliava. Kate non poté fare a meno di notare che tutte le superfici della cucina scintillavano. Solo la sua amica era capace di preparare un pranzo di tre portate e avere comunque un ambiente pronto per uno shooting fotografico.

«Hai presente Ed» continuò Sal. «Insomma, ha detto che sarebbe rientrato per le otto, se il lavoro non lo avesse trattenuto. Francamente, ne so quanto te.»

Kate sorrise. La puntualità di Ed era leggendaria: era arrivato in ritardo perfino alla sua festa di addio al celibato, perché aveva dovuto concludere un affare di lavoro. Sal aveva il viso corrugato mentre cucinava l'agnello, la fronte solcata da rughe profonde che Kate non le aveva mai visto prima. «Tutto a posto?» le chiese, imprecando perché per la quinta volta si era quasi tagliata un dito.

«Io? Sì, certo. Mi stavo solo domandando perché ho sposato un uomo che lavora nel mondo della finanza, tutto qui.»

«Perché l'esperto di finanza era nella tua lista, ricordi?» disse Kate con un sorriso. «Volevi un uomo che con il suo stipendio fosse capace di pagare un mutuo e le tasse universitarie. Il che fondamentalmente significa un economista o una pop star, ma volevi anche una persona affidabile, e questo ha escluso Robbie Williams...»

«Suppongo di sì. Dai, raccontami di Joe. A proposito, dov'è?»

«L'ho mandato a comprare il vino» rispose Kate spensierata. «È incredibile. Insomma, non voglio portarmi iella, ma penso che potrebbe essere l'uomo giusto.»

«Quello giusto? Sul serio?»

Kate sorrise. «Sì, c'è un grande affiatamento tra di noi. Il sesso è strepitoso. E abbiamo anche un mucchio di cose in comune. Tipo, indovina con chi ha girato uno spot questa settimana? Chi è che, guarda caso, Joe detesta quanto me?»

«Mmm, non saprei, la ragazza del *Grande Fratello*?»

Kate alzò gli occhi al cielo. «Penny Pennington, ovviamente.»

«Davvero? Oddio, poveretto.»

«A quanto pare è stata una giornata tremenda. Il punto è che viviamo in mondi simili, capisci?»

«Quindi ha trovato lavoro, meno male» disse Sal.

Kate scrollò le spalle. «Solo uno spot, ma il suo agente è entusiasta dell'interesse che c'è nei suoi confronti. Solo che Joe è un tipo difficile. Vuole essere sicuro di trovare la cosa giusta.»

«Fantastico» esclamò Sal sincera. «Davvero fantastico.»

Kate sospirò felice. «È come se fosse stato scritto che dovevamo incontrarci, sai? Insomma, Tom mi prende in giro perché secondo lui sono un'inguaribile romantica, ma forse questo non è un lato negativo del mio carattere. Forse la mia attesa è stata ricompensata.»

Sal inarcò le sopracciglia. «Dio, fai sul serio.»

«Credo di sì» rispose Kate sorridendo. «Dimmi... quando hai incontrato Ed, com'è andata? Come hai capito che era quello giusto?»

Sal corrugò la fronte. «Aveva una bella faccia. Mi ricordo che lo guardavo e pensavo che avesse proprio un viso aperto e sincero. E poi abbiamo passato una bella serata insieme... eravamo a cena in un ristorante appena aperto. E chiacchieravamo un sacco, me lo ricordo bene. Non abbiamo mangiato quasi nulla perché avevamo così tanto da raccontarci...»

«Sì, sì, questo lo so» esclamò Kate con una certa impazienza. «Ma come hai fatto a capirlo? Voglio dire, nel profondo di te? Come hai capito che era l'uomo che volevi sposare?»

Sal arrossì e si avvicinò ai fornelli. «L'ho semplicemente intuito, suppongo» rispose mordendosi le labbra. «Insomma, era un ragazzo carino. Senti, so che tu credi nei colpi di fulmine e in fantasie simili, ma a volte le cose semplicemente quadrano. All'epoca, intendo.»

Kate la guardò strana ma, prima che riuscisse a indagare ulteriormente, suonò il campanello.

«Puoi aprire tu?» chiese Sal. «Io devo tenere d'occhio le verdure.»

Kate annuì e se ne andò di corsa per il corridoio. Spalancò la porta e si trovò davanti Tom, che aveva in mano una bottiglia di vino.

«Ecco la nostra eroina romantica» la salutò lui, sorridendo cupo.

Kate contraccambiò il sorriso scoccandone uno dei più dolci al suo arco. «Ed ecco il grande cinico in persona. Stavamo proprio parlando di te.»

Tom inarcò un sopracciglio e seguì Kate in cucina. «Brutte notizie all'orizzonte. Nessuno parla mai bene di me.»

«Ah, Sal, qualunque cosa sia, profuma divinamente» aggiunse stampandole un bacio sulla guancia, diventata calda a furia di stare ai fornelli.

«Tom,» disse Kate, mentre lui si girava per baciarla «ricordami che devo chiederti informazioni su una casa di cura. Il St. Mary. Si trova vicino al tuo ospedale.»

«La conosco bene. Diversi miei pazienti ci sono stati o ci andranno. E tu come mai la conosci?»

Kate scrollò le spalle. «È probabile che mi chiedano di ristrutturarlo, tutto qui.»

«Davvero? Kate, è meraviglioso. Che cosa fantastica!»

Il sorriso di Kate era imbarazzato. «Non sto facendo nulla, a dire il vero. Per ora, cioè. Non abbiamo fondi, tanto per cominciare, ed è un lavoro enorme. Ma stavo pensando che forse potrei convincere Magda a prendere in considerazione l'idea. Sai, tramite *Future: Perfect*.»

«Capisco. Be', qualunque informazione ti serva...» Frugò in giro per cercare un cavatappi e stappò la bottiglia di vino che aveva portato. «Allora, Joe non viene?» chiese malizioso. «Hai deciso che ha i capelli del colore sbagliato o che dopo tutto non ti piace il suo accento?»

Kate alzò gli occhi al cielo. «No, in effetti no. È andato a comprare il vino.»

Tom le porse un bicchiere. «Molto gentile da parte sua.»

«Kate pensa di essere innamorata» intervenne all'improvviso Sal. «Pensa che Joe potrebbe essere l'uomo giusto.»

«Non dire sciocchezze» esclamò Tom, guardando con aria inquisitoria Kate. «Non puoi esserne certa dopo una settimana.»

«Quasi due settimane» precisò Kate. «E fra l'altro, Sal, te l'ho detto in confidenza.»

«Tom è in confidenza» ribatté lei. «Ho pensato che dovesse saperlo, così si comporterà in modo educato con Joe.»

«Sono sempre educato, io» disse Tom, trangugiando il vino e versandosene un altro bicchiere. «Ma Kate, dai. Non fai mica sul serio, vero?»

Kate inarcò le sopracciglia. «Hai sete, eh? Comunque, non ne ho idea. Penso di sì. Con Joe è diverso. Io sono diversa. Lo ascolto e mi piace prendermi cura di lui.»

Tom, che aveva già cominciato a bere il secondo bicchiere di vino, per poco non sputò dal ridere. «Ti piace prenderti cura di lui? Sai, la tua affermazione è preoccupante a vari livelli. Tanto per cominciare, è un uomo o un bambino? E poi, Kate, riesci a malapena a prenderti cura di te stessa!»

«Ascolta, lui mi piace. Okay? E dopo anni passati a dirmi che sono una perfezionista e un'inguaribile romantica, e che dovrei smetterla di lamentarmi e trovare un marito, credo che dovreste essere un po' più comprensivi.»

«Scusaci» disse Sal sospirando. «Hai ragione. Da come ne parli, Joe sembra un uomo meraviglioso. Sono sicura che è un uomo meraviglioso.»

Kate si girò verso Tom, che scrollò le spalle. «Continuo a pensare che tu stia correndo troppo» aggiunse lui, interessandosi all'improvviso alla lavagna di Sal. «Potrebbe anche essere un serial killer.»

D'un tratto si sentì il rumore delle chiavi nel portone, ed Ed si precipitò in casa. «Perdonatemi, mi hanno incastrato. Ciao, tesoro. Kate, Tom, è sempre un piacere vedervi. Ho trovato questo tizio che gironzolava qua fuori. È convinto di essere stato invitato.»

Ed indicò Joe, che era dietro di lui, poi si spostò per farlo entrare. Joe sembrava disorientato, ma sorrise.

«Joe!» esclamò Kate, correndogli incontro per baciarlo. «Ti presento Sal e Tom. E lui è Joe!»

«Che bello conoscerti» si affrettò a dire Sal, asciugandosi sul grembiule per stringergli la mano. «Abbiamo tanto sentito parlare di te.»

«E io di voi» rispose lui. «Grazie per avermi invitato. Grazie davvero.»

«Oh, figurati. Ed, puoi prendere dell'altro vino? E apparecchiare? La cena sarà pronta fra poco, voi accomodatevi pure, così io comincio a servire.»

Si diressero tutti in sala da pranzo, Tom si portò dietro la sua bottiglia e si versò un terzo bicchiere non appena si sedette. Kate gli lanciò un'occhiata, ma lui non se ne accorse.

«Bene, cominciate a mangiare» disse qualche minuto dopo Sal, una volta che tutti furono seduti attorno al tavolo elegantemente apparecchiato. «Ho pensato di evitare gli antipasti, perché come dessert avremo il budino di datteri al caramello, ed è piuttosto ricco.»

Appoggiò un bel pasticcio di pesce sulla tavola insieme a un vassoio di verdure miste, poi si accomodò, guardando irritata Ed che fissava il suo BlackBerry.

«Non a tavola, per favore» sussurrò stizzita, e lui lo rimise in tasca.

«È buonissimo» esclamò Tom non appena ne assaggiò un boccone.

«È assolutamente delizioso. Sbalorditivo» aggiunse Kate, quindi si rivolse a Ed. «Allora, come stai? Come va il lavoro?»

Ed sospirò. «Oh, sai. I mercati sono in rialzo, per cui c'è un sacco da fare, e la competizione è sempre più accanita. Le aziende che creano dipartimenti di analisi interni certo non aiutano.»

Kate annuì seria. «Giusto.» Non sapeva mai come parlare con Ed, non era mai riuscita a trovare un argomento in comune.

«E tu sei un attore?» chiese Sal a Joe.

«Beccato» rispose lui sorridendo.

«Dev'essere molto interessante. Che emozione! Hai mai lavorato con attori famosi?»

«Sì, sì. Conosci Cindy Taylor? O Brad Anderson?»

Sal scosse la testa mortificata. «No, mi dispiace, non ho molto tempo per guardare la televisione, mi sa. Ho sentito parlare di Cindy Crawford e Brad Pitt, però» continuò incoraggiante.

Joe corrugò la fronte. «E che mi dici di Randy Beat e Stu Edwards? Ho lavorato con loro prima di ottenere la parte in *Everything I do.*»

Sal avvampò. «Mi pare di aver già sentito i nomi... Insomma, sono sicura che li riconoscerei. Se li vedessi.»

«Joe è famoso a Los Angeles» intervenne Kate. «Ma ha deciso di venire a Londra perché qui ci sono opportunità più interessanti. È molto facile restare incasellati in un ruolo a Los Angeles, vero, Joe?»

Lui annuì serio.

«E hai già trovato qualcosa? Di lavori interessanti, voglio dire» chiese Tom. Guardava fisso Joe, come notò Kate, anche se sembrava che non mettesse bene a fuoco. Inoltre, il suo bicchiere di vino era di nuovo vuoto.

«Mi sono trasferito da poco» rispose Joe, con un sorriso forzato. «Ho avuto alcune proposte, niente che mi abbia convinto però.»

«Stai cercando un ruolo in teatro?»

«In teatro?» Joe lo guardò incredulo. «Oddio, no. Sono un attore televisivo.»

Tom sgranò gli occhi sbalordito, e sorrise malizioso a Kate, che lo fulminò.

«Neanche Tom guarda la televisione» disse. «Puoi immaginare quanto fossero entusiasti lui e Sal quando ho trovato lavoro a *Future: Perfect*. Li ho costretti a vedere una puntata, credo sia stata anche l'unica!»

«Non è vero» esclamò Sal. «Io ho guardato anche quella in

cui una tizia ha buttato della vernice addosso a Penny. E comunque, il solo motivo per cui non guardiamo *Future: Perfect* è perché ci hai fatto giurare di non farlo.»

«La televisione è vacua» dichiarò Tom ad alta voce. «È responsabile dei mali della società. Non trovi, Joe?»

Joe lo guardò come se Tom parlasse in un'altra lingua. «Stai scherzando?» domandò esitante. «La televisione è diventata più importante del cinema, negli ultimi tempi. E non è fatta solo di telefilm o sitcom. Ci sono i documentari anche...»

«Ovviamente scherza. Vero, Tom?» disse Kate, lanciandogli un'occhiata eloquente. Si girò verso Joe e gli sorrise. «Penso che recitare per la televisione sia meraviglioso. E sono sicura che lo pensi anche Tom.»

Tom si versò l'ennesimo bicchiere di vino e ne bevve subito un sorso. «Certo, sto scherzando. Anche se pensavo che ci fossero meno opportunità per gli attori di questi tempi. Non è tutto un reality show e telecamere nascoste? Come il tuo programma, Kate?»

Kate appoggiò rumorosamente forchetta e coltello. «Che tu ovviamente ritieni vacuo come il resto. Tom, grazie. Sei davvero un raggio di sole stasera.»

Ed sollevò la bottiglia di vino davanti a Tom, si rese conto che era vuota e allungò il braccio per prenderne un'altra. «Credo che la televisione sia un'invenzione meravigliosa» disse. «E sono sicuro che fare l'attore sia meglio che lavorare nella City.»

«Esatto» concordò Sal. «Per lo meno Joe la sera, a volte, rientrerà per cena.»

Ed la guardò stranito e le versò del vino. «Avrai delle belle storie da raccontare, Joe» continuò. «No?»

«Perché non ci racconti dello spot che hai girato insieme a Penny? È una storia fantastica» aggiunse Kate.

Joe sorrise e porse il bicchiere a Ed per farselo riempire. «Molto volentieri.»

Un'ora dopo, Kate si scusò e andò in bagno. Doveva ammetterlo, era stata a cene migliori. Sal continuava a lanciare occhiate truci a Ed tutte le volte che lui scriveva furtivamente sul cellulare. Tom, sospettava Kate, era piuttosto ubriaco, oppure sull'arrabbiato andante. In entrambi i casi, aveva un atteggiamento condiscendente e non rideva delle storie che raccontava Joe. E Joe sembrava annoiato, visto che nessuno tranne lei ascoltava una sola parola di quello che diceva. Da parte sua, Kate aveva riso fragorosamente tutte le volte che Joe aveva tentato anche solo una battuta, e quando la conversazione passava a lei, aveva fatto del suo meglio per riportarla a Joe. Però, qualunque cosa lui dicesse sembrava provocare occhiate incredule o silenzi innaturali, che Kate si ritrovava a riempire raccontando altre storie «interessanti» su di lui, o facendogli altre domande su di sé, cosa che sembrava far incavolare Tom. Kate scommetteva che Elizabeth Stallwood non aveva mai dovuto sopportare un comportamento così villano.

Tornando dal bagno, si infilò in cucina per prendere un bicchiere d'acqua. Appena aprì il rubinetto, sentì che qualcuno si stava avvicinando alle sue spalle.

«Non mi puoi dire che questo è l'Uomo Giusto» disse una voce proprio dietro di lei. Kate si girò con aria stizzita e vide Tom che scuoteva la testa. «Non vale niente. È vacuo come i programmi televisivi per cui lavora.»

«Non è vero! È un uomo piacevole e interessante, e se tu avessi un atteggiamento meno supponente verso la televisione, lo penseresti anche tu. Non lo hai mai visto recitare. È bravissimo!»

Tom inarcò le sopracciglia. «Nutro forti dubbi al riguardo.

Senti, è bello… questo lo vedo anch'io. Ma è l'unica cosa che ha da offrire.»

«Come osi?» esplose Kate. «Come osi essere così arrogante? Solo perché non è un dottore non significa che non abbia nulla da offrire. E per lo meno non va in giro a definire vacue cose che non ha mai visto. Dimmi, è la tua parola del giorno? Domani sceglierai di usare solo parole che cominciano con la zeta?»

Tom scosse la testa e, perdendo l'equilibrio, vacillò. «Perfetto. Non stare a sentire me. Sembra che tu preferisca ascoltare lui. Sei diversa vicino a Joe, sai. Diversa in peggio, nel caso te lo stessi chiedendo. Pendi dalle sue labbra, gli fai di continuo domande, come se non fosse capace di sostenere una conversazione. È come se ti avesse trasformato in una delle protagoniste della *Fabbrica delle mogli.*»

«Sei ubriaco» ribatté Kate. «E non sono una delle protagoniste della *Fabbrica delle mogli*. Essere premurosa e attenta è considerato un pregio, ma forse questo dettaglio ti sfugge.»

«Da chi?» chiese Tom incredulo. «Preferisco la Kate che parla sovrastando la voce degli altri e dice a tutti dove dobbiamo andare. La Kate di adesso, in effetti. È il tuo momento di maggiore vivacità in tutta la serata, mi sembra.»

«Cosa fate voi due qui?» chiese Sal comparendo sulla soglia. «Che combinate?»

Kate incrociò le braccia. «Tom mi stava semplicemente dicendo che non gli piace Joe» rispose con veemenza. «Con il suo tipico atteggiamento solidale.»

«Forza, fate la pace» li spronò Sal. «Kate, io penso che Joe sia carino. E anche Tom lo pensa. Solo che si comporta da burbero bastardo. Non è vero, Tom?»

«Semplicemente non credo che Joe sia alla sua altezza, ecco» farfugliò dondolando un po' e con un'espressione dura sul viso.

«Oddio, sei ubriaco» esclamò Sal. «Dai, bevi un bicchiere d'acqua.»

«E non piace neanche a Ed» continuò Tom, mentre Sal prendeva un bicchiere e glielo riempiva d'acqua. «Preferiva mandare le e-mail invece di ascoltare le sue storie.»

Sal gli porse il bicchiere. «Ed è stato maleducato in modo imperdonabile, e glielo farò presente. Ora però torniamo tutti di là e passiamo una serata piacevole, okay?»

«Sono solo sincero, tutto qua» concluse Tom, appoggiando il bicchiere. «Kate ha quasi trent'anni, per questo cerca di convincersi che Joe sia l'uomo giusto per lei, quando è ovvio il contrario.»

«E tu come diavolo fai a saperlo?» chiese furiosa Kate. «Non sei in grado di riconoscere un rapporto maturo neanche se ce l'hai sotto il naso. Joe è la persona giusta per me. A differenza tua, lui non disprezza il mio lavoro. A differenza tua, lui non sparla della gente. E a differenza tua, lui non è contorto e amareggiato, e crede nel lieto fine.»

Tom scosse la testa. «Ti sbagli, io penso che il lieto fine esista. Guarda Sal. Lei ha raggiunto il suo lieto fine. Ma non aveva idee strampalate sull'uomo giusto. Si è comportata in modo ragionevole, sapeva cosa stava cercando e ha trovato Ed.»

Sal lo fissò. «Tu credi che io mi sia accontentata, giusto?» sbottò in tono accusatorio. «Credi che il mio matrimonio sia solo un sistema pragmatico per pagare il mutuo!»

«Non ho detto questo.»

«Ma lo hai pensato. Lo pensate tutti e due. Ve lo leggo negli occhi.»

«No!» esclamò Kate.

«Sì» ribatté Sal. «Okay, perfetto, avete ragione voi. Non c'è stato nessun colpo di fulmine. Non mi sono nemmeno chiesta se Ed fosse quello giusto o meno. Lui era lì. E io volevo sposarmi...»

Le si incrinò la voce.

«Sal, non essere sciocca» disse Tom facendo una smorfia. «Stavamo parlando di Kate, non di te. Ti sei sposata perché lo desideravi, e noi siamo molto felici per te. E sai che vogliamo bene a Ed.»

«Ma io? Io gli voglio bene? Io lo amo?» chiese Sal disperata. «È questo che non so.»

Kate si girò verso la porta e deglutì non appena vide Ed e Joe sulla soglia, un'espressione perplessa sul viso.

«Ci... ci stavamo domandando dove foste finiti» spiegò Ed. «Non mi ero accorto che la nostra splendida cena si fosse trasformata in una festa in cucina.»

Sal lo fissò per un paio di secondi, poi si dette una scossa. «Oddio. Scusate. Stavo preparando il dessert.»

Ed annuì imbarazzato. «Aspetto... Vado...» e tornò in sala da pranzo.

«In realtà, noi dovremmo andare» disse Kate. «Insomma, comincia a essere tardi.»

Sal annuì. «Sì. Sì, immagino.»

In quel silenzio denso, Kate afferrò il suo cappotto e insieme a Joe salutò i suoi amici. Quasi non osò incrociare lo sguardo di Ed, fece a Tom un cenno sbrigativo e abbracciò forte Sal.

Tom prese il bicchiere accanto a lui sul bancone, lo svuotò dell'acqua e lo riempì di vino, mentre Sal accompagnava Kate e Joe alla porta.

«Bene,» disse baciando Kate sulla guancia «adesso so perché non organizzo molto spesso cene del genere.»

19

Quando Tom si svegliò si sentì uno schifo. La testa gli pulsava, la bocca gli sembrava il deserto del Gobi, e aveva la netta sensazione di aver combinato qualcosa di cui si sarebbe pentito non appena se ne fosse ricordato.

Sospirò. Certo. Quella dannata cena a casa di Sal. Sapeva che sarebbe stata una cattiva idea.

D'altro canto, anche passare prima al pub per un drink al volo – e finire per berne alcuni più del previsto – forse non era stata l'idea migliore. Il guaio era capire quando fermarsi. Il primo bicchiere gli aveva placato il senso di colpa per aver perso una paziente nel pomeriggio, ed era riuscito a stemperare il buio che gli riempiva la testa al pensiero di non essere stato abbastanza bravo, tempestivo e fortunato nel salvare quella donna. Il secondo drink aveva reso il mondo un luogo quasi accettabile in cui vivere, gli aveva ricordato che in fondo esisteva qualcosa che avesse un senso. Con il terzo aveva cominciato a sentirsi capace di socializzare, di parlare senza abbaiare, di ascoltare senza aver voglia di urlare che tutti si preoccupavano di cose talmente banali e stupide da non rendersi conto del pianeta schifoso in cui vivevano, un pianeta in cui la gente moriva in modo assurdo, di continuo, senza che nessuno potesse farci nulla.

Un quarto drink – doppio – gli aveva reso piuttosto allettante la prospettiva della cena da Sal.

Aprì un attimo gli occhi e sussultò non appena ricordò gli eventi della sera prima. Come aveva attaccato quel tizio di nome Joe senza nessun buon motivo, tranne il fatto che non riusciva proprio a credere che, dopo tutta quella pubblicità, dopo tutti quei discorsi sull'Uomo Giusto, quello fosse il meglio che Kate era riuscita a tirare fuori. Metà degli uomini che lei aveva scartato perché avevano il naso troppo lungo o non apprezzavano Billie Holiday erano meglio di lui: più brillanti, più simpatici, più affascinanti. Sembrava che Joe sapesse solo guardarsi allo specchio, sorridere e parlare di se stesso. E il modo in cui Kate lo adulava e lo ascoltava come fosse un guru!

Dio, la testa gli doleva molto.

Eppure, forse era quello che Kate desiderava. In tal caso, buona fortuna!

«Tutto bene? Non hai fatto altro che girarti e rigirarti stanotte.»

Tom sussultò. Aprì di nuovo gli occhi, se li riparò con una mano e vide Lucy che gli sorrideva. Ricordava vagamente di averle telefonato mentre usciva barcollando da casa di Sal, dopo essersi scolato un'altra bottiglia di vino insieme a Ed, e di averle proposto di andare da lui. Non credeva che avrebbe accettato. Avevano per caso...? Non ne aveva la minima idea.

«Ti dispiace se fumo?» gli chiese lei, mettendosi a sedere sul letto e appoggiandosi alla testiera in modo tale che il seno spuntò da sotto il piumino. «So che non dovrei, ma a volte dobbiamo godercela un po', ti pare?»

«È stato tremendo» disse Kate accomodandosi e guardando Gareth con aria cupa. «Hanno litigato tutti, e Tom si è comportato proprio da stronzo. Alla fine non ce l'ho fatta ad andare via abbastanza alla svelta. Joe non ha detto nulla, ma so cosa pensava: sono questi i tuoi migliori amici? Quelli di cui dicevi che erano simpatici?»

Gareth annuì. «Sono solo gelosi. Joe è più bello di loro, e questo li rende paranoici.»

«Dici?»

Erano al buio nella sala di montaggio e stavano guardando i filmati girati in casa Moreley. Gareth annuì di nuovo. «Ci sono amici a cui vai a genio solo quando sei triste» commentò in tono concreto. «Quando le cose cominciano ad andarti bene diventano invidiosi.»

Kate lo guardò perplessa.

«A me è successo» spiegò lui, scrollando le spalle. «Mi ero trovato un uomo splendido – e intendo dire splendido – un paio di anni fa, e all'improvviso i miei amici hanno cominciato a trovare da ridire e a tagliarmi fuori dal gruppo. È andata avanti così per un mese. Appena lui mi ha mollato, hanno voluto sapere tutto.»

«Mmm. Forse hai ragione tu. Non ha certo aiutato il fatto che Tom fosse ubriaco e Sal incavolata nera con Ed.»

Gareth le dette una pacca su una spalla. «Forza, sentiamo cosa si è inventata Penny questa volta.»

Premette play, e i titoli di testa furono ben presto sostituiti dall'immagine di Penny davanti alla casa dei Moreley, un'espressione sconfortata sul viso.

«La coppia che vive nella casa alle mie spalle, Marcia e Derek Moreley, è caduta nel trantran quotidiano» disse Penny, come se fosse la cosa peggiore al mondo che potesse capitare. «Sopraffatti dalla mezza età, si avviano rapidamente verso la vecchiaia con un aspetto scialbo, una casa scialba e senza la benché minima aspettativa. Ci hanno chiamati perché vogliono riportare un po' di magia nella loro vita, ma non sanno come. La squadra di *Future: Perfect* è qui per aiutarli. Trascorrete la prossima ora insieme a noi e scoprirete che persone favolose sono diventate!»

Sorrise poco convinta alla telecamera, Penny infatti evitava il più possibile questa espressione facciale, come ben sapeva Kate, per via della pressione che esercitava sulle sue zampe di galline riempite di Botox. Dopodiché sullo schermo comparvero Marcia e Derek seduti sul divano a spiegare perché si erano rivolti al programma. Kate rise, ricordando quanti ciak avevano dovuto ripetere perché Marcia non aveva capito che li stavano riprendendo e che non poteva interrompere l'intervista con le sue domande. Marcia non aveva neanche afferrato che la frase «perché abbiamo tutti e due il naso grosso e non possiamo permetterci l'intervento» non era la risposta appropriata da dare quando le veniva chiesto perché avevano contattato *Future: Perfect*. «Forse volete ravvivare la passione che c'era fra voi tanti anni fa?» le aveva suggerito l'intervistatrice. Marcia però aveva scosso la testa. «No. Voglio solo rifarmi il naso.» In un modo o nell'altro, però, qualcuno era riuscito a convincerla, e adesso Marcia parlava di crescita personale e del desiderio di ritrovare l'entusiasmo della gioventù, come se fosse nata per fare televisione in fascia diurna.

«E adesso incontriamo la squadra di *Future: Perfect*» stava dicendo Penny. All'improvviso comparve sullo schermo Kate, seduta accanto a Lysander.

«Kate Hetherington è la nostra esperta di interior design. Kate, raccontaci il progetto di restauro della casa di Marcia e Derek!»

«Vogliamo illuminare di più gli ambienti» si sentì dire Kate. Si girò verso Gareth e fece una smorfia. «Perché non mi hai detto che i capelli sulla nuca erano dritti in quel modo?» chiese con voce stridula. «Oddio, sono orrenda.»

«Shhh. Fammi ascoltare.»

«E adesso Lysander Timlington, il nostro guru della moda. Lysander, che look hai intenzione di scegliere per la nostra coppia?»

Kate corrugò la fronte. Penny non la chiamava mai una guru dell'interior design. Perché la definiva solo un'esperta?

«È necessario strutturare meglio il loro guardaroba» spiegò Lysander pacato. «Questa stagione è tutta incentrata sul volume, ma dobbiamo procedere con cautela in modo da dare un tocco di volume solo nei punti giusti!» Parlando, Lysander aveva fatto l'occhiolino.

«Grazie, Lysander. E cosa ne sarà dei capelli e del trucco? Chiediamolo al nostro esperto, Gareth Mason.»

"Ah ah", pensò Kate. "Anche Gareth è solo un esperto."

«Marcia ha trascurato la cura della pelle per troppo tempo» esordì sobrio Gareth. «Vorrei modernizzarne il trucco, e anche i capelli: sostituendo la vecchia permanente e modernizzando la chioma con un taglio più morbido. Anche il look di Derek andrebbe modernizzato. Suggerirei a tal proposito un taglio di capelli più corto ma meno austero, e l'uso di alcuni prodotti per ridare tono alla pelle.»

Il Gareth seduto accanto a Kate rimase a bocca aperta. «Modernizzare! Modernizzare! L'avrò detto cinque volte. Perché non me lo ha fatto notare nessuno? Oh, è orribile!»

Kate lo abbracciò solidale. Ripetere la stessa parola qualche volta non era un problema: in un'occasione lei aveva ripetuto il termine «assolutamente» dieci volte in una stessa frase, ed era andata in onda lo stesso. Magda non permetteva mai di girare una seconda ripresa, a meno che qualcuno non avesse palesemente incasinato tutto, come Marcia, o detto qualcosa di diffamatorio. «Va bene così» diceva, battendo le mani e passando oltre, inconsapevole delle boccacce – o forse disposta a ignorarle – che le venivano fatte alle spalle.

Adesso era il turno del dottor Proudfoot, il chirurgo plastico dalla voce melliflua, che stava gentilmente spiegando a Penny quanto la chirurgia plastica fosse ideale per le persone purtroppo non dotate di lineamenti del viso in grado di sviluppare appieno il loro potenziale di bellezza.

«È così che si dice adesso avere un naso grosso?» chiese Kate a Gareth. «Lineamenti che non sviluppano appieno il proprio potenziale di bellezza?»

Gareth non rispose, e Kate mise il broncio. Lui fingeva di essere d'accordo con lei quando Kate parlava male del dottor Proudfoot e dei suoi aghi, ma sapeva benissimo che aveva chiesto quanto costava il Botox, e una volta aveva ammesso che se fosse diventato grasso avrebbe fatto subito ricorso alla liposuzione.

La telecamera fece una carrellata con le riprese del «prima» – la casa, che era illuminata in modo squallido e sembrava addirittura peggio di come fosse in realtà prima che Kate cominciasse a lavorarci; il look dimesso di Derek e Marcia, e infine le loro facce (con una bella ripresa di profilo dei nasi) notevolmente peggiorate dall'espressione sconfortata che gli era stato chiesto di assumere.

«Bene, adesso che sappiamo su cosa dobbiamo lavorare» disse la voce di Penny «è il momento di metterci all'opera!» Dopodiché Penny aveva indossato un elmetto protettivo e sollevato un martello.

«Come se sapesse cosa significa lavorare» commentò Kate. «Non riesco a credere che le diano davvero tutti quei soldi per dire scemenze e comportarsi da diva.»

«A proposito di lavoro, che fine ha fatto la donna che ti perseguitava?»

«Che mi perseguitava?»

«Carole Vattelappesca. Quella che ti voleva denunciare. Credevo che avessi intenzione di chiamarla.»

Kate sorrise. «Ah. Carole. Sì, be', è venuto fuori che non mi querela. Le è piaciuta tantissimo la ristrutturazione.»

Gareth la guardò in modo strano. «Le è piaciuta tantissimo?»

Kate annuì. «A parte il rossetto che le hai messo tu, però era d'accordo nel non coinvolgere gli avvocati.» Ridacchiò. «In realtà vuole che l'aiuti a ristrutturare una casa di cura.»

«Una casa di cura?» Gareth aveva ancora l'aria indignata per via del commento sul rossetto.

«Esatto. Una casa di cura. Solo che non ha i soldi. Pensavo che a Magda potesse interessare, invece no...»

«Credi che funzionerebbe bene in televisione?»

«Senz'altro. Voglio dire, è commovente, no? E poi è un'ottima causa. Le persone lì dentro sono strepitose, ed è tutto gestito da una piccola associazione benefica, e...»

«Suggeriscilo a un'altra compagnia di produzione» la interruppe Gareth.

Kate lo guardò perplessa.

«Perché no? Qualcuno ti comprerà di sicuro l'idea. Dare speranza ai malati. È perfetto, cavolo.»

«Forse hai ragione.» Kate rifletté su quel suggerimento. «Conosci altre compagnie di produzione?»

Gareth scosse la testa. «Cerca sulle Pagine Gialle.»

Kate sentì una risata secca e si girò. «C'è qualcuno?» chiese nervosa. «Gareth, accendi le luci.»

«Non serve» sentì dire da Penny. «Ho trovato quello che cercavo. E adesso me ne vado.»

Kate rimase a bocca aperta, mentre la porta della sala di montaggio veniva aperta lasciando intravedere la sagoma di Penny che usciva.

«Da quanto tempo era lì?» chiese Kate guardando Gareth, che era sbiancato.

«Tranquilla» rispose lui, come se cercasse di convincere se stesso. «Non abbiamo detto niente di male. Per lo meno io. Tu hai detto che non ha talento ed è pigra, ma non potrà dare la colpa a me di questo.»

«Sei un vero amico, Gareth. Tom e Sal si innervosiscono e diventano polemici non appena le cose cominciano a girare per il verso giusto, mentre tu scappi a gambe levate non appena le cose vanno male?»

Gareth abbozzò un sorriso. «Nessuno è perfetto.»

20

Sal tamburellò con le dita sulla scrivania e si guardò intorno furtiva, tentando di capire se qualcuno avesse notato che era arrossita. Sollevata di scoprire che nessuno era minimamente interessato a lei e allo stato del suo termostato corporeo, si girò di nuovo verso il computer.

> Dopo la disintossicazione della scorsa settimana in palestra, ti va di intossicarti adesso? Giornata di merda oggi, non mi dispiacerebbe un aperitivo dopo il lavoro se sei libera. Che ne dici? J

L'e-mail era arrivata venti minuti prima, e da quel momento Sal era rimasta attaccata alla sedia a leggerla e rileggerla finché non aveva avuto la sensazione di poter scrivere un saggio di cinquemila parole sulle sue possibili interpretazioni.

Era solo un aperitivo con un collega di lavoro.

O era l'inizio della fine del suo matrimonio.

Oppure, una qualsiasi via di mezzo fra le suddette opzioni.

Sal non aveva mai pensato che si sarebbe ritrovata in una situazione del genere. Tanto per cominciare, non era il tipo: non era mai stata una civetta e non si era mai considerata particolarmente attraente per la maggior parte degli uomini. Era una persona ragionevole, con i piedi per terra. I ragazzi con cui era uscita le avevano sempre detto quanto fosse piacevole aver conosciuto una donna che non aveva continui sbalzi di umore, che non piangeva per un'inezia, che non gridava per qualsiasi cosa, né insisteva per essere portata in ristoranti esageratamente chic o per ricevere regali costosi.

Ed era vero: raramente Sal aveva un attacco isterico, non litigava a meno che non ci fosse un ottimo motivo per farlo e preferiva che i soldi venissero spesi su cose sensate come il mutuo e la pensione, piuttosto che scialacquati su frivolezze tipo cene o gioielli.

Questo però non voleva dire che ogni tanto Sal non sperasse che Ed le regalasse un anello per farle una sorpresa romantica, invece di una cosa pratica che le serviva e le mancava. Che magari un giorno, tornando a casa, Ed decidesse di portarla all'improvviso fuori, ignorando Sal che protestava perché non era necessario e non aveva ancora portato i suoi completi in lavanderia.

Lei però sapeva che lui non l'avrebbe mai fatto, perché lei non era così. Era una donna pratica. Pragmatica. Organizzata.

Noiosa.

Ma adesso... adesso non si sentiva noiosa. Una donna noiosa e pragmatica non riceveva un'e-mail da uno come Jim, che le proponeva un aperitivo dopo il lavoro. Una donna apatica non aveva un fremito di eccitazione tutte le volte che lui passava davanti al suo ufficio e si girava per lanciarle un sorriso furtivo – sorrisi che lei all'inizio aveva ignorato, supponendo fossero diretti a qualcun altro, e che invece adesso aspettava, sulle spine, ogni volta che lo vedeva alzarsi.

Adesso si sentiva un po' come Cenerentola mentre andava al ballo. Come se fosse una donna completamente diversa: una donna che flirtava con i colleghi, che andava ad aperitivi clandestini, che era edonista e divertente e...

A parte che lei non era così, giusto? E a differenza di Cenerentola, aveva già sposato il suo principe azzurro.

Sospirando, Sal chiuse l'e-mail e alzò la cornetta.

Penny sorrise fra sé e avvicinò il telefono all'orecchio.

«Joe?» disse con voce bassa e suadente. «Sono Penny. Penny Pennington. Ti ricordi di me?»

«Penny?» Joe sembrava sorpreso.

«Spero non ti dispiaccia se chiamo così all'improvviso. Il tuo agente mi ha cortesemente passato il tuo numero.»

«Nessun problema» rispose perplesso. «Si tratta dello spot? Dobbiamo girare di nuovo?»

«Lo spot?» Penny rise. «No, Joe. Non si tratta dello spot.»

«Okay. Allora...»

«Joe,» sussurrò Penny «so che esci con Kate. Ed è una cosa tenera. Sono sicura che siete una bella coppia, ma ho pensato di doverti informare: non lavorerà qui ancora per molto. È una storia lunga e noiosa, ma i manager ne hanno già abbastanza di lei e della sua... della sua mancanza di professionalità. Credevo fosse giusto dirtelo, perché sono sicura che vorrai starle accanto, aiutarla – a livello finanziario ed emotivo... Immagino che affronterà un periodo difficile.»

Dall'altro capo del telefono ci fu un momento di silenzio, e Penny rise fra sé.

«Oppure,» continuò Penny con voce sommessa «forse potresti prendere in considerazione la mia proposta. Potresti andartene finché sei in tempo, prima di essere trascinato in basso da Kate. Tu e io, Joe, potremmo scatenare un bel po' di clamore. Pensaci, okay? Hai il mio numero, e stasera sono libera.»

Penny riattaccò ed entrò subito nell'ufficio di Magda.

Kate guardò orgogliosa la cucina con annesso salotto di Sarah Jones, e sorrise contenta a Phil.

«Non è male, questa stanza, vero?» commentò lui dalla scala, mentre dipingeva con metodo la cornice sul soffitto. «Hai davvero ravvivato tutta la casa.»

Kate scosse la testa. «Tu l'hai ravvivata» lo corresse. «Sei strepitoso Phil. E in una settimana soltanto.»

«Io ho buttato giù la parete, l'idea è stata tua. Spero che le piaccia. Alla signora Jones, intendo.»

«Be', ha pianto, per cui Magda è felice. Però, a essere sincera, non ho capito se erano lacrime di gioia o di disperazione.»

«E adesso dov'è?»

«Non dirlo a Gareth,» rispose Kate con un sorriso malizioso «ma è andata dal parrucchiere. Non ha apprezzato l'interpretazione che Gareth ha dato della via di mezzo fra Bree Van de Kamp e Camilla Parker Bowles. Secondo me, l'ha presa un po' troppo alla lettera e le ha fatto il taglio di Camilla color carota come Bree.»

«Anche il divano in pelle non è male, vero?»

Kate alzò gli occhi al cielo. Magda aveva ceduto sul divano per convincere Sarah Jones a firmare la liberatoria. Kate lo aveva infilato in fondo alla stanza, dietro la zona in cui stavano i cameraman, e lo aveva ricoperto di cuscini. Ma di fatto, Kate si era accomodata lì sopra per girare il suo pezzo davanti alle telecamere. Malgrado il divano stesse malissimo in quella stanza, perché era – dal punto di visto di Kate – un arredamento completamente fuori luogo lì dentro, oltre a essere bruttino, in un modo o nell'altro aveva funzionato.

«Non è orrendo» ammise lei. «Okay... Andiamo avanti con l'ultima mano di vernice?»

Sollevò gli occhi e guardò Phil, che indicava qualcosa dietro di lei. Kate si girò e vide Magda sulla soglia a braccia conserte.

«Hai un momento, Kate?» chiese, la voce tesa e agitata.

Lei annuì. «Certo. Stiamo finendo di dipingere. Vuoi vedere la...»

«Subito. Nel soggiorno.»

Corrugando la fronte, Kate uscì dalla stanza e seguì Magda nel corridoio. Solo quando arrivarono nel soggiorno ed ebbero chiuso la porta Magda aprì bocca.

«Kate,» esordì camminando avanti e indietro e non riuscendo a guardarla negli occhi «ti piace lavorare a *Future: Perfect*, giusto?»

«Ovvio» rispose Kate, annuendo con aria circospetta.

«Non abbiamo grossi budget, né uffici eleganti. Non diamo grandi feste, ma sai cosa ci caratterizza?»

Kate la osservò vacua.

«La lealtà» continuò Magda. «Lealtà e lavoro di squadra. È così che mandiamo in onda una puntata ogni settimana. È così che riusciamo a sbarcare il lunario e ad andare avanti. Giusto?»

«Giusto» disse Kate perplessa. «Siamo una grande squadra. C'è qualcosa che non va, Magda?»

Magda la fissò un secondo, ma distolse subito lo sguardo.

«È quello che mi sono chiesta anch'io quando ho saputo che stavi contattando altre compagnie di produzione, con nuove idee per un programma» rispose con aria sconsolata. «Perché, mi sono chiesta, Kate non è venuta da me? Perché non ha mostrato un minimo di lealtà?»

Kate era incredula. «Non l'ho fatto» esclamò. «Non ho parlato con nessuno. E non ho nuove idee per un programma. Sono coinvolta in un progetto, te ne ho parlato e tu hai detto di no. Tutto qui.»

«Di cosa mi hai parlato? Non ho visto nessuna proposta, non mi hai fatto avere niente.»

«Ti ho detto che c'era una casa di cura che andava ristrutturata e tu mi hai risposto che non era materiale adatto per la televisione» le spiegò Kate.

«Non ho mai detto nulla di simile» ribatté Magda. «Una casa di cura? Gente malata? Parenti che piangono? È perfetto per la televisione, cavolo!»

«E invece l'hai detto» gridò Kate. «La scorsa settimana.»

«E ti aspetti che ci creda? Per cui hai rapporti di lavoro con questo istituto?»

Kate si stava accalorando.

«Anche se il tuo contratto ti vieta specificatamente di accettare altri incarichi senza l'approvazione del tuo capo? Cioè della sottoscritta.»

«Quando dico che sono coinvolta in un progetto, intendo che mi hanno interpellato» si affrettò a precisare Kate. «Non ho ancora fatto niente. Mi ha chiamato Carole Jacobs. Sai, la donna che tentava di mettersi in contatto con me? Fa parte del consiglio di amministrazione e voleva che dessi una mano con la ristrutturazione...»

Kate la guardò speranzosa, Magda però aveva un'espressione cupissima. «Hai contattato una vecchia vittima? Nonostante ti avessi esplicitamente detto di non farlo? Di bene in meglio, Kate. E io che pensavo che Penny avesse preso un abbaglio.»

«Penny?» All'improvviso le cose cominciavano a quadrare. «Te lo ha detto Penny?»

Magda sospirò. «Sai che Penny vuole farti fuori, no? È convinta di potersi occupare lei dell'arredamento. Probabilmente spera di lanciare una sua linea di design, o qualcosa del genere.»

«Magda, non puoi licenziarmi» esclamò Kate indignata, a occhi sgranati. «Ho lavorato in questo programma fin dal primo giorno. Sono qui ogni mattina, tutte le settimane...»

«Ho scelta?» chiese Magda. «Non hai rispettato gli accordi. Ti metti in contatto con altre compagnie. E Penny, che è l'unico punto di forza di questo programma, pretende che ti licenzi. Vedi delle alternative?»

«Io non ho contattato nessuno!»

«Penny ti ha sentito mentre ne parlavi. Che tu abbia effettivamente telefonato o meno non fa la differenza.»

Kate deglutì. D'un tratto si sentì molto accaldata e smarrita. «Ma... ma cosa farò?»

«Questo non è più affar mio, ti pare?» rispose Magda. «Avresti dovuto pensarci prima. Sarai pagata fino alla fine del mese, Kate, dopo non credo avremo più bisogno di te sul set. Chiaro?»

«Io...» cominciò a dire lei, ma lasciò la frase a metà. Le tremavano le gambe, e le sembrò che la stanza stesse per crollarle addosso. La stavano licenziando. Non era mai stata licenziata. Era irreale.

Magda storse le labbra. «Perfetto, informerò Penny.»

Superò Kate e aprì la porta. Sulla soglia si girò.

«Allora, quale compagnia hai contattato?» le domandò. «Puoi dirmelo adesso... tanto lo scoprirò presto.»

«Nessuna» rispose Kate con voce supplichevole. «Non ho contattato nessuno.»

Magda scosse la testa. «Fai come vuoi.» E se ne andò, chiudendosi la porta alle spalle.

Kate si diresse verso la grossa poltrona del signor Jones, si sedette e si prese la testa fra le mani. Rimase lì qualche minuto, forse più a lungo – non ne aveva idea. Poi la porta si spalancò.

«Tutto a posto?» chiese Phil, avvicinandosi. «Ho pensato che magari ti andava qualcosa di caldo.»

Le mise in mano un tazza di tè macchiato bollente, che Kate accettò con gratitudine. «Sono stata licenziata» sussurrò, ma quasi non osava dirlo per paura di rendere la situazione ancora più reale.

«Licenziata? Che significa?»

«Magda mi ha cacciata. Per non aver rispettato le clausole del contratto. Penny le ha detto che ho contattato la concorrenza per proporre loro nuove idee.»

«E lo hai fatto?»

«No» rispose Kate sconsolata. «Gareth mi aveva suggerito di... c'è questa casa di cura che speravo di ristrutturare. Pensavo che potesse funzionare in televisione. Penny ha origliato la nostra conversazione e l'ha usata per costringere Magda a licenziarmi. A quanto pare, vuole occuparsi lei dell'arredamento.»

Phil rise, ma si fermò di colpo non appena si accorse che Kate era disperata. «Cosa facciamo adesso?» domandò.

Kate lo guardò stranita. «Facciamo?»

«Io non rimango qui a lavorare per Penny» rispose Phil spiccio.

«Ma tu non sei stato licenziato. Non devi andartene perché vado via io.»

«Infatti, vado via perché lo voglio. Se quella donna pensa di potermi comandare a bacchetta, si sbaglia di grosso. E comunque, fra sei mesi io andrò in pensione. È di te che mi preoccupo.»

Kate gli sorrise. «Grazie, Phil. Ma non ti preoccupare, si risolverà tutto. Devo solo riflettere sul futuro, lavorativamente parlando, intendo.»

«Sembra che tu abbia voglia di ristrutturare la casa di cura. Perché non contatti sul serio le compagnie che, a detta loro, hai già contattato?»

Kate sospirò. «Sì, potrei.»

«Oppure,» riprese Phil con un tono di voce più delicato «potresti andare a casa, dimenticare quello che è successo, farti un bel bagno e invitare a casa il tuo benedetto ragazzo per tirarti su di morale.»

«Questo sì che è un bel piano. Grazie, Phil.»

«Figurati! Ho solo un'altra domanda.»

«Dimmi» lo incoraggiò Kate.

«Tu sei stata licenziata, giusto? Ma io non ho un contratto, per cui posso andarmene quando mi pare, no?»

Kate scrollò le spalle. «Penso di sì.»

«Quindi non ha senso lasciare qui il mio scaleo e la tinta per tornare a completare il lavoro domani, giusto?»

«Mi... mi sa di no.»

«E se spargo la voce, così, per caso, al pub, che questo è un lavoro che nessun muratore di Londra vorrebbe fare, non ci sarebbe mica niente di male, vero?»

Kate sgranò gli occhi.

«E poi» continuò Phil, la faccia illuminata da un'espressione maliziosa «Penny non impiegherà tanto a intuire quale colore di vernice le serve per finire la parete, no? Visto che esistono solo un migliaio di colori diversi fra cui scegliere. Sono sicuro che riuscirà a capirlo in tempo per girare domani pomeriggio...»

Un sorrisetto era affiorato sulle labbra di Kate.

«Pensi davvero che ce la farà?» chiese con aria innocente.

«È una guru dell'interior design» rispose Phil impassibile. «Sono sicuro che le ci vorrà un attimo.»

21

Joe corrugò la fronte: le cose non stavano andando secondo i piani. Non che lui avesse un vero e proprio piano, ma il suo agente di Los Angeles gli aveva assicurato che trasferirsi a Londra sarebbe stata un'ottima mossa per la sua carriera. Aveva detto o Londra o Tokyo: Tokyo voleva dire soldi, Londra credibilità. Quello che lui non avrebbe più potuto permettersi era stare a Los Angeles, perché per il suo agente era diventato complicato convincere i produttori che Joe era richiesto quando lo vedevano servire ai tavoli o bighellonare, senza darsi pace, nei vari bar sul Sunset Boulevard.

Adesso Joe serviva ancora ai tavoli, ma l'affitto era più caro, le mance più misere e il clima era pessimo. Kate poteva anche essere carina, ma si era dimostrata inutile in termini di agganci con i pezzi grossi della televisione, che era quello che lui aveva sperato quando le aveva chiesto di uscire. E poi, quell'orribile spot del formaggio spalmabile – l'unico lavoro da attore che aveva fatto da quando era arrivato a Londra, due mesi prima – non era neanche stato mandato in onda. Per qualche motivo continuavano a rimandare il lancio della campagna pubblicitaria, e questo significava che, a parte un saldo in banca un tantino più prosperoso, Joe non aveva niente in mano.

Era una situazione schifosa. Parecchio schifosa.

Joe osservò il minuscolo monolocale dove attualmente viveva e sospirò. Poi tirò fuori il cellulare e chiamò.

«Bob?»

«Ah, Joe. Come vanno le cose?»

«Sai come vanno. Speravo che tu avessi delle novità. Un lavoro. Qualsiasi cosa.»

Bob sospirò. «Joe, ci sto lavorando. Sii paziente, okay? È saltato fuori un provino in cui spero di infilarti, è la prossima settimana. Una commedia. Ti tengo aggiornato.»

«Ho la sensazione di essere sempre io a chiamarti.»

Ci fu un attimo di silenzio, come a suggerire che Bob condivideva questa impressione e non era particolarmente soddisfatto.

«Joe, sto lavorando duro per te, credimi.»

Joe annuì in silenzio.

«Okay» disse Bob sollevato. «Ti chiamo presto.»

«Aspetta» esclamò Joe. «Ascolta, se io... cominciassi a uscire con una donna famosa, farebbe... farebbe qualche differenza?»

«Una donna famosa?»

«Più o meno. Se finissi sulle riviste di gossip, intendo. Queste cose così.»

«Sarebbe senz'altro utile» rispose Bob con un tono molto più partecipe. «Vuoi dire una modella o un'attrice?»

Joe si morse le labbra. «Penny Pennington ti dice nulla?»

«Penny Pennington?» L'agente parve sorpreso. «Mi sembrava che tu avessi detto di odiarla.»

«Bob, è della mia carriera che stiamo parlando. Faccio quello che devo fare. Bisogna stare concentrati, non credi?»

«Giusto, ovvio. Be', sicuramente Penny conosce i meccanismi della pubblicità.»

«Esatto, proprio come immaginavo.»

«Joe, vale senz'altro la pena tentare, se sei preparato psicologicamente. Voglio dire, tutta la pubblicità è buona pubblicità. La gente ti riconosce, è più facile trovarti dei ruoli. Diventa tutto molto semplice.»

Joe annuì. «Okay, grazie.»

«Tienimi aggiornato, eh?»

«Certo.»

Non appena ebbe riattaccato, il suo cellulare squillò.

«Joe?»

«Kate! Come sta la mia donna preferita?» chiese sorridendo tranquillo e scacciando subito dalla mente tutti i pensieri su Penny. In fondo, non aveva ancora preso nessuna decisione. Non c'era alcun motivo per rompere con Kate. Lei era una ragazza dolce e pendeva dalle sue labbra, cosa di per sé molto gradevole, anche se talvolta un po' fastidiosa. Non c'era bisogno di tagliare i ponti finché non fosse stato costretto a farlo.

«Malissimo. Be', sono abbastanza distrutta. Sei libero stasera? Speravo che tu potessi venire da me.»

«Stasera?» Si soffermò un secondo, pronto a inventare una scusa, poi sorrise. Non era questo il momento per dirle che era impegnato. «Certo. Cosa è successo?»

Kate sospirò. «Cosa non è successo! Sono stata licenziata. E sono ancora sotto shock.»

Joe sgranò gli occhi. Allora Penny aveva ragione. Bene, questo rendeva la sua decisione un po' più semplice. «Hai... hai perso il lavoro?» domandò, cercando di sembrare comprensivo, mentre in realtà stava già programmando la sua via di fuga. «Perché? Come?»

«Non chiedermelo» rispose Kate tesa. «Ti racconto dopo. Adesso dovrai ottenere un ruolo da Oscar per mantenermi!»

Dalla voce era chiaro che Kate scherzasse, dettaglio che non impedì a Joe di sudare freddo. «Troverai subito un altro lavoro» disse. «Tranquilla.»

«Può darsi» sospirò Kate. «O forse mi prenderò una pausa. Ti ricordi della casa di cura di cui ti ho parlato?»

«La casa di cura?» Joe era distratto, la testa gli frullava all'impazzata. Voleva prendersi una pausa? Perché?

«Sì, quella dove sono andata la scorsa settimana. Mi piacerebbe aiutarli, anche se non so ancora come.»

«Fantastico» rispose Joe senza entusiasmo. «Adesso devo andare... ho una telefonata in arrivo. Potrebbe essere di lavoro.»

«Okay. Ci vediamo verso le sette?»

«Certo. O meglio, spero.»

«Speri?»

«Ho delle faccende da sistemare, tutto qui. A dopo.»

«Grazie, Joe.»

Lui riattaccò e trasse un respiro profondo. Kate aveva una voce spaventosa. Come se avesse davvero bisogno di una spalla su cui piangere. Povera Kate.

Eppure, era una buona idea farsi coinvolgere? Joe avrebbe cominciato a consolarla e un attimo dopo si sarebbe ritrovato a mantenerla, proprio come aveva detto Penny. In quel periodo, Joe aveva bisogno di restare concentrato. Di tenere sotto controllo la sua vita. Di essere un uomo libero, la cui priorità assoluta era la carriera.

Con una certa esitazione mise una mano in tasca e tirò fuori il biglietto da visita rosa che gli aveva lasciato Penny. Joe poteva diventare qualcuno, pensò fra sé. Non doveva rinunciare a questa chance. Kate avrebbe capito. Probabilmente al suo posto avrebbe fatto la stessa cosa.

Lentamente prese di nuovo il cellulare e compose un altro numero.

Un'inguaribile romantica sa che la bellezza è solo superficiale, e che il vero amore non si basa su una pelle levigata o sulla sottigliezza delle caviglie. Malgrado ciò, sa che prendendosi cura di sé dimostra di tenersi in considerazione e di voler piacere all'uomo che ama. Ogni donna si sente meglio quando ha le mani curate, i capelli in ordine, il corpo ben tenuto.

Un'inguaribile romantica è consapevole del fatto che seguire la moda è semplice, ma che essere sempre chic in modo apparentemente casuale e naturale è molto più attraente e difficile. Un taglio sobrio e capelli che siano morbidi al tatto attrarranno un uomo molto più di una messa in piega e di chiome laccate. Una pelle fresca e priva di imperfezioni è molto più bella di una pelle ricoperta di cipria.

Quindi, un'inguaribile romantica sa che investire su se stessa è fondamentale. Pertanto mangia bene: uova, pesce e grano per avere capelli lucidi e pelle tonica – e fa le scale per continuare ad avere gambe sode. Evita i talloni screpolati dandoci tutti i giorni la crema, e tiene le gambe lisce con il rasoio o la ceretta. Un'inguaribile romantica non ha idea di quando conquisterà un uomo, perciò vestirsi bene solo per le occasioni importanti le è proibito: deve essere radiosa in ogni momento.

Ciò vale anche quando siamo di cattivo umore o tristi. Perché, malgrado sia una tentazione abbinare il nostro stato d'animo a colori tetri o scialbi e a un viso poco o per niente truccato, così facendo non otterremo nulla. Come potremmo guarire il nostro cuore spezzato se abbiamo la tristezza scritta in fronte? Come potremmo trovare il sole se siamo vestite per la pioggia?

In effetti, concentrarci sulla nostra bellezza quando ci sentiamo sole o angustiate può realmente sollevarci il morale. Una spruzzata di profumo, un tocco di rossetto e un ombretto grigio possono non solo trasformare l'aspetto, ma anche lo stato d'animo nostro e di coloro che ci circondano, incluso il vostro ammiratore attuale o potenziale! Rallegratevi e sorridete, dite al mondo che vi aspettate grandi cose. Presto non ricorderete più neanche il perché della vostra tristezza.

Kate sbatté le palpebre sulla bacchetta del mascara e si guardò allo specchio del bagno. Non si poteva negare: Elizabeth Stallwood sapeva di cosa stava parlando. Un'ora prima Kate si sentiva uno straccio. Aveva voglia di vomitare per l'ansia, era incavolata nera con Penny ed era disperata.

Adesso le sembrava che niente di tutto questo fosse importante. Non per il momento, almeno. Aveva il viso truccato, i capelli lavati, e sulle mani sfoggiava un bello smalto rosa chiaro, che aveva comprato mesi fa e non era mai riuscita a mettersi perché sul set si spezzava sempre le unghie. Adesso non doveva più preoccuparsene. Addio carriera, benvenuta cura di sé.

Kate guardò l'orologio: sette e mezzo. Da un momento all'altro sarebbe arrivato Joe e l'avrebbe tirata su con le sue braccia possenti. E poi magari avrebbero parlato o fatto l'amore in modo travolgente, o forse lui avrebbe insistito per portarla fuori in modo che si distraesse. Non le importava cosa avrebbero fatto: era semplicemente grata di avere Joe nella sua vita. Non aveva molto, in effetti. I suoi amici erano impegnati a gridare l'uno contro l'altro e a scambiarsi insulti, e il lavoro... be', meno se ne parlava, meglio era.

Contenta di non avere grumi di mascara sulle ciglia, Kate si diresse in cucina ad aspettare.

«È un locale un po' strano» disse Lucy sorridendo. «Cosa è, una caratteristica di West London? Non potete andare al pub come tutti gli altri?»

Tom arrossì. «Qui si può anche mangiare» le fece notare.

«Sì, se hai dieci sterline da spendere per un piatto di patatine fritte. Senti, ti ringrazio per avermi portato qui. Lo apprezzo molto. E grazie anche per l'ospitalità. Penso che potrebbe essere l'inizio di qualcosa di speciale. Se il mio piano funziona, cioè!»

Tom scosse la testa. «Non è un problema. Tu sei una compagnia fantastica a cena e... altrove.»

«Forse hai ragione» annuì Lucy, gli occhi scintillanti. «Dopo tutto, non mi hai mai invitato a cena. È il minimo che una donna si aspetti di questi tempi. Immagino che qualcuno debba spendere il tuo stipendio da medico, no?»

«Ti piace il pesce?» chiese Tom.

«È delizioso. E il vino pure. Una meraviglia!»

Tom sorrise, poi notò qualcosa e corrugò la fronte.

Non poteva essere. Sembrava, ma Tom si stava di sicuro sbagliando.

«Cosa c'è?» chiese Lucy girandosi. Poi si rivolse a Tom, lo sguardo gongolante. «È quella donna, no? Penny qualcosa. Cavolo, per cui questo è un locale frequentato da vip. Sono impressionata, dottor Whitson!»

Lucy si girò di nuovo. «Cavolo, è proprio bello, no? Non mi dispiacerebbe una serata insieme a lui...» Fece l'occhiolino a Tom. «Non che tu non sia carino, ma che diamine. E come minimo avrà dieci anni meno di lei. Che fortuna, quella strega! Secondo te è ricca? Tom? Dottor Whitson? Ti senti bene?»

Tom stava fissando il tavolo dall'altra parte della sala e si sentiva sempre più agitato. Era lui. Era Joe. E sembrava in rapporti molto intimi con la donna che Kate odiava. Un'esemplare di donna orribile.

Eppure, doveva esserci una spiegazione. Ovviamente c'era.

Tom deglutì e ricacciò indietro l'impulso di avvicinarsi a

Joe e dargli un cazzotto in faccia. Non capiva neanche perché avesse voglia di picchiarlo. «Lucy, devo fare una telefonata, se non ti scoccia.»

«No, figurati.»

Tom annuì e si diresse verso il bancone. Poi si accomodò in modo da stare accanto al tavolo di Joe e Penny.

«Ascoltami, ho parlato con il mio agente» la sentì dire con un tono di voce nasale e duro. «Se tu fossi stato più famoso, ci conveniva negare la relazione per qualche settimana, così da avere poi l'attenzione di tutti. Visto che non lo sei...» Penny inarcò un sopracciglio «... dobbiamo cercare di ottenere il massimo impatto subito. Ho avvisato un paio di fotografi, che ci scatteranno delle foto fra un paio d'ore, non appena usciremo di qui. E poi io comincerò a rilasciare interviste sul mio nuovo amore.»

«Cominceremo.»

Penny sorrise. «Certo, che sciocca.»

Tom sbiancò e uscì fuori dal locale.

Arrivato sul marciapiede, tirò fuori il cellulare e digitò il numero di Kate.

«Joe?» disse lei. «Sei tu?»

Aveva una voce così speranzosa. Così emozionata. Tom si morse le labbra. «No, sono io.»

«Oh. Tom. Ciao. Come va?»

«Aspettavi una telefonata di Joe?»

Kate rise. «Scusa, è stata un'uscita infelice. È solo che sta venendo da me, a dire il vero doveva essere qui già da un po', per questo ho pensato che fosse lui.»

Tom alzò gli occhi al cielo.

«Ehi, ci sei ancora?»

«Senti, ehm, Kate, Penny e Joe si conoscono?»

Ci fu un attimo di silenzio. «Hanno girato uno spot insieme.

Joe te lo ha raccontato a cena da Sal, non te lo ricordi? O eri troppo ubriaco?»

Di colpo gli tornò in mente e si sentì subito un idiota. Erano lì per lavoro. Nient'altro. «Be', questo spiega tutto» disse. «Non riuscivo a capire perché fossero a cena insieme. Ma se si tratta di lavoro...»

«A cena insieme?» chiese Kate sorpresa. «Quando?»

«Be'... adesso. Sono al Bush.»

«Adesso?» La voce di Kate era tesa. «Tom, è uno scherzo? Un tentativo crudele di farmi imbestialire? Perché, se così fosse, non è divertente.»

Tom deglutì. «Non è uno scherzo, Kate. Te lo giuro.»

«Be', sono sicura che ci sia una spiegazione plausibile. E comunque, lui non la può soffrire, per cui se è lì, l'avranno costretto. Anche tu sei lì a cena?»

«Esatto.»

«Perfetto, allora magari lo chiamo» disse Kate con aria assente. «Per scoprire perché... ehm, grazie Tom.»

«Figurati! Rimarrò qui ancora un po'. Nel caso tu...»

«Fantastico! Okay, ciao!»

Tom corrugò la fronte e tornò al suo tavolo. «Hai finito?» chiese a Lucy, mentre osservava come un avvoltoio Penny e Joe. «Perché mi sa che io ho perso l'appetito.»

Guardandosi allo specchio dell'ingresso, Kate sorrise il più allegramente possibile, ma gli occhi non le si illuminarono. Aveva chiamato Joe. Gli aveva chiesto con un tono di voce dolce e rilassato se stava arrivando. E lui le aveva risposto che era «impegnato», che forse non ce l'avrebbe fatta a passare. Proprio così.

Joe poteva benissimo averle detto la verità, decise Kate. Lui e Penny avevano lavorato insieme: magari dovevano parlare di un eventuale progetto futuro. La verità era che Joe odiava quella donna, non c'era motivo di essere preoccupata. Okay, Penny era una stronza megagalattica e aveva fatto licenziare Kate, ma questo Joe non lo sapeva. Forse lo spot aveva avuto un'accoglienza fantastica e dovevano girarne un altro.

Kate sorrise di nuovo, stavolta con un po' più di convinzione. Avrebbe fatto un salto al Bush, si disse. Lei non avrebbe dovuto sapere dove si trovava Joe, quindi lui non avrebbe potuto accusarla di essere lì a controllarlo. E non appena l'avesse vista, Joe sarebbe stato sicuramente sollevato di potersi liberare di Penny. Kate avrebbe pensato a un commento caustico da scagliare contro la sua acerrima nemica e poi se ne sarebbe andata insieme a lui. C'era da augurarsi che Tom fosse ancora lì a osservare tutto. Dopo l'altra sera, Tom era l'ultima persona da cui Kate voleva essere compatita.

Infilandosi il cappotto e cercando un insulto tagliente per ferire Penny, Kate afferrò le chiavi e uscì.

Era una serata piuttosto calda e piovigginosa, non tanto da dover prendere un ombrello, ma abbastanza da sabotare i capelli lisci increspandoli. "Addio pettinatura", pensò stizzita. Elizabeth Stallwood le avrebbe senz'altro consigliato di indossare un foulard, ma da qualche parte un limite andava messo.

In cinque minuti arrivò al ristorante, ma rimase davanti all'ingresso come minimo altrettanto, cercando di calmare il battito impazzito del suo cuore. Erano solo Penny e Joe, continuava a ripetersi. Il suo ragazzo e una gloria del passato che probabilmente stava cercando di sedurlo, mentre lui di certo non se la filava per nulla. Kate e Joe ne avrebbero riso come due pazzi dopo, e lei si sarebbe domandata per quale stupido motivo si fosse preoccupata tanto.

Non che fosse preoccupata. Non era per niente preoccupata.

Buttandosi i capelli all'indietro, Kate si stampò un sorriso in faccia ed entrò.

Il locale era caldo e pieno di fumo, Kate si tolse il cappotto e si diresse al bancone. Il trucco era sembrare naturale, pensò, scrutando la sala con aria furtiva. Non c'era traccia di Tom. Né di Joe e Penny...

All'improvviso corrugò la fronte. Eccoli là. Seduti a un tavolino sulla sinistra.

Rapidamente si girò, il cuore che le batteva forte. Ordinò un drink, lo prese in mano e, respirando a fondo, si incamminò dall'altra parte della sala.

«Tesoro!» disse a poco più di un metro di distanza da loro. Né Joe né Penny si accorsero di lei, e Kate si schiarì la gola. «Joe!» esclamò arrivando al tavolo e notando con una certa desolazione la sua espressione scioccata. «Che sorpresa!»

Poi si rivolse a Penny. «Penny. Com'è carino da parte tua prenderti cura di Joe per me.» Sorrise sicura e aspettò che lui intervenisse. Che le prendesse una sedia, che le dicesse che avevano quasi finito di discutere di lavoro, che si alzasse, la baciasse e chiarisse perfettamente a Penny e a tutti i presenti che lui e Kate erano pazzi l'uno dell'altra.

Ma Joe si limitò a guardarla imbarazzato e a farfugliare: «Credevo che tu fossi a casa».

Kate deglutì. «Infatti» rispose con il tono di voce più brillante possibile, viste le circostanze. «Ma ho deciso di uscire a bere qualcosa.»

«Da sola?» chiese Penny. «Che tristezza!»

Kate la guardò furiosa. «Non da sola, con un amico. Joe, ti ci vorrà ancora molto? A parlare di lavoro con Penny, intendo» aggiunse sorridendole. «Insomma, non riesco a immaginare che voi due abbiate qualcos'altro di cui discutere.»

«A dire il vero, abbiamo un sacco di cose in comune» rispose Penny melliflua. «E, a proposito, Kate, mi è dispiaciuto tanto sapere che oggi hai perso il lavoro. Che peccato!»

Kate appoggiò una mano sul tavolo. Cominciava a sentirsi le gambe piuttosto deboli.

«Per lo meno non dovrò più lavorare con te!» esclamò. «Non tutto il male viene per nuocere!»

Lo sguardo di Penny divenne gelido. «Joe, forse è arrivato il momento che tu dica a Kate di noi.»

Joe si spostò imbarazzato sulla sedia.

«Joe?» chiese Kate preoccupata. «Cosa sta blaterando? Dovete girare un altro spot insieme?»

Penny rise. «Uno spot? Oh Dio, sei proprio ingenua!»

«Joe?» lo supplicò Kate.

Lui sospirò. «Dio, Kate. Mi dispiace. Io...» Guardò Penny e poi si alzò per mettersi di fronte a Kate. «Noi... voglio dire, Penny e io... noi...»

«Noi stiamo insieme» concluse Penny. «Joe e io ci siamo innamorati. Il povero ragazzo era troppo spaventato per dirtelo, ma adesso che lo sai, be', smamma.»

Kate ebbe la sensazione che le gambe potessero cederle da un momento all'altro.

«Ma tu la odi» sussurrò. «Hai detto che era arrogante, egoista, narcisista...»

Joe scrollò le spalle. «Avevo torto, suppongo» rispose guardando il pavimento.

«Kate, tesoro, abbi un minimo di dignità, no?» intervenne Penny. «Hai perso il lavoro e il tuo uomo... magari devi cominciare a farti qualche domandina su te stessa, eh?»

Kate la fissò. «Sei una stronza pazzesca, una donna cattiva, orribile.»

Penny sorrise raggiante. «Che ha un lavoro e un bellissimo ragazzo, non trovi? Joe, credo sia arrivato il momento di andare.» Si alzò e schioccò le dita verso di lui, che controvoglia le porse il cappotto.

«Mi dispiace davvero» mormorò a Kate. «Ti avrei chiamata. Te lo avrei detto in un modo diverso.»

Kate non rispose. Si limitò a guardare Penny prendere a braccetto Joe e incamminarsi verso l'uscita.

Solo quando furono quasi arrivati alla porta Kate li rincorse.

«Non puoi...» gridò nel momento in cui, raggiunta l'uscita, vide Penny e Joe attraversare la strada. «Joe, c'è una profonda connessione fra di noi. Hai detto che ero speciale...»

Mentre parlava, Kate fu accecata dai flash, inciampò e sbatté contro un muro. Sconcertata, rimase a osservare Joe che abbracciava Penny e sorrideva beato insieme a lei a favore dei fotografi, come se fossero su un red carpet chissà dove, invece che fuori da un bar di Shepherd's Bush.

Kate si lasciò cadere a terra.

Ma prima che toccasse il suolo, al suo fianco apparve qualcuno.

«Forza, andiamo via di qui» disse una voce familiare. «Prendimi per mano. E ripeti insieme a me: "gli uomini sono dei maiali. Tutti quanti!".»

22

«Puoi anche dirmelo» lo incoraggiò Kate sconsolata.

«Cosa?»

Erano seduti sul divano. Kate teneva un cuscino sulla pancia come per difendersi, il corpo rannicchiato. Tom era lì accanto a lei, le gambe appoggiate sul tavolino da caffè.

«Che avevi ragione tu. Che sono un'idiota e un'inguaribile romantica, e che sapevi che sarebbe andata a finire così.»

«Tu non sei un'idiota. È Joe l'idiota.»

Kate annuì. «Penny» esclamò sbigottita. «Insomma, fra tutte le donne del mondo. Perché proprio Penny?»

«Gli avrà fatto un rito voodoo. Non riesco a pensare a nessun altro motivo per il quale un uomo possa decidere di andare a letto con lei.»

«Pensi che ci sia andato a letto?» chiese Kate, portandosi una mano alla bocca. «Oddio. Oh, che orrore!»

«No, no. Non volevo dire che...»

«Ma ci andrà, giusto? Andrà a letto con lei e la bacerà e...»

Le lacrime cominciarono a pungerle gli occhi, ma Kate se le asciugò energicamente. «Era l'uomo perfetto per me» sussurrò. «Andava tutto benissimo fra di noi.»

«Il tuo uomo perfetto è uno che non ha neanche la gentilezza di mollarti, prima di scappare con Penny Pennington?»

Kate scrollò le spalle. «Lo avrà costretto lei. Mi avevano promesso l'amore, ed è arrivato Joe, però ora lui esce con quella… con quella stronza.»

Tom inarcò le sopracciglia. «Ti avevano promesso l'amore? Ascolta, siamo tutti convinti che ci siano state promesse cose di tutti i tipi, ma non ci sono garanzie in questa vita…»

«E invece no, ci sono!» ribatté Kate indignata. «Trova l'amore o ti restituiamo i soldi. E adesso probabilmente non avrò neanche i requisiti per il rimborso, perché io l'amore l'avevo trovato.»

«Hai una garanzia soddisfatti o rimborsati?» chiese Tom, colto alla sprovvista.

Kate sbiancò, poi ammise: «È un libro che ho comprato. *Il manuale per inguaribili romantiche*. Su eBay dicevano che avrei incontrato il vero amore».

Tom sgranò gli occhi. «Stai leggendo un libro che si intitola *Il manuale per inguaribili romantiche*? Non pensi di essere disperata abbastanza senza bisogno di altri consigli sull'argomento? E non credere a ogni cosa che leggi su eBay. Povera Kate. Non mi meraviglia che tu te la prenda tanto per tutto.»

«Io non me la prendo tanto per tutto. Solo per manipolatrici come Penny» disse Kate furiosa. «Dio, odio quella donna. Profondamente.»

«Non ha senso. Tu la odi e lei non lo saprà mai. L'odio ti roderà il fegato e tu darai sempre di più la colpa a lei, ma sarà tutto inutile, perché lei a malapena sa che esisti.»

«Stiamo ancora parlando di Penny? Perché ti garantisco che lei sa bene che esisto.»

Tommy sorrise. «Scusa. Hai ragione, lei lo sa.» Sospirò. «È solo che nel corso degli anni ho imparato che liberarsi della rabbia è la soluzione migliore.»

Kate annuì, ricordando la sofferenza che era trapelata nella voce di Tom la prima volta in cui le aveva raccontato di sua madre. Glielo aveva detto con aria indifferente, un giorno all'uscita di scuola; l'aveva buttata lì durante una conversazione, come fosse normale, come se – negandole importanza – avesse potuto essere una cosa non importante. Ma era davvero possibile liberarsi della rabbia per un tradimento simile, si chiese Kate. Lei non credeva di esserne capace.

Kate lo osservò in silenzio. «È per questo che tu non credi al lieto fine?»

«Credo» disse Tom tagliente «che l'argomento sia chiuso. Credo anche nei poteri di guarigione di Billie Holiday, del whisky e del ballo. Tu?»

Kate sorrise. «Ti aspetti davvero che balli con te? Non ho più il ragazzo, ho perso il lavoro, sono stata fregata di brutto da una stronza con i capelli color paglia, e ti aspetti che io balli?»

«Sono un dottore» esclamò Tom. «Le persone fanno sempre ciò che dico loro. Quindi forza, alzati.» Le afferrò le mani, buttò di lato il cuscino e la tirò in piedi. Poi mise un cd nello stereo, le prese di nuovo le mani e, mentre la musica riempiva la stanza, cominciò a cantare. Male.

«Stormy weather.»

«Since my man and I ain't together» si unì Kate.

«Keeps raining all the time...»

Tom sorrise e strinse a sé Kate. «Stai meglio, visto? Billie assorbe il tuo dolore e lo sputa fuori. Fa davvero miracoli.»

Kate aveva ballato con Tom tante altre volte prima di allora – avevano addirittura cantato insieme –, ma adesso stava succedendo qualcosa di strano. Kate abbozzò un sorriso nervoso. I loro corpi erano così vicini che lei riusciva a sentire l'odore della sua pelle, il cuore che gli batteva dentro al petto. Aveva un desiderio travolgente di stringerlo ancora più forte, di baciarlo, di...

«Non mi avevi promesso il whisky?» si affrettò a dire invece, scostandosi un po'.

«Certo.» Tom incrociò il suo sguardo, e per un attimo Kate ebbe una paura matta che lui sapesse, che intuisse cosa stava pensando. Poi però Tom sorrise e andò in cucina. «Tieni ancora gli alcolici nello stesso armadietto del ketchup?»

Kate sospirò. Doveva riprendersi. Era solo una reazione a Joe e Penny, ovviamente. Una risposta a caldo.

Ma quando Tom ricomparve sulla porta con il whisky e due bicchieri in mano, quando lei incrociò i suoi occhi per la seconda volta e non fu capace di distogliere lo sguardo, Kate cominciò a capire il fascino della risposta a caldo, se di questo si trattava. All'improvviso Tom non le sembrava più Tom. Le sembrava un uomo incredibilmente affascinante, che l'aveva salvata fuori dal Bush.

Continuando a sorridere nervosa, Kate smise di fissarlo e andò di nuovo a sedersi sul divano. Lui le versò un bicchiere di whisky e glielo porse prima di accomodarsi. Il divano era vecchio e affossato nel mezzo, per cui non appena Tom si appoggiò, si ritrovarono a sfiorarsi le gambe. Con un certo imbarazzo Tom scostò la sua e cambiò posizione, ma fu inutile: in qualunque modo si sedesse, le sue gambe finivano praticamente su quelle di Kate. Da quando era andato a prendere il whisky, nessuno aveva fiatato, e l'atmosfera era tesa e pesante.

«Accendiamo la tv?» suggerì Kate.

«Ah, la tv» esclamò Tom. «La panacea della vita moderna.»

«Okay, niente televisione» rispose pacata Kate. Bevve un sorso di whisky e tossì quando le bruciò la gola.

«Sono fiero di te» aggiunse Tom. «Quando avrai finito quel bicchiere, non ricorderai più neanche chi sono Joe e Penny, figuriamoci il motivo per cui sei arrabbiata con loro.»

Kate abbozzò un sorriso e bevve tutto d'un fiato.

«Joe chi?» chiese.

«Splendido! E adesso, signora, è tardi. È ora che vada a letto.»

La parola letto parve rimanere sospesa per aria qualche secondo, finché Tom non si alzò, e Kate lo seguì.

«Rimani ancora un po'?» chiese lei prima di riuscire a trattenersi.

«Tu... tu vuoi che io rimanga?»

Kate annuì. E sollevando la testa, vide Tom che la osservava con un'espressione indecifrabile. Kate sostenne il suo sguardo, come per provocarlo, e rimasero così per un tempo che sembrò lunghissimo, come sfidandosi l'un l'altro a distogliere lo sguardo per primo.

Poi, all'improvviso, Kate sentì le labbra di Tom sulle sue. Tenere all'inizio e dopo appassionate, le braccia strette attorno a lei. Con le mani Kate gli accarezzò la schiena e il collo. Era molto eccitante, ma contemporaneamente rassicurante. Come se Kate fosse tornata a casa. Come se avesse trovato il proprio posto nel mondo.

A un certo punto, però, Tom si scostò.

«Sarà meglio che vada» disse con voce rauca. «Adesso non è il momento giusto.»

Kate annuì, sapeva che aveva ragione lui, anche se non aveva voglia di vederlo andare via.

Lui la guardò un istante, poi le baciò la fronte. «Dormi bene. Ti chiamo domani.»

«Tom?» disse Kate, mentre lui si avvicinava alla porta.

«Sì?»

«Avevi torto. Gli uomini non sono tutti dei maiali.»

«Giusto» rispose lui perplesso. Poi sorrise. «Giusto.»

23

Sal rispose al telefono non appena cominciò a squillare. Era un riflesso condizionato: tutto quello che succedeva prima delle dieci di sabato mattina toccava sbrigarlo a lei facendo meno rumore possibile. Ed sopravviveva dormendo sei ore per notte dal lunedì al venerdì, ma se non si concedeva una bella dormita nel fine settimana non ricaricava le pile. E la sera prima era tornato a casa tardi. Molto tardi. Sapeva l'ora precisa perché lei era rientrata solo venti minuti prima. Era stata la prima volta in cui si era sentita contenta del fatto che il lavoro lo avesse trattenuto fuori a lungo.

Per molti versi, era colpa di Ed se lei era tornata così tardi. Se ci rifletteva bene, poteva anche convincersi che fosse tutta colpa sua. Ma era consapevole del contrario.

La verità era che lei non sarebbe voluta uscire con Jim. O come minimo avrebbe sperato che qualcosa glielo impedisse. Aveva chiamato Ed in ufficio e gli aveva chiesto se voleva ordinare qualcosa da mangiare in rosticceria per cena, lui però si era profuso in scuse, aveva detto che credeva di averla già avvisata ma aveva un impegno. Potevano rimandare a sabato? Sal gli aveva perfino domandato se voleva che lo accompagnasse, cosa che non aveva più fatto da una cena disastrosa di due anni prima, quando il capo di Ed le aveva fissato il seno tutto il tempo e aveva tentato di tastarle il sedere mentre l'aiutava a infilarsi il cappotto. Ma Ed aveva rifiutato: sarebbe già stata una situazione pesante per lui, non c'era motivo che se la sorbisse anche lei. Le aveva consigliato di uscire con i suoi amici, perché non gli era parso che si fosse svagata molto spesso negli ultimi tempi. Quando Sal gli aveva fatto notare che non era uscita spesso con lui, Ed le aveva detto di smetterla di rompere. Era impegnato, e l'ultima cosa di cui aveva bisogno era essere assillato.

Per questo Sal aveva accettato l'invito di Jim. Ripetendosi che era solo un amico, che non c'era niente di male nell'andare a bere qualcosa con un uomo dopo il lavoro, senza farne parola con nessuno e scegliendo un bar distante dall'ufficio per paura di essere visti da qualche conoscente. Adesso, con il senno di poi, le sembrava un comportamento quanto mai spudorato.

Da zoccola. Avrebbe anche potuto mettersi sulla fronte una targa con la scritta: «infelicemente sposata e assolutamente disponibile».

Era questo il modo in cui probabilmente Jim la vedeva.

Ma era davvero così? Era infelicemente sposata?

Non lo sapeva più. E poi, come poteva definirsi un matrimonio felice? Era piuttosto sicura che lei ed Ed si volessero bene, che si divertissero ancora insieme. Però, era abbastanza? Ed non la guardava mai dritto negli occhi, né le diceva che era speciale. Molto spesso si accorgeva a malapena della sua presenza. Tornava a casa, sprofondava nelle sue scartoffie, rispondeva male e passava ore a scrivere di nascosto e-mail sul suo BlackBerry, come se chiunque fosse all'altro capo del cellulare fosse molto più importante e interessante di lei. Magari era vero. Magari speciale lo era davvero.

Per questo Sal era uscita con Jim. E aveva indossato un top scintillante – era la seconda volta che lo metteva, la prima era stata in occasione di quella disastrosa cena con i suoi amici, ma nessuno aveva fatto il benché minimo commento al riguardo, in particolare Ed.

Jim invece l'aveva notato subito. Le aveva detto che era carino, che era piacevole non vederla in abiti da lavoro. O con la tuta da palestra. Mentre parlava sorrideva in modo quasi allusivo, ma Sal non ne era sicura e così cambiò discorso. All'inizio era stata sulle spine: solo il fatto di essere in un bar le sembrava il logico preludio a un divorzio tremendo e doloroso, l'ammissione del fallimento del suo matrimonio. Ma dopo un paio di vodka tonic cominciò a rilassarsi, e infine a divertirsi. Jim era un uomo interessante: era stato un giornalista e si era occupato di reportage sui farmaci, in particolare sui loro effetti collaterali e sul loro costo esagerato. Adesso, le raccontava con un certo imbarazzo, era passato dall'altro lato della barricata perché c'erano molti più soldi e sicurezza, ma prima o poi forse avrebbe ricominciato a scrivere. Lei gli parlò del suo dottorato, e di come le piacesse il suo lavoro perché capiva gli scienziati, essendo una di loro, ma apprezzava anche il lato commerciale dei prodotti. Jim le disse che era la persona più preparata nel team di controllo, e che in ufficio lo pensavano tutti. E lei si beò del complimento, il viso illuminato dal pensiero che i suoi colleghi la stimassero.

Chiacchierarono di continuo, senza pause o esitazioni imbarazzanti. Fino a fine serata, in realtà. Poi, all'improvviso, la situazione divenne molto imbarazzante. Sal disse che avrebbe preso un taxi. Jim le propose di dividerlo. E da lì partì una lunga discussione per capire se valesse la pena dividere un taxi o meno, dato che lei abitava a West Kensington e lui a Clapham. Alla fine Jim, sorridendo, la infilò in un taxi, dicendo che ce n'era un altro subito dopo, anche se Sal si accorse che in realtà non c'era e che Jim era semplicemente stato carino, perché lei si sentiva a disagio al pensiero di dividere un taxi, figuriamoci il resto. Un attimo prima di chiudere la portiera, Jim si chinò e la baciò. Sulle labbra.

Fino a quel momento Sal si era presa in giro raccontandosi che era solo una serata fra amici. Che Jim era un collega di lavoro… che diavolo! Avevano parlato di lavoro quasi tutta la sera.

Quel bacio cambiò tutto. Tornando a casa, Sal rivide la scena un migliaio di volte: alcune ipotizzando di scostarsi inorridita e di dirgli che si era fatto un'idea sbagliata, che lei era una donna sposata e le interessava solo come amico. Altre, immaginando di tirarlo dentro il taxi, le labbra di Jim sulle sue, sul suo collo, immaginando che lui la stringesse forte, mosso da un desiderio che erano anni che lei non provava più, che le sussurrasse di essere stato fortunato a incontrarla, che era l'unica cosa a cui pensava giorno e notte.

«Pronto?» sussurrò Sal nella cornetta del telefono, terrorizzata che potesse essere Jim, anche se lei non gli aveva dato il numero di casa. Si girò verso Ed e vide che stava russando.

«Sal. Sono Gareth. L'amico e collega di lavoro di Kate. Dobbiamo andare da lei.»

«Cosa? Perché?» Una sensazione di sollievo le inondò il corpo. Era salva. Non era Jim.

«Vuoi la versione lunga o quella breve?»

Ed poteva svegliarsi da un momento all'altro. «Quella breve» rispose.

«Ha perso il lavoro e Joe l'ha lasciata per Penny Pennington.»

«Stai scherzando!»

«No, no. Me lo ha detto Will, uno dei fattorini del programma. L'ha saputo da Adam, il cameraman, che l'ha saputo direttamente da Penny. A quanto pare va a strombazzarlo ai quattro venti. Ascolta, io ho un po' di cioccolato» continuò. «Ma avremo bisogno di ben altro.»

A Sal cominciarono a frullare mille pensieri per la testa. Joe e Penny? Avevano tutti delle storie clandestine adesso, anche quelli che dicevano di essere innamorati?

«Io ho dei biscotti» rispose infine Sal. «E il gelato.»

«Forse per il gelato è un po' presto.»

«Hai ragione. Okay, biscotti e magari una bottiglia di non so cosa. Dove sei tu adesso?»

«Davanti a casa tua.»

Sal balzò giù dal letto e da dietro le tende della camera vide Gareth in mezzo alla strada, i suoi capelli biondi tinti scintillavano sotto il sole. Lo salutò con la mano, all'improvviso grata di avere una scusa per uscire di casa prima che Ed si svegliasse. «Dammi cinque minuti.»

«Non c'era davvero bisogno che veniste» disse Kate con un sorriso, guardando il bancone della cucina pieno di biscotti, cioccolato, latte e pane.

«Non essere sciocca» esclamò Gareth. «Sei quella che si definisce un'amica che ha bisogno di aiuto. Anche se...» la osservò con attenzione «non sembri per niente sconvolta. Sei nella fase di negazione? Hai sepolto il trauma nel più profondo di te stessa?»

Kate scosse la testa. «Sto bene. Davvero.»

«Ancora non capisco» intervenne Sal sconcertata. «Joe e Penny? Proprio loro due! Joe parlava male di lei a cena solo la settimana scorsa.»

«Amore e odio» commentò Gareth con l'aria da esperto, accendendo il bollitore. «Sono molto simili, sapete. Probabilmente Joe si lamentava troppo per nascondere la vera natura dei suoi sentimenti.»

«Forse è stato un errore» suggerì Sal. «Magari si è fatto prendere un attimo la mano. Succede, no? Non deve per forza essere una cosa importante...»

Kate scosse la testa. «Non lo capisco neanch'io, ma non credo sia stato un errore. Fra me e Joe... be', è finita.»

«Gareth ha ragione» continuò Sal. «Sei nella fase di negazione, o qualcosa del genere. Non sembri tanto sconvolta. E l'altro giorno parlavi di sposarlo!»

«Lo so.» Kate sorrise appena. «Mi sono sbagliata. Non era l'uomo giusto per me. Si deve andare avanti, no?»

Sal inarcò le sopracciglia. «Non così alla svelta. Si va avanti dopo aver trascorso un intero fine settimana ad ascoltare canzoni tristi e a mangiare gelato. Non ti svegli la mattina e dici: "Oh, be', tranquilla, non è successo niente". Non è normale. Cosa ci stai nascondendo?»

Kate arrossì. «Niente!» rispose sulla difensiva. «Non vi sto nascondendo niente. È che mi sento... be', mi sento bene.» Prese una tazza di tè bollente dalle mani di Gareth e si mise a sedere al tavolo della cucina cercando di concentrarsi. Era sconvolta al pensiero di Joe e Penny insieme. Ovvio. Ma tutto questo sembrava successo una vita fa, prima che Tom l'avesse baciata.

E adesso non aveva la più pallida idea di cosa le frullasse in testa.

«È impazzita» dichiarò Gareth. «È completamente andata.»

«Sono d'accordo con te» annuì Sal, per niente convinta. «Kate, hai riflettuto sulla tua situazione lavorativa? Cosa potresti fare?»

Kate corrugò la fronte. «Non lo so. Mi inventerò qualcosa.»

«Ho il numero di alcuni produttori» disse Gareth, tirando

fuori dalla tasca dei jeans un foglio. «Vuoi che li chiami io per te? Potrei spacciarmi per un tuo collaboratore. Ti serve un collaboratore per essere presa in considerazione.»

«Credi che se avessi dei collaboratori ti assomiglierebbero?» chiese sorridendo Kate.

Gareth scrollò le spalle. «Fa' come vuoi.»

Il telefono squillò, e si scambiarono tutti e tre un'occhiata.

«E se è Joe?» domandò Gareth agitato.

E se invece fosse stato Tom?, pensò Kate.

«Rispondo io» disse Sal alzando la cornetta. «Pronto? Casa Hetherington.» Passò il telefono a Kate. «È una certa Heather.»

«Non conosco nessuna Heather» sospirò afferrando il ricevitore. «Sono Kate. Cosa posso fare per te?»

«Kate! Ciao, sono Heather di *Hot Gossip*. Immagino che tutta questa storia di Penny e Joe sia stata davvero un brutto colpo per te. Come ti senti oggi?»

«Scusa. Ci conosciamo?» chiese Kate, colta alla sprovvista.

«Ho saputo di ieri sera. Un nostro fotografo ti ha scattato una foto, accasciata per terra. Una cosa tremenda, mi è dispiaciuto tanto per te. In realtà volevo solo conoscere la tua opinione a proposito di Joe, e di Penny. Quanto siete stati insieme voi due? Sei mai andata a Los Angeles? Cioè, avevi pensato di trasferirti lì con lui? Joe ha infranto i tuoi sogni?»

«Devo… devo andare adesso» balbettò Kate, riattaccando velocemente.

Sal inarcò le sopracciglia, mentre Gareth guardò Kate in trepida attesa.

«Telemarketing?» esclamò Sal comprensiva. «Ricevo di continuo telefonate del genere. Se non è per i doppi vetri, è per la carta di credito o per l'assicurazione auto. C'è qualcuno che compra davvero questa roba al telefono?»

«Era la rivista *Hot Gossip*» mormorò Kate ancora scossa. «Volevano sapere se Joe ha infranto il mio sogno di trasferirmi a Los Angeles.»

«*Hot Gossip*?» ripeté Sal incredula. «Davvero?»

«Sì, davvero. Mi... mi ha detto che hanno una foto di me per terra davanti al Bush.»

«Per terra? Oh mio Dio! Che situazione drammatica! Ti ha dato una spinta Penny? Hai dei lividi?»

Kate guardò Gareth con aria severa. «Ero solo incazzata. Nessuno ha spinto nessuno. Ma non credevo che avessero fotografato me.»

«E perché scattavano foto?» chiese Sal perplessa.

«Pubblicità» spiegò Gareth alzando gli occhi al cielo. «Svegliati, Sal. Penny chiamerebbe i paparazzi per farsi fotografare anche mentre esce dal bagno, se pensasse che loro fossero interessati.» Poi sorrise a Kate. «Concedigli un'intervista» disse con un luccichio negli occhi. «Fai come la principessa Diana con la BBC, racconta a tutto il mondo quanto è stronza Penny Pennington.»

Kate scosse la testa. «Nemmeno per sogno rilascerei un'intervista. Dal mio punto di vista non c'è niente di peggio che finire su uno di quei giornali.»

Gareth si morse le labbra. «Sei sicura che non ti interessi?»

«Sì, ovvio. Perché?»

«Be', non volevo mostrartelo finché non fossi stato certo che, insomma, che ti sentissi abbastanza forte da...» farfugliò Gareth imbarazzato.

Lentamente tirò fuori una copia di *News of the World*.

«L'ho visto mentre compravo il cioccolato» spiegò. Aprì la rivista a pagina sessantatré, fece una smorfia e la girò verso Kate e Sal.

Lì, nella pagina di cronaca rosa, c'era una foto sfocata di Penny e Joe, e un'immagine più piccola ma nitida di Kate sullo sfondo, seduta fuori dal Bush con la testa fra le mani. La didascalia diceva: «Drammi in fascia diurna: la star di *Future: Perfect* Penny Pennington ha messo le grinfie sull'attore Joe Rogers. Ma le nostre spie ci dicono che non è tutto rose e fiori sul set del reality, soprattutto per Kate Hetherington, stilista d'interni, ex ragazza di Joe. A quanto sembra, per Kate il futuro si prospetta imperfetto. La nuova coppia invece appare perfettamente soddisfatta!».

Kate fissò le foto, strappando il giornale dalle mani di Gareth.

«Oh mio Dio!»

«E ancora non sanno che sei stata licenziata. I giornalisti sono così incompetenti al giorno d'oggi.»

Con aria trionfante Penny brandì il giornale per mostrarlo a Joe, poi prese il telefono.

«Magda? Sono io. Hai visto *News of the World*?... Lo so!... Non poteva andare meglio, neanche se ci fossimo impegnate. Senti, adesso devo andare, volevo solo assicurarmi che tu l'avessi visto… Oh, e spero non ti dispiaccia, ma lunedì non ci sarò… No, ho un'importante faccenda pubblicitaria da sbrigare… Sì, sì, lo farò, non preoccuparti. Ciaooo!»

Sporse le labbra in avanti come per buttare un bacio a Joe e digitò un altro numero.

«Sono io. Cosa abbiamo ottenuto? Ah ah. Perfetto. Okay. No, non voglio farlo qui… dovrai trovarmi un altro appartamento. Arredato da un interior designer. Esatto. Oh, davvero? Oh, credo di sì…» Si girò verso Joe. «Sai sciare?»

Lui scosse la testa.

«Sì,» riprese Penny «sciare non è un problema. Fantastico!

Tienimi aggiornata.» Mise giù il ricevitore e guardò Joe con aria compiaciuta.

«*OK!* ci intervisterà nella nostra nuova e bellissima casa» disse leccandosi le labbra. «Per cui dovremo trovare una suite che sia glamour abbastanza. E *Tittle Tattle* ci porterà a Verbier per l'inserto speciale sulle vacanze vip. *Hot Gossip* pubblicherà le foto e la storia di ieri sera. Tu e io, signor Rogers, siamo merce molto richiesta sul mercato!»

Joe la fissò scettico. Quella donna era incredibile. In meno di ventiquattr'ore era passato da perfetto signor nessuno alla dolce metà di una coppia vip. Il suo agente lo aveva già chiamato per congratularsi con lui e comunicargli che avrebbe avuto qualche provino la settimana successiva. E l'unica cosa che aveva dovuto fare era stato baciare Penny davanti a qualche macchina fotografica, e dire ai giornalisti che era innamorato di lei. Oh, e poi, quando erano arrivati a casa, aveva dovuto... Non aveva proprio voglia di pensare a quello che aveva fatto una volta tornato a casa di Penny. In ogni caso avrebbe dovuto farlo solo finché non avesse ottenuto un minimo di notorietà. Dopodiché, avrebbe detto bye bye al corpo scheletrico di Penny.

Lei gli aveva spiegato che poteva vivere lì. Nel suo appartamento di Chelsea. Accidenti, stavolta era caduto in piedi. Stava sfondando. Stava per diventare qualcuno.

«Okay, solo una domanda» disse deciso Joe.

Penny sorrise. «Cosa?»

«Dov'è Verbier?»

24

Lunedì mattina Kate si svegliò con una strana sensazione allo stomaco. Non aveva un lavoro. Nessuno l'aspettava da nessuna parte. E Tom non aveva ancora chiamato.

La sera prima era andata a letto a mezzanotte, convinta che non appena avesse posato la testa sul cuscino il telefono avrebbe cominciato a squillare, lui si sarebbe scusato perché aveva avuto una giornata piena di impegni e le avrebbe chiesto se poteva passare…

Nell'attesa, Kate aveva tentato di immaginare la sua vita insieme a Tom, loro che camminavano a braccetto, che facevano picnic nei pomeriggi caldi e assolati, che andavano a Parigi in Eurostar e girovagavano per Venezia in gondola. Era impossibile. Riusciva a concepire queste scene con il Tom dell'altra sera, il Tom che aveva baciato, il Tom che le faceva venire i brividi lungo la schiena ogni volta che lo pensava. Ma non appena queste immagini erano al sicuro nella sua mente, il Tom che lei conosceva meglio – il Tom cinico, sarcastico, il suo migliore amico – appariva nella sua testa e le sabotava, facendo stupidi commenti e prendendola in giro per le sue insulse fantasie. Il Tom cinico non sarebbe stato capace di trattenersi dal ridere andando in giro per Venezia in gondola. Il Tom sarcastico non credeva neppure nell'amore.

Alla fine Kate si era addormentata controvoglia, pronta a scattare nel caso il telefono avesse squillato o il campanello suonato. Aveva perfino sognato che Tom si fosse fatto vivo nel cuore della notte. Kate andava ad aprire la porta e lo trovava lì davanti, con un cappello calcato sul viso come Alec, il protagonista di *Breve incontro*. Pioveva a dirotto, e lui la stringeva a sé baciandola con passione, mentre piccole gocce di pioggia cadevano dal cappello sulla pelle di Kate. All'improvviso si erano ritrovati in macchina diretti in campagna, spensierati e felici.

Quando Kate si era svegliata, lui non c'era, e non c'erano nemmeno messaggi in segreteria. Il che probabilmente era una cosa positiva, pensò. Il bacio era stato un errore. Una reazione emotiva di fronte a una situazione difficile. Non significava nulla.

Alle sette e quaranta Gareth chiamò per sapere se doveva riferire un messaggio a Magda o Penny, o se voleva che inventasse qualche storia sui nuovi favolosi incarichi che le erano già stati proposti, però – con sua grande delusione – Kate declinò la gentile offerta.

«Sei sicura? Insomma, non vorrai darla vinta a Penny! Posso almeno dire che sei in vacanza alle Seychelles?»

Kate sorrise, ma fu irremovibile. «Non dire nulla» gli ordinò.

«Non riesco a credere che tu non venga a lavorare» si lamentò Gareth. «Non avrò più nessuno con cui scherzare. Nessuno con cui sparlare.»

«Lo so. Sono triste anch'io. D'altro canto penso che possa essere un'esperienza positiva. Sai, un catalizzatore.»

«Giusto. Mmm... catalizzatore. Ha a che fare con il motore delle macchine, no?»

Kate esitò, poi aggiunse: «Forse per me era arrivato il momento di lasciare *Future: Perfect*. Insomma, esistono altre compagnie di produzione, giusto?».

«Certo. Mi mancherai, però. E per quanto riguarda Penny… la ignorerò, ho deciso. Le dimostrerò che non può comandare a bacchetta la gente senza subirne le conseguenze.»

Kate sorrise. «Penny deve girare oggi, no?» chiese maliziosa. «A casa di Sarah Jones. Credo che avrà già il suo bel daffare a finire di dipingere la cucina senza preoccuparsi di quello che sto combinando io.»

Gareth rimase perplesso. «Non se ne occuperà Phil?»

«Phil lavora per me, per cui oggi non ci sarà» rispose Kate. «Ma sono sicura che Penny se la caverà. Insomma, ripete in continuazione di essere un'esperta di interior design.»

«Sei proprio una birichina» esclamò Gareth. «Allora forse oggi, per me, non sarà un fiasco totale.»

Alle otto e un quarto Kate aveva già bevuto due tazze di tè, letto tutti i volantini che aveva trovato nella posta e caricato la lavastoviglie. Aveva anche chiamato Phil, che stava sistemando la cucina di sua cognata. Sapendo che le critiche assurde e continue che subiva sul set non ci sarebbero più state, le disse Phil, la vita gli era apparsa ancora più favolosa.

Alle otto e quarantacinque, Kate aveva chiamato il suo numero fisso dal cellulare e il suo cellulare dal numero fisso per controllare che fossero tutti e due funzionanti.

Alle nove in punto, dopo aver digitato il numero di Tom cinque volte – ed essersi sempre costretta a riagganciare prima che il telefono cominciasse a squillare –, si collegò su internet e trovò i contatti di cinque compagnie di produzione.

Prima delle nove e mezzo aveva scoperto che la Footprint non era l'unica azienda a indire la riunione programmatica il lunedì, impegnando i dirigenti per ore.

Aveva davanti a sé tutta la giornata, pensò. Non c'era fretta. Aveva tutto il tempo possibile e immaginabile.

In un ufficio dall'altra parte di Londra, Sal stava seduta a fissare lo schermo del suo computer.

Aveva a malapena dormito la notte prima. Com'è possibile dormire quando ti accorgi che tuo marito ti ha mentito? Che il tuo matrimonio sta andando a rotoli?

Era stato un dettaglio a tradire Ed. Un classico errore da manuale. Era stato a giocare a golf con dei clienti, come spesso faceva nel fine settimana. Era inevitabile – le diceva sempre –, se non avesse giocato non sarebbe stato promosso, e niente promozione significava niente gratifica, ovvero niente soldi con cui pagare il mutuo. Si batteva per il loro futuro: glielo aveva ripetuto così tante volte che lei alla fine ci aveva creduto, l'aveva accettato come un dato di fatto.

Poi un giorno Sal aveva deciso di lavare la macchina. Non aveva la minima idea del perché: forse era stato il subconscio a spingerla, o forse il primo sole primaverile, che le aveva fatto venire voglia di pulire e rinnovare tutto. Aveva portato la macchina a un autolavaggio, dove le avevano chiesto se voleva lavare anche gli interni. Lei ci aveva riflettuto e aveva risposto di sì, perché no? Le avevano domandato se c'era qualcosa nel bagagliaio, lei aveva corrugato la fronte, pensava di no, avrebbe aperto per controllare: dentro c'erano le mazze da golf. L'unico set di Ed. Il set che avevano infilato nella macchina di Sal diversi mesi prima, una volta in cui avevano avuto bisogno dell'auto di Ed per riempirla di regali mentre andavano a festeggiare il Natale dalla sua famiglia.

Ogni singolo fine settimana, Ed era sparito per giocare a golf senza le mazze da golf.

Sal non aveva detto nulla. Non aveva osato. Le undici di domenica sera non erano, dal suo punto di vista, il momento adatto per uno scontro. E poi aveva bisogno di riflettere. Aveva bisogno di tempo per assorbire l'atroce verità, di riprendersi per riuscire ad affrontarlo senza scoppiare in lacrime, senza buttarsi per terra a piangere perché la sua vita era distrutta.

«Ed è mio marito.»

Sal disse queste parole ad alta voce, come per rammentarlo a se stessa o per controllare che questa affermazione suonasse ancora vera, che si portasse ancora dietro la rassicurazione e l'entusiasmo di sempre.

Ricordava ancora la prima volta che aveva chiamato Ed «mio marito». Erano diretti in taxi all'aeroporto, di ritorno dai festeggiamenti del matrimonio, e lei aveva detto: «Mio marito prenderà le valigie». Non c'era stato alcun bisogno: l'autista non le aveva chiesto niente, né era parso interessato, ma lei lo aveva detto lo stesso, perché voleva sentire la forma di quelle parole nella sua bocca, voleva vedere come suonavano con la sua voce.

Mio marito.

Mio marito, Ed.

Ha conosciuto mio marito?

Oh, lo stavo dicendo l'altro giorno a mio marito...

Come minimo per un anno aveva riportato ogni conversazione su suo marito. Per un po' più di tempo si era fatta la manicure tutte le settimane, perché voleva attirare l'attenzione sulle sue mani, sulla sinistra, sulla fede. Simboleggiava qualcosa di fondamentale. Lei era sposata, non era più a caccia, era sana e salva.

Strano che l'avesse considerata una sorta di scudo, quando le era stata infilata al dito la prima volta, pensò guardandosi la fede. Come se quell'anello la proteggesse come un talismano: nessuno poteva toccarla finché lei lo indossava.

In realtà, la fede non si era dimostrata uno scudo particolarmente valido. Era saltato fuori che il matrimonio non ti proteggeva per niente, semplicemente ti distraeva per un po'. Ti dava l'illusione della sicurezza, così non notavi l'insoddisfazione che lenta cresceva alle tue spalle e guadagnava inesorabile terreno, finché non ti camminava accanto ed era ormai troppo tardi per liberartene.

Finché tuo marito non cominciava a mentirti e tu non ricevevi disdicevoli messaggi dai colleghi maschi.

6 libera domani x 1 drink? x

Lesse per l'ennesima volta il messaggio. Senza volerlo, Jim era incappato in una domanda fondamentale: Sal era libera?

Lei aveva pensato di no. Ma adesso non ne era più sicura. Forse Ed sarebbe stato sollevato se avesse scoperto che lei aveva baciato Jim. Forse l'avrebbe vista come un'occasione per togliersi dai guai. Lui avrebbe suggerito una rottura netta. Per fortuna non avevano figli di cui preoccuparsi. Potevano vendere la casa e dividere il ricavato...

Al solo pensiero Sal sbiancò. Aveva sentito altre persone parlare di divorzi, ovvio, ma non le era mai sembrato una cosa che potesse capitarle. Lei ed Ed... loro si amavano. Davvero. Loro stavano bene insieme...

Sal deglutì, chiuse gli occhi e ricacciò indietro le lacrime. Come osava Ed metterla in una situazione simile? Come osava l'universo cospirare contro di lei, rendendola inerme e impotente? Non era leale. Non era giusto.

La verità era che lei si era ritrovata senza nessuno, e non si era neanche accorta come fosse potuto succedere.

Sorrise sconsolata. Aveva progettato meticolosamente la sua vita in modo da non ritrovarsi mai in un simile frangente. Era stata attentissima a gestire le relazioni, le amicizie, la casa e il lavoro, suddividendoli in compartimenti netti e ordinati, per poter essere assolutamente sicura di non avere nessun punto debole, nessuna falla da cui potesse irrompere il fiume in piena della disperazione. Aveva visto cosa succedeva lasciando tutto al caso: quando ti ritrovavi incinta, senza un uomo accanto e incapace di cavartela da sola. Sua madre non era stata in grado di affrontare la vita che si era creata con le sue stesse mani: non riusciva a presentarsi in tempo per prendere Sal alle feste perché qualcuno o qualcosa la distraeva, o perché le pillole che prendeva per tenersi a galla a volte la facevano diventare svagata o sonnolenta, o entrambe le cose. Sua madre era lentamente sprofondata in una depressione schiacciante, che l'aveva resa egoista e narcisista a tal punto da dimenticarsi di Sal. Non si era fatta viva alla sua laurea a Oxford. Una volta le aveva perfino chiesto come stava andando la tesi, mentre Sal frequentava il dottorato già da un anno. E si era uccisa due giorni prima del venticinquesimo compleanno di sua figlia. Senza lasciare neanche un biglietto.

A Sal mancava sua madre. Le mancava la madre dei vecchi tempi, quella che le intrecciava i capelli quando aveva cinque anni, che le cantava canzoni e le leggeva storie di draghi e principesse. Le mancava la madre che voleva sempre sapere tutto delle sue giornate, che metteva ogni faccenda da parte per concentrarsi esclusivamente su Sal, gli occhi scintillanti mentre le raccontava delle lezioni, delle sue avventure, degli amici e dei nemici mortali che aveva.

E adesso le mancava Ed. Le mancava così tanto che stava male. Le mancava come ad Adamo ed Eva doveva essere mancato il paradiso, perché questo era stato vivere al centro del mondo di Ed, vederlo sorridere, prenderla in giro, desiderarla e farla sentire di nuovo un essere umano, invece della macchina che tutti gli altri credevano. Ed era l'unico che aveva visto la sua corazza per quello che realmente era, ci era entrato dentro e aveva amato quello che ci aveva trovato, al punto che Sal aveva provato un'immensa felicità.

Facendo uno sforzo Sal prese un fazzoletto di carta e sospirò. Avrebbe superato questa situazione, si disse. Avrebbe scovato un modo per riportare le cose alla normalità. Si sarebbe rimboccata le maniche e si sarebbe stampata un sorriso in faccia, e lei ed Ed avrebbero risolto insieme le difficoltà. Niente disperazione, non si sarebbe lasciata andare alla tristezza.

Lo stato d'animo attuale era probabilmente una questione di ormoni. Nel giro di un paio di giorni avrebbe avuto il ciclo, e poi sarebbe stata di certo meglio. Si sarebbe senza dubbio chiesta perché si era concessa un attacco di vittimismo, provocato da un accumulo di ormoni che in realtà ormai avrebbe dovuto essere in grado di gestire.

Guardò il calendario. Il mese scorso il ciclo le era venuto un'ora prima di quella orrenda presentazione, il che significava che il prossimo doveva arrivare...

Corrugò la fronte. Qualcosa non tornava.

Rapidamente contò i giorni. Quarantadue. Impossibile. Nessuno ha un ciclo di quarantadue giorni. A meno che...

A occhi sgranati si guardò la pancia. Era impossibile. Doveva esserci un errore. Non poteva essere incinta adesso... non per sbaglio, non quando suo marito aveva una storia clandestina e lei stava per farsene una. Non poteva semplicemente essere vero.

All'improvviso, tutto le apparve chiaro. Aveva passato la vita a gestire ogni cosa nei minimi dettagli, per evitare di finire come sua madre, incinta e abbandonata, e poi la storia si era ripetuta comunque. Il suo peggior incubo si stava avverando.

Tom guardò preoccupato la signora Sandler. Continuava a dimagrire. Se non riusciva a trattenere il cibo nello stomaco, avrebbero dovuto attaccarla di nuovo alle flebo.

«Si rende conto, signora Sandler, che se non mangia rimarrà qui più a lungo? So che qui i pasti sono un disastro, ma più riesce a mangiare, prima potrà mangiare alimenti che non le fanno venire voglia di vomitare. È una specie di circolo virtuoso...»

«Mi chiami Rose, la prego dottore. Io ci provo, sa. Solo che a quanto pare non lo trattengo.»

Tom fece una smorfia. «Non capisco perché. Dovrebbe essere in grado di tollerarlo ormai.»

Rose sorrise imbarazzata. «Sono i nervi, dottore. Non riesco a mangiare quando sono stressata. Il mio Pat mi assilla di continuo perché mangi di più. Lui è un po' rotondo, sa. E non capisce come io possa dimagrire così tanto.»

«Non ha mica torto. Allora, forza, cosa facciamo? Che ne dice se vado a comprare una bella minestra calda al supermarket dall'altra parte della strada? E un po' di pane fresco. Lo facciamo di nascosto dalle infermiere, ignoriamo tutte le norme sanitarie e organizziamo un banchetto. Ci sta?»

«Lei è molto gentile, dottore. Ma il cibo dell'ospedale va bene. Davvero. Oggi viene mio figlio. Sono sicura che mi sentirò meglio dopo averlo visto.»

Tom la guardò. «Perfetto.»

«È un bravo ragazzo. Dice che vuole fare anche lui il dottore da grande. È appassionato di scienze...»

«Fantastico!» la interruppe Tom. Non voleva avere notizie di suo figlio. Le informazioni personali portavano al coinvolgimento. «Ma a proposito della sua alimentazione, Rose... proviamo a concentrarci su questo?»

«C'è il saggio di musica questa settimana. Continua a chiedermi se io ci sarò» proseguì lei sconsolata. «Gli ho detto di sì, ma forse non sarà possibile, vero?»

Tom sospirò. Perché volevano tutti renderlo partecipe della loro vita? Perché pensavano che le recite scolastiche e i figli che da grandi volevano diventare dottori avessero qualcosa a che fare con lui?

«Se non mangia, Rose, come può stare meglio?» le chiese deciso.

«Mio figlio ha solo sette anni, è questo il punto, dottore. Sette anni sono troppo pochi per perdere la propria madre, no?»

Tom la fissò con la gola strozzata. «Rose, nessuno perde nessuno. Lei ricomincia a mangiare, nel giro di un paio di giorni si sottoporrà a un altro intervento e poi starà meglio. Ho parlato con il primario, stiamo solo aspettando che recuperi le forze per metterla in lista.»

Rose annuì. «L'ultima volta non ce l'avete fatta a estirparlo, giusto?»

Tom scosse la testa. «Di solito lasciamo i residui alla chemio. È orribile, lo so, ma è meno invasivo. Adesso torneremo all'attacco. Lo toglieremo tutto. Senz'altro.»

«So che farà del suo meglio, dottore» disse Rose abbozzando un sorriso. «Ma è un cancro, non una scheggia. Conosco le probabilità di successo. E Liam, mio figlio, be', lui è così piccolo, e io sono stata dentro e fuori dall'ospedale di continuo, perdo i capelli, vomito... Sono preoccupata che gli unici ricordi che avrà di me siano questi. Di me malata. La malattia è terribilmente egoista, dottore. Ti porta via dalle persone che ami. E io vorrei che lui avesse un ricordo più felice di me. Se magari potessi andare al saggio di musica, vederlo suonare il violino. Si è esercitato tantissimo, sa...»

Tom sospirò. «È fuori discussione. Non è nello stato adatto per lasciare l'ospedale.»

La donna si morse le labbra. «Non c'è garanzia, vero? Per l'operazione, intendo. Potrebbe non andare bene.»

«Non c'è nessuna garanzia in questo mondo. Tranne...»

«Sì, dottore?»

Tom arrossì. «Niente. Mi scusi. Un libro che ha comprato una... una mia amica. Le promettevano l'amore, altrimenti le restituivano i soldi. Una stupidaggine. Faccia finta che non abbia detto nulla.»

«Che fortuna!» esclamò Rose. «Ha funzionato?»

Tom era in imbarazzo. «No. Be', no, non ha funzionato.»

«Peccato. Sì, è proprio un peccato. È l'unica cosa che cercano tutti, no? L'amore, cioè. È questo che mi fa più paura. Che se io muoio Pat e Liam si dimentichino quanto li amo. Quanto li ho amati.»

Le lacrime cominciarono a rigarle il viso, e Tom deglutì a fatica. Sarebbe stato da incoscienti lasciarla partecipare a quello stupido saggio. Contro ogni prassi ospedaliera.

«Quando è il saggio?» domandò.

«Domani pomeriggio alle cinque, dottore. Dura solo un'ora e mezzo.»

«Andrà dritta lì e tornerà subito in ospedale. Nessuna deviazione. Nessuna capatina da un vicino di casa. Va, guarda suo figlio e torna qui.»

«Grazie, dottore» disse Rose, gli occhi scintillanti.

Tom annuì bruscamente e cominciò ad andarsene. Poi si fermò e si voltò verso di lei. «Non succederà niente, Rose» le promise. «Lei tornerà in forma. L'operazione andrà bene. E suo figlio... Liam, giusto?»

Rose annuì.

«È molto fortunato ad avere una mamma come lei» proseguì Tom. «È davvero molto fortunato.»

Uscendo dalla corsia, Tom passò davanti a Lucy. «La signora Sandler domani deve andare a un saggio di musica» disse con un tono di voce professionale.

«A un saggio?»

«Esatto. Alle cinque, e starà fuori per un paio d'ore, non di più. Assicurati che abbia gli steroidi dietro, e che mangi a sufficienza prima di andare.»

«La lasci partecipare al saggio di musica?»

Tom inarcò le sopracciglia. «Esatto, Lucy.»

«Si tratta della stessa signora Sandler i cui problemi personali non ti riguardavano?» chiese maliziosa.

«Occupati di lei, Lucy.»

«Sì, dottore» rispose lei sorridendo. «A proposito, come mai non sei tornato l'altra notte? Credevo che tu fossi uscito per comprare il latte.»

Tom rimase un attimo sorpreso. «Per lavoro» disse subito. «Mi... mi sono accorto di aver dimenticato dei documenti. Dovevano essere consegnati entro le otto per l'assicurazione di un paziente...»

«Comunque sia» Lucy non sembrava molto convinta, ma scrollò le spalle. «Hai impegni stasera? Hai altri documenti da consegnare, eh? Perché ho notato che smontiamo tutti e due alle quattro, questo pomeriggio. E c'è una certa persona che vorrei casualmente incontrare per strada, stando a braccetto con te, se sei d'accordo.»

Tom esitò un istante solo, poi scosse la testa. «Il tuo ex, presumo? Nessun problema, sono tutto tuo.»

25

«Potresti cercare di assumere un'aria un po' più romantica, Joe?» Se tu potessi guardare Penny con occhi adoranti, sarebbe fantastico… Sì, così va meglio. Okay, ora Penny, girati verso di me… Cerca di avere uno sguardo un po' più tenero, tesoro. Ci siamo, ecco quello che ci serviva…»

Il fotografo cominciò a scattare, e Joe si domandò se nessuno fosse mai morto assiderato facendo un servizio simile. Erano a Verbier. In cima a una montagna. Al gelo. C'era anche un'altra cosa che gli frullava per la testa. A un certo punto Joe doveva scendere a valle, e l'unico modo in cui la gente sembrava farlo era sugli sci. Tenendo conto che erano su quella che veniva definita una pista rossa, che scoprì significava «difficile», e tenendo conto che non si era mai infilato un paio di sci, Joe non era esattamente entusiasta dell'idea. A dire il vero, era terrorizzato. E volevano che avesse un'aria romantica?

Il fotografo del *Tittle Tattle* si fermò e al suo posto li raggiunse Miranda Ridgeway, la giornalista.

«È la vostra prima vacanza sulla neve» disse allegra. «Siete entrambi amanti dell'aria aperta?»

«Non proprio» rispose Penny scocciata. «Credevo che volessi chiedermi della mia carriera. Channel 3 è interessato a *Future: Perfect*, sai. Il mio programma sta per sfondare.»

Miranda sorrise, un po' meno allegra stavolta. «Assolutamente. Ma sono sicura che i nostri lettori, prima, vorranno sapere qualcosa di voi come coppia. Joe, quando hai capito che Penny era la donna giusta per te? Quando ti sei... oserei dire... innamorato?»

Joe la fissò. Oh, doveva davvero rispondere a questa domanda?

La verità era che Penny era un incubo totale. Si lamentava dall'istante in cui si svegliava fino all'istante in cui si addormentava. Senza trucco era un mostro – Joe l'aveva trovata per sbaglio in bagno una volta e, accidenti, avrebbe accuratamente evitato di farlo una seconda – e non sembrava neanche accorgersi delle altre persone, figuriamoci apprezzarle. Da come si comportava avresti detto che fosse richiestissima a Los Angeles, in lizza per un milione di Oscar, invece di essere la conduttrice di un programma di serie B sulla televisione inglese. Se il suo agente britannico, Bob, non fosse stato così entusiasta all'idea di una doppia pagina sul *Tittle Tattle*, Joe se la sarebbe già svignata. Era il lavoro più difficile che avesse mai fatto: e doveva addirittura baciarla in continuazione.

Peggio ancora, Penny aveva cominciato ad aspettarsi che Joe la baciasse anche fuori scena, sviluppo alquanto preoccupante. All'inizio, quando lei lo aveva messo a dormire nella camera degli ospiti, Joe era rimasto colpito dalla sua professionalità. Ma poi era saltato fuori che semplicemente non le piaceva un uomo che puzzasse di alcol. Ora gli stava sempre addosso, e questo atteggiamento, combinato ai suoi strilli, cominciava davvero a logorargli i nervi.

«Be',» esordì «immagino di averlo capito non appena l'ho vista.»

«Mi ha notato in *Future: Perfect*» intervenne subito Penny

«e si è innamorato di me. Ha pensato che illuminassi la scena e dimostrassi molta empatia con gli ospiti. Joe è di Los Angeles, per cui sa riconoscere il talento.»

Miranda corrugò la fronte e prese un po' di appunti. «Cosa hai pensato quando hai incontrato Penny?» continuò.

Joe cercò di fare mente locale. Dio mio, era un freddo cane lassù. Aveva i piedi gelati.

«Semplicemente "wow"» rispose spremendosi le meningi. «Voglio dire, Penny è sexy. E poi è simpatica, intelligente…»

Meno male che sono un bravo attore, pensò mentre rispondeva. Se un regista mi vedesse adesso…

«Fantastico, Joe, grazie» disse Miranda entusiasta. «Tu sei un attore, giusto?»

«Sì. Ho lavorato nella famosa serie americana *Everything I do*. E adesso ho una gran voglia di costruire la mia carriera a Londra, di sfruttare le opportunità che questa città offre…»

Miranda annuì. «Splendido. Okay, Penny, hai mai visto Joe in *Everywhere I go*? Anche Joe illuminava la scena?»

«*Everything I do*» si affrettò a correggerla lui. «Si intitola *Everything I do*.»

«Certo, scusa. Allora, Penny?»

«Non ho tempo per guardare la televisione» rispose lei con un sospiro rumoroso. «Sono troppo impegnata a farla.»

Miranda parve colta alla sprovvista. «Giusto. Ehm, raccontami della prima volta che hai visto Joe. È stato amore a prima vista?»

Penny gli lanciò un'occhiata lasciva. «Lussuria a prima vista, intendi?» domandò sorridendo, poi ci ripensò. «Ho sentito una profonda attrazione verso di lui» aggiunse all'improvviso. «E ho capito che non era felice con la sua ragazza. Che lei lo stava tenendo a freno. Quando i nostri occhi si sono incrociati, be'…»

Joe guardò scioccato Penny, che si asciugava le lacrime con un fazzoletto apparso dal nulla. Stava davvero piangendo?

«Immagino di aver percepito all'istante che la vita avesse un senso. Che avevo incontrato la mia anima gemella.»

Miranda tirò su con il naso. «Che storia romantica! Okay, bene, forse potremmo vederci di nuovo in albergo... vorrei sapere ancora un po' di cose su come vi siete incontrati, e sui tuoi piani per il futuro, Penny. E sulla tua serie negli Stati Uniti, Joe. *Everywhere I go*. Era un programma di viaggi?»

Joe abbozzò un sorriso. «*Everything I do*» disse a denti stretti. «Si intitola *Everything I do*.»

«Fantastico!» esclamò Miranda. «Allora vi lascio qui a sciare: speriamo di riuscire a scattare alcune belle foto d'azione per la pagina centrale... ci vediamo dopo!»

La giornalista se ne andò e ricomparve il fotografo. «Dunque, voi due sciate normalmente. Il mio assistente, Jon, scierà dietro di voi con la macchina fotografica e farà qualche scatto. Okay?»

Joe guardò Penny, aspettandosi che spiegasse che lui non sapeva sciare, che non aveva la minima idea di come venire giù da quella discesa ripidissima senza rompersi le ossa del collo. Ma lei si limitò a sorridere. «L'ultimo che arriva paga da bere!» Infilò gli scarponi negli sci e buttò la testa all'indietro ridendo non appena vide che Jon cominciava a scattare.

Joe si avvicinò in modo goffo a lei. Non riusciva a credere quanto fossero scomodi quegli scarponi. Non solo non sapeva sciare, riusciva a malapena a camminare.

«Io non so sciare» le sussurrò brusco, appena fu abbastanza vicino da farsi sentire solo da lei.

«Non avrai problemi!» gli rispose Penny. «Non è poi così difficile. Guarda, sciano anche i bambini. Non essere fifone!»

Joe deglutì. «Immagino che quei bambini abbiano preso una lezione o due» disse, cercando di rimanere calmo e sorridendo, nell'eventualità che Tim decidesse di scattare un paio di foto.

Penny sospirò. «Okay, guarda. A gambe unite, corri. A spazzaneve, in questo modo, rallenti. Ti muovi da una parte all'altra della pista e non prendi troppa velocità. Visto? È facile. Dai, osserva me.»

Con grande sgomento di Joe, Penny si girò e si lanciò come un fulmine lungo la pista. Jon si affrettò a seguirla, saettando elegantemente sulla neve.

A dire il vero, sembrava piuttosto divertente.

Tutto concentrato, Joe infilò gli scarponi negli sci come aveva fatto Penny, domandandosi vagamente perché gli sembrava che non combaciassero alla perfezione. Si diresse in cima alla pista, era un dislivello enorme. Non riusciva proprio a capire come avrebbe fatto a fermarsi una volta partito. Che cavolo! Se ce la facevano Penny e Jon, se ce la facevano i bambini, allora per Joe Rogers sarebbe stata una passeggiata.

Trattenendo il respiro, si costrinse a lanciarsi dalla cima della montagna e sentì l'incredibile ebbrezza della velocità non appena si ritrovò a sciare a razzo proprio in mezzo alla pista.

Magda fissava l'enorme quantità di rotoli di velluto rosa acceso che aveva preso su ordine di Penny, e che adesso riempivano la casa di Maggie e Charles Kitchin. Già diverse volte, a turno, i coniugi li avevano guardati, avevano sorriso in ansia e le avevano chiesto cosa sarebbero diventati. Ogni volta Magda aveva risposto che Penny aveva progetti entusiasmanti per la loro casa, e lei non poteva assolutamente svelarli.

Perché non ne aveva la minima idea.

Il che significava che Magda aveva un grosso problema.

Dopo la trovata pubblicitaria di Penny, era riuscita a ottenere un incontro con due dirigenti di Channel 3 per parlare della realizzazione del programma in un'importante fascia serale. Magda aveva promesso che *Future: Perfect* sarebbe diventato un reality diverso, avrebbe attratto un pubblico di massa ottenendo indici di ascolto alti. E invece Magda non ce l'aveva più un programma. Le riprese a casa dei Jones non erano ancora state ultimate perché quelle maledette pareti non erano state dipinte, e nessuno riusciva a trovare un imbianchino o un decoratore disponibile a lavorare, a nessun costo. Magda stessa aveva fatto un giro di telefonate, ma le era stato detto chiaro e tondo che non c'era nessuno disponibile, nel modo più assoluto, punto. I Kitchin, poi, dovevano ancora firmare il progetto della ristrutturazione, ma quel maledetto documento non esisteva neppure. Magda sarebbe sembrata una pazza. Quelli di Channel 3 l'avrebbero buttata fuori dalla riunione a furia di risate.

E Penny, malgrado tutte le sue promesse, ancora non era rientrata.

Magda respirò a fondo e cercò di calmarsi. Era solo martedì. Lysander aveva tenuto occupati i Kitchin portandoli a fare shopping, incarico che detestava, come aveva intuito Magda dal modo in cui Lysander continuava a digrignare i denti e a fissare il vuoto. Penny poteva girare i suoi spezzoni davanti alla telecamera il giorno successivo, e sarebbe riuscita a metter su un progetto per quel posto entro la fine della settimana, Magda ne era sicura. Non c'erano mica pareti pronte a crollare, dopo tutto. Non dovevano fare grossi interventi.

Quanto ai Jones, Magda avrebbe escogitato qualcosa. Non esistevano problemi insormontabili. Avrebbe dipinto lei la casa, se ce ne fosse stato bisogno.

No, sarebbe andato tutto per il verso giusto. Penny sapeva

quello che stava facendo. E senza ombra di dubbio era stata lei a salvare la situazione, stavolta. Se Magda aveva dubitato di lei per un attimo, da adesso in poi non lo avrebbe più fatto. Interviste, fotografie: il telefono di Magda non aveva smesso di squillare un istante. Holiday Choice aveva firmato la sponsorizzazione per un anno intero, e l'amministratore delegato in persona era venuto lì per incontrarla. Non lo aveva mai fatto prima.

Naturalmente avrebbe voluto incontrare Penny, Magda però era riuscita a distrarre la sua attenzione. Penny aveva un appuntamento con la rivista *Tittle Tattle*, gli aveva detto, e aveva notato il lampo di cupidigia che aveva attraversato i suoi occhi. Peccato che l'appuntamento fosse in Svizzera, dannazione.

La cosa fondamentale era concentrarsi sul quadro generale. Per la puntata di questa settimana avrebbero trovato una soluzione; quello che contava era come Magda gestiva il corso degli avvenimenti. Adesso era arrivato il momento di farsi avanti, di contattare altre compagnie di produzione.

No, no. Dovevano essere loro a cercarla. Se cominciava a chiamare lei, sarebbe sembrato che aveva bisogno di loro, e avrebbe perso ogni potere contrattuale. Meglio restare ferma ad aspettare che gli indici di gradimento salissero alle stelle, e poi rilassarsi e attendere che il telefono squillasse.

Questa settimana *Future: Perfect*, la prossima la BBC. O, *Extreme Makeover*, dove per lo meno avevano budget adeguati e auto aziendali.

«Ti va una cioccolata calda? O magari qualcosa di più forte? Un boccone?» Miranda Ridgeway guardava Joe con aria premurosa.

Lui scosse la testa.

«Sei venuto giù molto velocemente» disse in tono allegro la giornalista. «Peccato per quel capitombolo alla fine. Penso che tu sia stato molto coraggioso a sciare. Cioè, persone come Tim e Penny hanno sciato tutta la vita, ma non credo che a Los Angeles ci sia molta neve, giusto?»

Joe si girò verso Penny. «Scii da tutta la vita?» chiese.

Lei corrugò la fronte. «Ovvio, sono cresciuta in Svizzera. Ho imparato a sciare prima che a camminare. Perché?»

«Così. Scusatemi un momento. Devo fare una telefonata.»

Si alzò con la rigidità di una marionetta: ogni osso e muscolo del corpo gridavano per il dolore. Perfino i muscoli del collo gli facevano un male cane da quanto erano stati in tensione mentre si scagliava terrorizzato lungo la pista. Nessuna parte del corpo, però, era stata intaccata tanto quanto il suo orgoglio. Come faceva Joe a sapere che c'era un verso giusto e uno sbagliato per indossare gli sci? Aveva pensato che i suoi fossero diversi dagli altri, visto che uno era più corto dell'altro sul davanti, poi però era venuto fuori che ne aveva messo uno al contrario. Cosa che peraltro si era rivelata alquanto utile quando si era ritrovato a viaggiare all'incontrario nell'ultima parte di quell'orribile discesa. Si era rivelata un po' meno utile quando invece Penny e Jon lo trovarono accartocciato in fondo alla pista, e scoppiarono a ridere senza freni. Per giunta Penny cominciò a raccontarlo a tutti. Era la sua ultima storiella spiritosa.

Dio, cominciava a odiare quella donna.

Lentamente si spostò verso un tavolo vicino, si sedette e tirò fuori il cellulare. Appena tornato nel Regno Unito, avrebbe messo fine a questa ridicola storia d'amore. Voleva solo essere sicuro di avere avuto abbastanza pubblicità.

«Bob. Sono io, Joe.»

«Joe! Che bello sentirti! Come va sulla neve?»

Joe preferì non rispondere a questa domanda. «C'è qualche provino in programma? Non so quanto riuscirò a mandare avanti questa storia con Penny. Potremmo lasciarci e ottenere un po' di pubblicità in questo modo?»

Bob fischiò. «Joe, stai sfruttando alla grande Penny per farti strada. Non sono sicuro che lasciarla sia una buona idea. Se riuscissimo a farti andare come ospite d'onore a *Ti lascio una canzone*, o al *Grande Fratello Vip* l'anno prossimo, allora avresti una tua identità precisa... Ma per il momento, penso che questa storia funzioni bene per te.»

«L'anno prossimo? Non la reggo per un anno intero!»

«Sono sicuro che passerà alla svelta. Stiamo facendo un giro di telefonate, quando torni sono certo che avremo splendide cose in programma per te. Okay?»

«Va bene. Ciao!» Di cattivo umore, Joe mise il cellulare in tasca e sospirò, guardando Penny e lo staff di *Tittle Tattle*.

Quindi si alzò, resistendo al dolore, e tornò all'intervista.

Alle cinque del pomeriggio, Tim della NorthWest Production finalmente prese la telefonata di Kate.

«Salve!» esordì Kate allegra. «Sono Kate Hetherington. Ex stilista d'interni di *Future: Perfect*, un programma di ristrutturazione di cui forse avrà sentito parlare...»

«So chi sei» la interruppe Tim. «Sei la ragazza che era sui giornali. Penny Pennington ti ha fregato il ragazzo, giusto?»

Kate sbiancò. «Non direi esattamente fregato» ribatté. «Cioè, non ero poi così innamorata di lui.»

«Okay. Veniamo a noi, la mia assistente mi ha detto che hai un'idea da proporci.»

«Sì. Un progetto di ristrutturazione con una sfumatura in più. Si tratta di una casa di cura per malati di cancro, gestita da un'associazione di beneficenza. L'edificio ha davvero bisogno di essere ravvivato un po'...»

«Una casa di cura.»

«Sì, con dei pazienti fantastici, con delle storie di vita davvero belle da...»

«Nessun vip interessato?»

Kate corrugò la fronte. «Nessun vip?»

«Potremmo metterne insieme un bel gruppetto» riprese Tim entusiasta. «Ciascuno di loro potrebbe progettare una stanza, sfidandosi a vicenda. Potrebbero votare i pazienti. E gli spettatori. Magari i vip potrebbero essere eliminati, uno alla settimana, no?»

Kate si schiarì la gola. «Sì, sì, in realtà io pensavo di infilarci meno vip e più muratori, sa. Per creare un programma più caloroso e meno incentrato sulle celebrità, se capisce cosa intendo.»

«Tu, Penny e quel tizio. Se ci foste tutti e tre, sarebbe fantastico» continuò Tim incurante. «Potreste inscenare una discussione? Litigare per qualcosa?»

«C'è una paziente, Betty » provò a dire Kate. «Credo che lei funzionerebbe benissimo in televisione. È brillante, simpatica, coraggiosa e...»

«Kate, l'idea mi piace molto. Fammi una proposta. Suggeriscimi un po' di vip, e noi lavoreremo sul format. Penny e quel tizio che non mi ricordo come diavolo si chiama sono sicuri. Ma ce ne servono altri. Potrebbero essere tutte coppie in guerra. O nuove coppie. Tipo Peter e Jordan. Sì, fantastico. Grazie per aver pensato a noi. Dunque, vediamo, ci fai sapere qualcosa entro fine giornata?»

Kate non era convinta che avessero parlato della stessa cosa. Poi scrollò le spalle. «Certo» annuì. «Fantastico.»

Jane della Panther Productions si dimostrò meno entusiasta. «Sì, sì, gli ospedali sono già stati visti e rivisti. Grazie comunque, e se ti vengono altre idee...»

«Non è un ospedale» precisò Kate. «È una casa di cura. È tipo una casa in cui i pazienti vanno dopo la terapia, e vengono assistiti e...»

«Sì, tutto il genere medico è già stato sfruttato» proseguì Jane con la pronuncia strascicata tipica della zona sud di Londra. «Adesso va alla grande lo sport. Visto che ci sono le olimpiadi, ne vanno tutti pazzi. Hai qualche idea sullo sport?»

Kate si morse le labbra. «No, sullo sport niente. Solo sulla casa di cura, temo.»

«Peccato. Fammi sapere se ti viene in mente qualcosa, okay?»

«Certo» le promise Kate. «Sarà la prima a saperlo.»

Scoraggiata, Kate mise giù il telefono. Dei cinque produttori che aveva contattato, Tim era l'unico che sembrava lontanamente interessato, anche se la sua versione del progetto non assomigliava per niente a quella di Kate. Avrebbe preferito passare un anno a ristrutturare la casa di cura da sola, piuttosto che coinvolgere Penny e Joe nel programma.

E Tom non aveva ancora chiamato.

Era arrabbiato con lei per qualcosa? Forse doveva telefonare lei? No, aveva detto che avrebbe chiamato lui. Non si può chiamare un uomo se ha detto che avrebbe chiamato lui, era una regola fondamentale. Anche se quell'uomo era Tom. Anche se prima di quel bacio chiamare Tom era la cosa più normale di questo mondo.

Magari doveva telefonare solo per dirgli che tutta quella faccenda era stata una pessima idea, pensò. Così avrebbe sgombrato il campo da equivoci. Avrebbe riportato la situazione alla normalità.

Ma era stata davvero una pessima idea? O invece era stata un'idea incredibilmente buona?

Forse doveva chiamarlo per scoprire cosa ne pensava lui.

Forse in quel preciso istante lui era accanto al telefono ad aspettare, nella speranza che lei lo chiamasse...

Con esitazione Kate allungò una mano verso la cornetta, ma poi si bloccò. Meglio se andava a comprarsi qualcosa da mangiare, decise. Avrebbe fatto la spesa, avrebbe cucinato e mangiato, e se Tom non avesse telefonato, diciamo, entro le dieci, be', lo avrebbe fatto lei.

Afferrò la borsa e le chiavi di casa e uscì.

Dopo una camminata a passo svelto, Kate entrò nel supermercato e si diresse al reparto gastronomia. Aveva deciso di prendere una pizza appena sfornata da mangiare davanti alla tv prima di concedersi un lungo, lunghissimo bagno caldo. In questo modo, se Tom avesse chiamato, non sarebbe stata ad aspettarlo accanto al telefono. In questo modo, era meno probabile che cedesse e chiamasse lei.

Fissò la lavagna sopra il bancone per decidere quale pizza scegliere, ma non riuscì a cavare un ragno da un buco perché era troppo stanca per concentrarsi.

Poi corrugò la fronte. Nello specchio sotto l'elenco delle pizze, le sembrò di scorgere un viso familiare. Si girò sorridente, domandandosi perché tutt'a un tratto si sentiva così in imbarazzo.

«Tom!» esclamò. «Eccoti qua!»

Tom la fissò, poi sorrise a sua volta. «Kate» disse correndole incontro e abbracciandola. «Mi dispiace tanto non essere riuscito a chiamare. Come stai?»

«Bene. Davvero bene» si affrettò a rispondere lei. «Stavo comprando una pizza. Hai fame?»

Tom le lanciò un'occhiata indecifrabile. «A dire il vero, fra un po' devo, ehm, tornare in ospedale. Sono uscito per comprare solo due o tre cose.»

«Oh.» Kate annuì perplessa. «E più tardi?»

Tom scrollò le spalle. «Non ne ho idea. C'è questa paziente...» Distolse rapidamente lo sguardo da lei, e Kate sentì un dolore improvviso allo stomaco, come se le avessero tirato un cazzotto. Conosceva quello sguardo... l'aveva visto su altra gente, senza dubbio anche lei l'aveva avuto varie volte nel corso degli anni. Solo che non si sarebbe mai aspettata di notarlo sulla faccia di Tom.

«Okay. Certo. Allora ci vediamo.»

«Tu stai bene davvero?» le chiese Tom con un tono speranzoso. «Cioè, tutto a posto?»

Kate si costrinse a sorridere. Forse aveva interpretato male quello sguardo. Tom era un dottore, in fondo. Ovviamente era impegnato. «Tutto a posto, sul serio. Non ti preoccupare.»

Tom chinò la testa.

«Oh, compri la pizza, Tom? C'è con il salame piccante?»

Kate fissò la strana ragazza che era appena apparsa accanto a lui.

«Scusa?» disse con un tono di voce più pungente di quanto avesse voluto.

La ragazza la squadrò sorpresa. «Ci conosciamo?» le domandò, poi si girò verso Tom. «Prendi la pizza con il salame piccante, mi raccomando» disse, dandogli un pizzicotto sul sedere. «Stasera ho voglia di un po' di carne!»

Tom guardò prima Lucy, poi Kate, e deglutì. «Kate, ti presento... Lucy.»

«Lucy» ripeté Kate.

«Ciao!» esclamò la ragazza, allungando verso Kate una mano e rimanendo a bocca aperta. «Ehi, eri tu... era quella sui giornali, no? Oh, che vergogna! Oh, poveretta.»

All'improvviso a Kate venne la nausea. Si sforzò di sorridere.

«Lucy è un'infermiera del mio ospedale» spiegò Tom.

«Esatto» annuì allegra Lucy. «Stavo cercando del vino. Non si può mangiare la pizza senza vino, giusto?»

Kate scosse la testa, intontita. «No. Immagino di no. Tom, sono felice di sapere che qualcuno si preoccupa di darti da mangiare. Non si può lavorare tutte quelle ore e non avere tempo per un boccone.»

«Non è... non è come pensi» farfugliò Tom guardandola. «Non è...»

«Non penso nulla, Tom. Non ho mai pensato nulla.»

Si girò e sorrise a Lucy. «Goditi la pizza» disse, poi uscì di corsa dal negozio. D'un tratto il pensiero della pizza le provocò conati di vomito. A dire il vero, il pensiero di mangiare qualunque cosa le faceva venire voglia di rigettare.

Si incamminò per strada e girò in fretta nella via dove abitava per tornare a casa. A ogni passo, il suo fragile sorriso si sgretolava sempre più. E quando aprì il portone, dovette fare uno sforzo enorme per riuscire a entrare prima di scoppiare in lacrime. Il loro bacio non aveva significato nulla. Tom aveva una ragazza con il seno grosso e i capelli biondi e ricci. Senza dubbio domani ne avrebbe avuta una diversa.

Non lo sopportava. Non sopportava l'idea di Tom con nessun'altra donna tranne lei. Il che era ridicolo. Era Tom, dopo tutto. Tom, uno dei suoi più cari amici. Si erano baciati una volta sola, ed era stato un bacio senza importanza.

E invece no, per lei era stata una cosa importante, capì Kate in quel momento. Tutto quello che era successo quella sera era stato importante. Purtroppo non per lui.

All'improvviso Kate realizzò perché quel bacio l'aveva turbata tanto, perché aveva superato così alla svelta il tradimento di Joe. Era innamorata di Tom. Però al tempo stesso lo odiava.

Perché l'aveva fatta innamorare di lui, anche se lei non gli interessava. Perché lei aveva bisogno di lui, mentre lui non aveva bisogno di nessuno: per lui l'amore era una debolezza. Quanto al bacio, be', probabilmente glielo aveva dato solo per farla smettere di piangere. Per lui non significava nulla. Rabbrividì pensando che per poco non l'aveva chiamato, perché voleva conoscere la sua opinione su quella faccenda. Kate e le sue fantasie romantiche, che sciocchezze! si sarà detto. Quando crescerà e accetterà la realtà?

Bene, adesso Kate avrebbe accettato la realtà. Avrebbe dimenticato le sue fantasie romantiche e il sogno di un lieto fine. Lentamente si diresse in cucina e prese *Il manuale per inguaribili romantiche*, che era appoggiato sul tavolo.

«È colpa tua» bofonchiò Kate. «Far credere che vada tutto bene. Ti sbagli. Non va bene niente. Non esiste il principe azzurro. Non esiste il corteggiatore con il cappello sulle ventitré e i modi gentili che sistema ogni cosa.» Fissò il libro per un po', lo sfogliò e guardò i capitoli che non aveva ancora letto: "Diffondere l'amore", "Trasformare il mondo in un posto migliore" e "Inseguire i propri sogni".

Si diresse decisa verso il portone di casa, lo aprì e buttò il libro nel cestino dei rifiuti.

«Mi hai rovinato la vita» esclamò risentita. «Aveva ragione Tom: non esiste il lieto fine.»

E corse in bagno a vomitare.

26

Magda corrugò la fronte e sbatté il telefono giù. Era davvero troppo. Era inaccettabile. Così non andava proprio!

Era già mercoledì. Mercoledì pomeriggio e Penny non si era ancora fatta viva sul set di *Future: Perfect*. Non aveva neanche chiamato per tenerla aggiornata o per scusarsi. E quando Magda le aveva telefonato per l'ennesima volta, una qualche assistente del cavolo le aveva risposto che Penny al momento non era disponibile.

Non era disponibile? Lei sapeva chi pagava lo stipendio di Penny?

«Scusami, Magda, mi dispiace disturbarti, ma ci hanno appena chiamato i muratori che avevi prenotato per i Jones. Il lavoro di cui si stanno occupando adesso ha subìto dei ritardi, per cui non riusciranno ad andare dai Jones fino alla prossima settimana.»

Magda fissò il ricercatore che aveva davanti. Sembrava che l'intera comunità di muratori di Londra cospirasse contro di lei per complicarle la vita. Aveva già avuto abbastanza problemi a scovare una ditta disponibile ad accettare il lavoro, e adesso anche loro la piantavano in asso.

«La prossima settimana? Ma ci servono adesso. Quella casa va finita, adesso.»

Il ricercatore scrollò le spalle. «Sempre i soliti, i muratori!» sorrise, tornando di colpo serio non appena si accorse che Magda non era dell'umore adatto per scherzare. «Cercherò, ehm, cercherò di trovare qualcun altro, okay?» suggerì. Magda annuì in modo brusco, aspettò che lui se ne fosse andato e poi si accasciò sulla scrivania.

Era in mezzo al caos. La casa dei Kitchin faceva schifo, il velluto rosa era rimasto inutilizzato, e senza una conduttrice non avevano i filmati di raccordo né la sequenza introduttiva, non si poteva andare in onda. E adesso anche la casa dei Jones sarebbe stata inutilizzabile.

Maledetta Penny Pennington. Magda si era fidata di lei quando le aveva detto: «Lascia che dell'arredamento me ne occupi io», quando le aveva assicurato che sarebbe stata a sciare per un giorno, un giorno e mezzo al massimo. Si era fidata che tornasse e risolvesse tutto prima che Magda fosse licenziata per cattiva amministrazione.

E adesso aveva ricevuto un'e-mail di qualcuno della NorthWest Production, che le chiedeva le referenze per Kate e le sottolineava quanto fossero entusiasti di lavorare con lei. Incupita, Magda prese il telefono e digitò un numero.

«Pronto?»

«Kate. Sono Magda.»

Silenzio.

«Mi stavo domandando come te la passi. Ho visto che sei in contatto con la NorthWest. È una compagnia carina. Non hanno soldi, ovviamente, ma suppongo che tu lo sappia già.»

Kate si schiarì la gola. «Magda, cosa vuoi?»

Kate sembrava diversa, impaziente, triste, pensò Magda. Forse, dopo tutto, la ragazza avrebbe fatto carriera in televisione.

«Okay, gioco a carte scoperte. Sono stata un po' frettolosa, a licenziarti, intendo. Mi domandavo se potesse interessarti tornare.»

«Tornare?» rispose sbuffando Kate. «Stai scherzando. Neanche per sogno.»

Magda sospirò. «Solo per qualche giorno, Kate. Ti pagherò il doppio. Ci serve solo che tu finisca la casa dei Kitchin. Aiutami, e poi parleremo seriamente della tua idea per la casa di cura.»

«Finire la casa dei Kitchin? Avete già iniziato a lavorarci?»

«Okay, ristrutturare la casa dei Kitchin. Ti prego, Kate.»

Ci fu una pausa. Una pausa significava che Kate ci stava pensando. Era positivo.

«Mi dispiace, Magda. È una questione di lealtà, sai. Non sono sicura di voler collaborare ancora con te.»

Magda si accigliò. Quella benedetta ragazza stava diventando troppo brava per non cacciarsi in qualche guaio. «Quelli della NorthWest sono senza scrupoli. Lo sai, vero?»

«Grazie. Se voglio dei consigli per la mia carriera, te li chiederò io, okay?»

Magda inarcò le sopracciglia. Era la stessa Kate di sempre? «Okay. Sono stata frettolosa, ho avuto una reazione eccessiva.»

«Magari ti dispiace?»

«Non sfidare la sorte. Piuttosto, raccontami per filo e per segno questa tua idea per la casa di cura.»

«Adesso ti interessa?»

Magda strinse con forza la cornetta del telefono. «Sì, Kate, adesso mi interessa di quella dannata casa di cura.»

Kate sospirò. «Bene. È una struttura affiliata al reparto di oncologia del Charing Cross Hospital. Le persone vanno lì dopo l'operazione mentre fanno ancora la chemio... è una sorta di casa di riabilitazione. È davvero in pessime condizioni, per cui il progetto è rinnovare tutto l'edificio...»

«Cancro» disse Magda, prendendo una penna con un riflesso automatico e buttando giù appunti. «Ci sono pazienti con storie di vita interessanti?»

«Certo. In particolare una o due persone, che il programma potrebbe seguire dall'intervento chirurgico fino alla guarigione.»

Magda ci rifletté un attimo. Era il tipo di proposta che avrebbe fatto impazzire la squadra di Channel 3.

«Ascolta, potrebbe interessarci. Ho una riunione con quelli di Channel 3 più tardi, e potrebbe andargli a genio. Stanno facendo pressione per avere una quota del canone della BBC, e cercano programmi con una coscienza sociale.»

«Channel 3?» chiese Kate, dimenticando all'improvviso di mantenere un tono di voce impassibile.

Magda era soddisfatta. Adesso aveva l'attenzione di Kate.

«Esatto. Allora, cosa ne dici?»

Ci fu un'altra pausa. «Se mi fai avere un po' di dettagli, garanzie e indicazioni del budget posso pensarci» rispose Kate. «Fino ad allora ti suggerisco di contattare Penny e sperare che riesca a portare il suo talento di interior designer nella casa dei Kitchin. Perché mi sa che io sono piuttosto impegnata.»

Kate riattaccò, Magda scosse la testa e sorrise. Quella ragazza cominciava davvero a piacerle.

«E se va avanti, andremo in televisione?» chiese Betty.

Kate annuì. Appena conclusa la telefonata con Magda, si era precipitata alla casa di cura per assicurarsi che tutti fossero d'accordo con l'idea, e per cominciare a mettere insieme una proposta. Aveva programmato di tornarci prima di iniziare a contattare le compagnie di produzione, ma finché non aveva buttato via quel libro – quello stupido libro per casi disperati – non si era resa conto che a volte è necessario prendere il toro per le corna.

«È solo un'ipotesi» li avvisò. «Potrebbe anche non andare in porto. Quelli che lavorano in televisione a volte sono molto...» cercò la parola adatta «sciroccati» disse infine.

Kate si guardò attorno, la sala tv era cupa. La vernice si stava scrostando dalle pareti e tubature di vario genere salivano lungo i muri, scomparendo nel soffitto senza che fosse assolutamente chiaro a cosa servissero né dove portassero. I radiatori su entrambi i lati della sala sferragliavano in modo minaccioso, e Kate sentiva puzza di legno marcio. Quelli della televisione forse erano sciroccati, tuttavia erano anche la migliore speranza che i residenti avessero per ristrutturare l'edificio. Quella chance avrebbe potuto anche essere la migliore speranza che Kate avesse di rimanere sana di mente. Per amore o per forza avrebbe visto quel posto trasformato nella casa lontano da casa che i pazienti si meritavano. E nel farlo non avrebbe guardato in faccia nessuno. Nessuno l'avrebbe mai più presa per fessa.

Betty annuì. «Ma ci saranno le telecamere? Ci faranno domande?»

«Sì, ed è questo il motivo per cui dovete essere assolutamente d'accordo. È un grosso impegno, e le telecamere possono essere molto intrusive...» spiegò Kate.

«Come nel *Grande Fratello*» disse Margaret con l'aria da esperta.

«Metteranno le telecamere dietro gli specchi? Anche quando siamo in bagno?» chiese Betty preoccupata.

Kate sorrise. «No, Betty. Solo quelle che potete vedere. E non saranno sempre qui.»

Carole sorrise. «Cosa ne dite? Siamo tutti a favore?»

Betty annuì vigorosamente. «Certo che siamo a favore. Basta

che non debba andare in televisione senza trucco. E non voglio neanche essere bistrattata da Trinny e Susannah.»

Kate riuscì a stento a trattenersi dal ridere. «Okay, mi assicurerò che stiano lontano da qui. A nessuno della troupe del reality di moda di Channel 3 sarà consentito avvicinarsi a noi. Nient'altro?»

Edward, un vecchio signore che passava la maggior parte del tempo a giocare a scacchi contro un robot, alzò la mano.

«Sì, Edward?» domandò Carole.

«Quando andrà in onda?»

Carole guardò Kate, che corrugò la fronte pensosa. «Difficile a dirsi» rispose lei. «Probabilmente tre o quattro mesi dopo la fine delle riprese. Per cui, se cominciassimo il mese prossimo e per fare tutto ci volessero quattro mesi, forse lo vedremo in tv a dicembre, o all'inizio del prossimo anno.»

«Devo assicurarmi di essere ancora in circolazione» commentò Edward serio, tornando ai suoi scacchi.

Carole fece una smorfia. «Certo che ci sarai, Ed. Non essere sciocco. Ora, avete altre domande? Qualche preoccupazione?»

I residenti della casa di cura St. Mary si guardarono l'un l'altro e scossero la testa.

«Allora vorrei pubblicamente ringraziare Kate per aver trovato il tempo di venire a trovarci di nuovo» continuò Carole con un sorriso. «E augurarle buona fortuna nelle trattative con quelli sciroccati della televisione.»

Il giorno dopo Magda chiamò di prima mattina.

«Pronto?»

«Kate, sono io, Magda.»

«Magda!» Kate fece del suo meglio per apparire sorpresa e disinvolta. «Come stai?»

«Come sto? E chi se ne frega. Sono stata in riunione con i dirigenti di Channel 3, e sono interessati.»

Kate rimase in silenzio.

«Ho detto: sono interessati. Sono convinti che possa avere successo.»

«Bene» rispose Kate senza scomporsi. «Immagino tu voglia conoscere le mie condizioni?»

«Le tue condizioni?»

«Ovvio. Hai carta e penna a portata di mano?»

«Certo» esclamò Magda tirata.

«Okay, allora. Primo, non si gira in sette giorni. Stiamo parlando di diverse settimane come minimo, probabilmente tre mesi. Non possiamo risparmiare e voglio che la sparapunti sia bandita dal set. Secondo, nessuno deve parlare dei residenti chiamandoli vittime. Le telecamere non devono essere intrusive, né tanto meno qualcuno deve costringerli a piangere. Terzo, i residenti avranno bisogno di un'altra sistemazione mentre verranno rifatti l'impianto elettrico e le tubature. E quarto, voglio un impegno scritto per quanto riguarda il budget. Si parla di duecentomila sterline.»

Kate aspettò che Magda inveisse contro di lei per tutte le sue pretese. Ma, con sua grande sorpresa, Magda si limitò a domandarle: «Per la manodopera o i materiali?».

«Scusa?» chiese Kate con aria assente.

«Le duecentomila sterline. Sono per la manodopera o per i materiali?»

«Ehm, diciamo metà e metà.»

«I materiali li avremo attraverso gli sponsor. E forse anche la manodopera riusciremo a ottenerla gratis, se inseriamo il nome dell'azienda nei titoli di coda.»

«Phil non lo avrai gratis. E sarà lui a dirigere i lavori.»

«Bene, allora Phil lo pagheremo. Altro?» Magda rivide gli appunti che aveva appena preso. «Okay» disse perplessa dopo un attimo di silenzio. «Tratteremo i residenti con rispetto. E useremo le telecamere in modo discreto. Ci riesce essere carini. Tutto qua?»

Kate esitò un attimo e poi proseguì. «No. Non voglio che Penny si avvicini nel modo più assoluto al programma. Non le permetterò di sfruttare queste persone per farsi pubblicità.»

«Perfetto» disse Magda. «Ecco le mie condizioni. Mi fai avere una proposta di ristrutturazione in ventiquattr'ore, con i dati relativi alla casa di cura, un abbozzo dei protagonisti e del loro appeal televisivo, le tabelle di marcia, i budget – dammi solo i tempi per te e Phil, del resto me ne occupo io – e un paio di paragrafi per vendere il progetto. E io metterò in moto la faccenda. Affare fatto?»

«Affare fatto» esclamò Kate.

«E finirai la casa dei Jones e dei Kitchin. Chissà se andremo ancora in onda, in ogni caso dobbiamo disfarci di cinquanta metri di velluto rosa. E per quanto mi piacerebbe molto farli ingoiare a Penny, non riesco a rintracciarla, per cui dovrai utilizzarli tu. Okay?»

«Okay.»

«A domani.»

Kate mise giù il telefono un po' frastornata e digitò il numero di Phil.

«Magda ha approvato l'idea della casa di cura» esordì Kate. «Con un budget di duecentomila sterline. Channel 3 è interessato al progetto.»

«Channel 3» ripeté Phil, come se fosse la cosa più normale al mondo. «Per cui, lo guarderà tanta gente.»

«Vuole che terminiamo la casa dei Kitchin» continuò Kate. «E dei Jones.»

«Be', non dovrebbe essere un problema» rispose Phil spensierato. «A casa di mia cognata ho già finito. Quella donna potrebbe dare del filo da torcere a Penny Pennington, per quanto rompe le scatole.»

«Channel 3!» sussurrò Kate.

«Duecentomila sterline» ribatté Phil e poi fischiò. «È una buona notizia!»

«Piuttosto buona, sì» concordò Kate. «A domani.»

Tom fece un giro lungo per andare al lavoro. Un giro che lo condusse davanti a casa di Kate. Solo per controllare che stesse bene. Non aveva intenzione di entrare né niente.

Si avvicinò alla porta e rimase lì appoggiato per qualche secondo. Casa di Kate. La casa in cui era stato mille volte, forse di più, a parlare fino al mattino, a collassare sul divano, a mangiare pasticci di carne fatti in casa mentre fuori pioveva a dirotto. Era una sorta di casa lontano da casa, un rifugio.

O almeno lo era stato.

Adesso era un luogo pericoloso. Un luogo in cui non era stato capace di controllarsi, di mantenere intatta la sua rigida corazza. Dio mio, per poco non le aveva detto cosa provava per lei, non si era prostrato ai suoi piedi mettendola in imbarazzo con le sue stupide dichiarazioni d'amore.

Lei poteva non essere d'accordo, ma viste le circostanze, non averla richiamata era stato un modo per lasciarla andare senza tirarla per le lunghe. In questo momento Kate era incavolata, ma un giorno lo avrebbe ringraziato. O per lo meno, lo avrebbe ringraziato se avesse scoperto perché lui l'aveva fatto, cosa che non sarebbe mai successa: lui non glielo avrebbe mai rivelato. Kate avrebbe incontrato un altro divo del cinema dalla mandibola squadrata, e in un batter d'occhio si sarebbe sposata e avrebbe avuto figli. E lui sarebbe riuscito a buttarsi alle spalle questo straziante ricordo, e avrebbe finto di nuovo di vivere una vita perfettamente normale. Gli riusciva piuttosto bene, in effetti. Era da tanto che si esercitava.

Il trucco stava nel tenersi sempre tutto dentro. E questo valeva non solo per le cose importanti, anche per quelle piccole. Tom sapeva che se stabilivi un legame emotivo con qualcuno, per quanto piccolo questo fosse, eri spacciato. Piano piano ti avrebbe trasformato in un catorcio indifeso e bisognoso. E poi ti avrebbe lasciato. Lasciato a lottare, da solo, senza più nessuno in cui confidare e senza avere la minima idea di come fare ad affrontare il mondo cattivo che ti circondava.

Su questo pensiero, Tom decise che fosse arrivato il momento di tornare in ospedale.

Si fermò un secondo, poi notò qualcosa nel cestino dei rifiuti di Kate. Inguaribili romantiche qualcosa.

Si avvicinò, lo tirò fuori e restò senza fiato. *Il manuale per inguaribili romantiche*. Il libro di cui gli aveva parlato Kate. Quello che le aveva promesso l'amore. Che glielo aveva garantito, addirittura.

E adesso l'aveva buttato nella spazzatura.

Il cuore di Tom cominciò a battere all'impazzata, mentre cercava di resistere alla tentazione di sfondare il portone di casa di Kate, rimettere il libro su uno scaffale, rintracciarla e confessarle che la amava in modo disperato, folle, totale, anche se lei era un'inguaribile romantica.

Ma sarebbe stato un gesto stupido. Sarebbe andata a finire male. Tom aveva già avuto il cuore spezzato una volta, non avrebbe rischiato che accadesse una seconda.

Guardò di nuovo il manuale e sentì un tuffo allo stomaco. Non aveva problemi a evitare il coinvolgimento emotivo, a mantenere un approccio spassionato alle relazioni e alla vita. Ma non per Kate. Era stato lui a farla stare male? Kate aveva buttato via il libro per colpa sua?

Con un certo imbarazzo, Tom pulì il volume e se lo mise in tasca. Le inguaribili romantiche come Kate erano creature pericolose, irresponsabili, ingenue e scioccamente ottimiste. Ma senza di loro, Tom aveva paura che il mondo sarebbe stato solo il terreno di battaglia grigio e deprimente che lui vedeva intorno a sé ogni giorno.

27

IL ROMANTICISMO NELLA VITA DI TUTTI I GIORNI

Per molti il romanticismo è una scienza esatta, che riguarda l'amore fra un uomo e una donna, un omaggio floreale, l'entusiasmo per una cena tête à tête.

Tuttavia, perché limitarne i confini? Romanticismo può essere il richiamo di un uccello al mattino o una gita lungo il fiume con gli amici, il sorriso della persona amata o un'esperienza condivisa.

Per portare il vero amore nella nostra vita, dobbiamo fare del nostro meglio nello sperimentare il romanticismo tutti i giorni. Una volta abituate a vivere in un'atmosfera romantica, saremo più aperte e pronte ad accogliere l'amore.

Per cui, cara lettrice, fa' un gesto romantico oggi! Passa a salutare un'amica, esaudisci una richiesta che di solito avresti rifiutato. Ricorda ai tuoi genitori il profondo affetto che nutri per loro. Indossa un foulard allegro. Tira su il morale di un'amica avvilita raccontandole aneddoti divertenti. Riempi la tua casa di fiori colorati. E comprati un paio di occhiali rosa, perché guardare il mondo sfumato di rosa lo rende più gradevole…

Tom inarcò le sopracciglia, domandandosi se il libro era un manuale serio o una presa in giro. Era questa la roba che Kate sceglieva di leggere?

Dipingi il mondo di rosa o di azzurro. Geniale! Questa donna aveva più acume di Einstein.

Tom scosse la testa e sorrise con aria malinconica. Non c'era da meravigliarsi che Kate fosse un caso tanto disperato. Com'era tenera e sciocca! Forse Tom poteva usare il libro in ospedale. Per spiegare ai suoi pazienti che bastava scegliere di vedere il mondo attraverso delle lenti rosa, e tutto sarebbe andato per il verso giusto.

La gente a volte era così assurda. Così... emotiva. Rose Sandler, per esempio. Era uscita un paio di ore prima per andare al saggio del figlio, truccata e vestita come se dovesse andare all'opera. Suo marito le aveva portato diversi abiti da provare, e Tom aveva dovuto chiudere un occhio sul fatto che Lucy avesse passato più di un'ora a truccarla, solo per starsene seduta in un teatro ad ascoltare il figlio che suonava il violino. Probabilmente non si sarebbe neanche accorto che sua madre c'era.

Il mondo era davvero un posto irragionevole, ingiusto. Prendi il cancro in tempo e magari riesci a eliminarlo, a sconfiggere il bastardo con la chemio. E poi, quando davi a qualcuno il cessato allarme, era come il finale di un milione di libri fantastici messi insieme: lacrime, gioia, sollievo, meraviglia e l'improvvisa sensazione che era valsa la pena faticare così. Il bene trionfava sul male, la felicità era qualcosa in più di uno slogan pubblicitario. Vedere le persone che si abbracciavano, vedere l'espressione dei loro occhi mentre si rendevano conto che non avrebbero perso il marito o la moglie, un figlio o un genitore, era... be', era bello. Ma non durava mai. Perché cinque minuti dopo c'era uno meno fortunato a cui dare brutte notizie. Qualche altro marito o moglie, figlio o genitore da distruggere dicendo che era troppo tardi, che l'operazione non aveva funzionato, che i medici avevano fatto tutto il possibile ma...

Tom odiava quella parola: ma. Stavi dicendo cose carinissime, e appena pronunciavi la parola ma, tutti sapevano che la partita finiva lì: «Ti amo, ma...», «L'operazione è andata bene, ma...», «Non voglio abbandonarti, ma...».

Ma trasformava tutto il resto in una bugia. Perché non dire semplicemente: «Non ti amo»?. «L'operazione è stato un tentativo disperato perché anche se abbiamo rimosso il tumore, il cancro ormai è in metastasi.» «Voglio abbandonarti perché qualcun altro mi offre una vita migliore e non sono sicura di averti mai desiderato, e per favore evita di contattarmi perché avrò figli migliori dal mio nuovo marito...»

Appena il cercapersone suonò, Tom lo tirò fuori. Signora Sandler, lesse incuriosito. Forse era tornata e si era pentita della gita che aveva fatto. Perfetto, le stava bene, e glielo avrebbe detto in tono molto severo.

Rimise il cercapersone in tasca, chiuse *Il manuale per inguaribili romantiche* e uscì dal suo ufficio.

Lucy lo stava aspettando in corsia quando Tom arrivò.

«Tom... dottore. La signora Sandler...» Lucy si morse le labbra e appoggiò una mano sul suo braccio. «Ha detto che voleva vederti e io ho pensato che tu probabilmente... be'...»

Tom la guardò. «Cosa?»

«Tom... ha avuto una crisi.»

Tom si liberò dalla stretta di Lucy. «Una crisi? E dov'è adesso?» Si precipitò al suo capezzale. «Rose, cosa è successo?»

La signora Sandler abbozzò un sorriso. «È stato meraviglioso» sussurrò. «Ero in prima fila, sa, e lui ha suonato benissimo. E...» Trasse a fatica un respiro.

«Lui sa che gli voglio tanto bene» proseguì dopo un po'. «Grazie, dottore. Davvero non so come ringraziarla abbastanza.»

«Non sarebbe dovuta andare» la redarguì Tom. «Guardi come sta adesso. È stato uno stress troppo grande. Non avrei dovuto permetterglielo...»

Rose scosse la testa con delicatezza, facendo una smorfia per il dolore. «Dovevo andare» ripeté pacata. «Dovevo avere un momento, un ricordo per Liam che non fosse un letto di ospedale.»

Tom la fissò, furibondo. «La smetta di parlare di ricordi, Rose. Sta migliorando. Starà meglio. Non appena sarà abbastanza forte, la opererò e toglieremo il resto del tumore...»

Lucy apparve al fianco di Tom e gli strinse la mano. Lui in silenzio osservò i macchinari che monitoravano Rose, desiderando che i loro valori fossero diversi e implorandoli di raccontare un'altra storia. «Deve solo mangiare» sussurrò Tom. «Deve recuperare le forze.»

Lucy lo allontanò di qualche metro dal letto. «I dottori hanno scoperto oggi pomeriggio che ha un'infezione al fegato. Oltre al tumore.»

«E tu lei hai permesso comunque di lasciare l'ospedale?»

Tom tornò da Rose e le prese una mano. «Mi dispiace tanto» disse. Sentiva le lacrime spuntargli agli angoli degli occhi, lacrime che non si era concesso di versare da più di vent'anni.

«Non si dispiaccia» rispose Rose sorridendo serena. «Oggi ho visto come i miei uomini... Liam e Pat, intendo... come sono uniti. Lui e suo padre non hanno mai avuto granché da dirsi, ma adesso... be', sono meravigliosi insieme. Adesso so che staranno bene. Non sono più preoccupata.»

«Ma lei?» chiese Tom preoccupato. «Non può...»

Rose si portò un dito alle labbra. «Saranno qui a momenti. Liam e Pat. Avrò i miei uomini accanto a me. Non si può chiedere di più, giusto? Morire circondata dalle persone che ami. Che ti amano.»

Tom deglutì e cercò di ignorare il grosso nodo che aveva alla gola.

«Volevo ringraziarla» continuò Rose. «Lei è un brav'uomo, dottore. Davvero un brav'uomo.»

Tom scosse la testa proprio mentre il marito e il figlio di Rose comparvero sulla soglia, le facce preoccupate e pallide.

Rose li vide e sorrise. «Arrivederci, dottore. Abbia cura di sé.»

«Arrivederci, Rose» riuscì a risponderle Tom. La fissò dritto negli occhi per qualche istante, poi si girò e uscì dalla camera, facendo un cenno di saluto al signor Sandler, senza però guardarlo negli occhi. Non osava.

28

Kate decise di tornare a casa a piedi dal St. Mary. Nei giorni scorsi era sempre stata lì, e quando non era lì, era al telefono a trattare con i fornitori, a organizzare gli orari e inviare richieste. Era tutto surreale, come se fosse entrata in un ascensore per salire di un piano e fosse invece arrivata chissà dove, in un luogo vagamente familiare, ma diverso dal suo mondo sotto tanti aspetti. Channel 3 aveva afferrato al volo il progetto. Magda la trattava come una persona importante. I fornitori si facevano in quattro per darle gratis tutto quello che le serviva. Aveva una squadra di ricercatori che lavorava solo per lei. Per la prima volta da una vita Kate si sentiva elettrizzata ed emozionata per il lavoro. In più, ogni giorno che passava diminuiva la sofferenza dovuta al rifiuto di Tom, il mondo tornava a essere un po' più sopportabile.

Camminando, Kate si ritrovò davanti al Charing Cross Hospital, gettò uno sguardo al grande edificio grigio che lo ospitava e si domandò se Tom fosse lì dentro. Probabilmente stava operando, pensò. O magari stava parlando con un paziente. O riempiendo qualche documento.

Senza sapere bene perché, Kate si ritrovò a varcare la soglia dell'ospedale e a dirigersi verso l'accettazione. Erano anni che non ci entrava – per laurearsi in medicina Tom aveva studiato lì, e Kate ricordava di esserci venuta un'altra volta con Sal, per una festa universitaria. Avevano allestito una discoteca e, a un certo punto della serata, avevano passato un sacco di brani anni cinquanta: Tom l'aveva fatta ballare sino allo sfinimento. E poi tutti e tre si erano divertiti da matti a giocare con gli ascensori senza porte che si muovevano di continuo, saltandoci dentro e fuori con gioiosa spensieratezza, finché una donna arrabbiata nera non aveva intimato loro di smettere. Era un'altra epoca. Un'epoca in cui l'unica cosa importante era il qui e ora, e l'allegria.

Negli ultimi anni non c'era stato motivo di venire in ospedale, in effetti. Era strano che questo luogo, una parte così importante della vita di Tom, le fosse così poco familiare.

Un po' come Tom.

Fissò la pianta dell'edificio e si domandò oziosamente dove si trovasse Tom. Le sale operatorie erano al quarto piano. Era lì? O magari aveva un ufficio da qualche parte. In televisione i dottori corrono sempre lungo i corridoi con un calibratore in mano. O funziona così solo in *ER*?

Non che la cosa fosse importante.

Kate si girò per andarsene.

«Posso aiutarla?» Una donna vestita di blu le sorrise in attesa di una risposta.

«Ehm, no, grazie.» Aveva bisogno di aiuto invece. Doveva organizzare un programma televisivo. All'inizio aveva supposto che, per ottenere il permesso di girare, avrebbe parlato con Tom, ma adesso sembrava una cosa sempre meno probabile.

«A dire il vero, lavoro a un programma per la tv, che andrà in onda su Channel 3» disse. «Stiamo ristrutturando una casa di cura per malati di cancro che sono stati operati qui, l'edificio si trova proprio dietro l'angolo. Stavo dando un'occhiata in giro. Sa con chi dovrei parlare per avere il permesso per girare qui dentro?»

«Con l'ufficio stampa» spiegò la donna. «Ha un appuntamento?»

Kate scosse la testa.

«Allora le conviene chiamarli e fissarne uno» le suggerì.

Kate si affrettò ad annuire. «Sì, ovviamente.»

Era stato un errore andare, pensò dirigendosi verso l'uscita. Nutriva ancora la speranza che la situazione fra lei e Tom si sarebbe appianata. Che lui si sarebbe reso conto di essere innamorato di lei. Ma non sarebbe successo.

Davanti all'ingresso, il suo cellulare cominciò a squillare.

«Pronto?»

«Ciao, Kate! Sono Heather, di *Hot Gossip*. Senti, mi domandavo se adesso avessi voglia di rilasciare una dichiarazione. Insomma, se hai qualcosa da dire...»

Kate sospirò. «No, Heather. Non ho niente da dire ai lettori di *Hot Gossip*. Niente di niente.»

Poi le venne un'idea.

«Aspetta» continuò. «Forse sì. Ti interesserebbe un progetto su cui sto lavorando? La ristrutturazione di una casa di cura per malati di cancro?»

«Per beneficenza?» chiese Heather esitante. «Può darsi, cioè...»

«Per la tv» aggiunse Kate. «Diventerà un reality show.»

«Ci darai la tua versione della storia fra Penny e Joe?»

Kate sospirò. «Non c'è niente da dire, davvero...»

«Non sono sicura che un'opera di beneficenza basti» ribatté Heather.

«Bene» rispose Kate controvoglia. Dopo tutto, pensò, posso ripagarli con la stessa moneta. Se Penny e Joe avevano intenzione di sfruttarla per finire sui giornali, allora lei li avrebbe sfruttati per promuovere la casa di cura. «Avrai la mia versione dei fatti.»

«Favoloso! O meglio, benissimo. Fissiamo un appuntamento?»

«Certo. Perché no?»

Ed sembrava preoccupato quando rientrò quella sera. Sal lo aveva chiamato nel pomeriggio, e aveva insistito perché tornasse a casa entro le sette: aveva urgenza di parlargli. Sal lo aspettava seduta al bancone dove facevano colazione, le mani sulle ginocchia per potercisi asciugare di continuo il sudore.

Lui la guardò in modo strano, poi si versò un bicchiere di vino. Ne offrì uno anche a Sal, che però rifiutò.

«A cosa dobbiamo questa riunione di emergenza?» le chiese sospirando.

Sal guardò prima il pavimento e poi lui. «Sai dove sono le tue mazze da golf?»

Ed corrugò la fronte. «Le mie mazze da golf? Mi fai tornare a casa presto per parlare delle mie mazze da golf?»

«Rispondi, Ed.»

«In macchina mia. Prossima domanda?»

«In macchina tua» ripeté Sal. «Be', avrebbe senso, visto che sei andato a giocare a golf con la tua macchina lo scorso fine settimana. E anche il fine settimana precedente.»

«Qual è il punto?» domandò Ed innervosito.

Sal lo fissò. «Ero solo curiosa, sai. Perché anch'io credevo fossero in macchina tua. Poi però ho portato al lavaggio la mia. E le ho trovate nel mio bagagliaio. Dove le abbiamo messe insieme lo scorso Natale.»

Ed sbiancò.

«Mi chiedevo come tu fossi riuscito a giocare a golf senza avercele dietro» continuò Sal, guardandolo dritto negli occhi.

«Le... le ho prese in prestito» rispose lui con un filo di voce.

«Ho bisogno di comprarle nuove, per cui cercavo di provarne altre di diverso...» Lasciò la frase a metà e chiuse un attimo gli occhi. «Cazzo, Sal» proseguì sospirando. «Mi dispiace. Mi dispiace davvero...»

«Lei chi è?» chiese stizzita. «Chi è la donna con cui esci lasciandomi sola tutti i fine settimana? Chi ti sfinisce a tal punto da lasciarti a malapena l'energia per sfiorarmi? O si tratta di semplice mancanza di desiderio? Non vado più bene per te?»

Il viso di Ed si contrasse in una smorfia. «Pensi che io abbia una storia?»

«E cosa dovrei pensare?» urlò Sal. «Dimmelo, Ed. Dimmi che idea dovrei farmi del nostro matrimonio! Non ti vedo mai, e quando ti vedo mi tratti male. Mi dici che giochi a golf, ma lasci le mazze a casa...»

Sal scosse la testa. «Me ne vado, Ed. Sì. E non sei l'unico ad avere l'occasione di spassarsela. Ma a differenza tua, io so cosa significhi controllarsi. A differenza tua, io do valore al nostro matrimonio. Sono stata baciata, Ed. Baciata. La vergogna mi divorava a tal punto da non riuscire più a guardarmi allo specchio. Ora però mi chiedo di cosa mi preoccupassi tanto.»

Mentre Sal parlava si accorse che le venivano le lacrime agli occhi e le soffocò con forza.

Ed era straziato. «Hai... hai baciato un altro uomo?»

Sal piangeva liberamente adesso. «Lui ha baciato me. Io non ho contraccambiato. E adesso sarò una madre single e disperata, Ed. Non so cosa fare.»

«Sarai madre? Come scusa?» esclamò Ed.

«Sono incinta.»

«Sei incinta? Hai baciato questo tizio e adesso sei incinta?»

Sal lo fulminò con lo sguardo, gli occhi velati di lacrime. «Credo che l'ordine reale degli eventi sia diverso: tu e io abbiamo trovato il tempo per fare sesso sette o otto settimane fa, e adesso sono incinta. Non sono sicura che quel bacio c'entri qualcosa, a dire il vero.»

«Stai per avere un bambino? Stiamo per avere un bambino?» Ed era esterrefatto.

«Sì, idiota che non sei altro. E non devi occupartene se non vuoi. Cioè, avrò bisogno di un po' di soldi, ma non voglio che tu stia con me solo perché sono incinta. Ho una dignità, io...»

«Oddio.» Ed si alzò. «Oh Dio benedetto!» La strinse forte tra le braccia. «Mia cara. Avremo un bambino. Avremo un bambino, accidenti! Dio, non riesco a crederci. È la più bella notizia che abbia mai ricevuto.»

«Ma...» borbottò Sal perplessa. «E il tuo tradimento? E il nostro matrimonio che va a rotoli?»

Ed girò lo sgabello su cui era seduta Sal e la fissò. «Sal, devi credermi se ti dico che da quando ho conosciuto te, non ho più guardato nessun'altra donna. A parte Helena Christensen, ma era su una rivista, perciò non conta.»

Sal era indignata. «Le mazze da golf, Ed. Dove sei stato esattamente tutti i fine settimana degli ultimi quattro mesi?»

Ed si sedette e prese le mani di Sal fra le sue.

«Cosa, Ed?» sussurrò Sal. «Cosa c'è?»

Ed deglutì a fatica e bevve un sorso di vino. Poi guardò Sal dritto negli occhi. «Sono sotto inchiesta. Da parte della *Financial Services Authority*.»

«Come? Cosa significa?»

Ed sospirò. «Negli ultimi cinque mesi, l'FSA ha ascoltato ogni singola telefonata che ho fatto, ha analizzato tutte le e-mail che ho spedito e ha parlato con tutti i miei clienti investitori. Credono che sia coinvolto in un'operazione di insider trading.»

«Ed è vero?» chiese Sal scioccata.

«No, ovviamente» rispose Ed esausto. «Ma se loro sono convinti di sì, io perdo la licenza. Non lavorerò più nella City. Perderemo la casa. Perderemo tutto.»

«E perché sospettano di te?»

Ed scosse la testa. «Non importa.»

«Invece sì. Dimmelo.»

Ed sbatté le palpebre. «Diversi miei clienti hanno comprato azioni della tua compagnia, un giorno prima che annunciassero che la sperimentazione sui nuovi cerotti di nicotina era andata bene. Hanno fatto due più due e...»

«Pensano che io ti abbia passato informazioni riservate?» domandò Sal incredula.

«Pensano che tu possa avermele fornite involontariamente. Ma non è questo il reato. Il reato è agire in base alle informazioni.»

«Ma io non l'ho neanche seguita, quella sperimentazione. Non avevo idea...»

«Loro non lo sanno.»

«Allora glielo dirò io. Ed, non mi passano i dati finché non sviluppano il packaging del prodotto. Non avrei potuto ottenere alcuna informazione prima. Perché non li hai fatti parlare con me?»

Ed non riusciva a guardarla negli occhi. «Non volevo che tu venissi coinvolta. Volevo proteggerti. È per questo che stanno passando al setaccio la mia corrispondenza.»

«Perché non me lo hai detto?» mormorò. «Perché non me lo hai detto subito?»

Ed si morse le labbra. «Avevo paura che anche tu potessi perdere il lavoro, che ti arrabbiassi. E poi, quando non mi hanno prosciolto, era troppo tardi. Avevo... avevo paura di perderti, Sal, e ho pensato che se riuscivo ad affrontare la cosa da solo, sarebbe sparita nel nulla.»

«Paura di perdermi? Ma io ti amo.»

«Mi ami per quello che sono, Sal» rispose Ed sospirando. «Sono un uomo di successo, ti ho permesso di avere la casa dei tuoi sogni, ti ho dato stabilità. Ho sempre voluto offrirti quello che desideravi. E ho creduto che se le cose andavano male, noi... tu...»

«Io ti avrei lasciato?» chiese Sal arrabbiata. «Perché hai perso il lavoro? Come osi, Ed! Come osi pensare una cosa simile di me!»

«Hai sempre detto che rientrava nella tua lista di cose da fare: sposare un uomo che lavorava nel mondo della finanza» farfugliò.

«Ho sposato l'uomo che amavo» ribatté Sal, buttando le braccia al collo di Ed e appoggiando la testa sulla sua spalla. «L'uomo che adoro. E l'uomo che continuerò ad amare qualunque cosa accada. Oddio, Ed, avresti dovuto parlarmene. Non hai idea di quello che ho passato. Credevo che ti fossi innamorato di un'altra. Credevo...»

«Mai e poi mai» disse Ed, stringendo Sal a sé. «Dio, Sal, sei sempre stata l'unica per me. Sei il mio mondo. Se non fosse per te, non so come avrei fatto a sopportare tutto.»

«Allora abbi fiducia in me. Siamo una squadra, tu e io. Saremo genitori, per l'amore del cielo. Devi coinvolgermi nelle tue cose. E voglio che tu metta gli investigatori in contatto con me. Dimostrerò che non ne sapevi niente. Te lo prometto.»

Ed annuì, poi si scostò un po' e le lanciò un'occhiata maliziosa.

«Okay. Se devo fidarmi di te, spiegami perché hai baciato questo tizio.»

Sal si morse le labbra. «È lui che ha baciato me» mormorò. «Per un attimo.»

«Gliela farò pagare» esclamò Ed. «Dimmi chi è, e lo prendo a cazzotti.»

Sal lo guardò preoccupata, ma Ed aveva gli occhi scintillanti. «No, Ed, è una cosa seria» disse arrabbiata. «Ho baciato un altro uomo ed è stato un errore. Un grosso errore.»

«Non importa» sussurrò Ed, accarezzandole i capelli.

«No? Ma… dovresti odiarmi.»

Ed sorrise. «Non potrei mai odiarti, Sal. Ti amo più della vita stessa.»

Sal abbracciò forte Ed e sprofondò la testa nell'incavo del collo di suo marito. «Ti amo tanto anch'io» mormorò appassionata. «E ho sentito la tua mancanza. La nostra mancanza… Ho cominciato a pensare che il nostro matrimonio fosse poco romantico, pragmatico, senza senso…»

«Allora il bacio è stato colpa mia» la interruppe Ed. «E mi dispiace. Ti porterò fuori a cena, e ti vizierò e ti ascolterò… farò tutto quello che vorrai. Cazzo Sal, spassiamocela, sarò padre.»

Sal inarcò un sopracciglio. «Non di fronte a Junior» commentò in tono severo, poi osservò Ed sorridendo. «A dire il vero, potremmo, se volessimo» continuò, gli occhi scintillanti.

«Potremmo cosa?» chiese Ed pensieroso. Lei gli lanciò un'occhiata sensuale, e piano piano lui intuì. «Dici sul serio? Possiamo davvero? Con… con Junior dentro di te?»

Sal annuì e gli strinse le gambe attorno. «Eccome! A quanto pare le donne incinte sono molto vogliose. Per cui devi tenerti in esercizio.»

«Hai già abbandonato l'idea di essere una madre single?» ironizzò Ed.

«Per il momento,» rispose Sal «ma non credere di poterti riposare sugli allori.»

«Neanche per sogno» disse Ed, sollevandola e portandola al piano di sopra.

Lucy era sulla soglia e guardava Tom imbarazzata.

«Cosa c'è?» le chiese sospirando. «Cos'è successo?»

Lucy entrò lentamente nella stanza.

«È... Be', la signora Sandler è appena mancata. Ho... ho pensato che tu volessi saperlo.»

Tom la guardò, cercando nei suoi occhi qualcosa che lei non poteva dargli, e annuì brusco.

«Grazie.»

«Tutto qua?» chiese l'infermiera.

«C'è dell'altro?»

Lucy scosse la testa e fece per andarsene. Poi tornò indietro e poggiò una mano sulla spalla di Tom. «Non c'è niente di male a essere turbati, sai. Nessuno penserà che vali di meno.»

Tom fissò la scrivania. «Sono un dottore. Se mi lasciassi turbare da ogni paziente che muore non potrei svolgere al meglio il mio lavoro.»

«Ma lei ti stava simpatica, no?»

«Era una mia paziente. E io l'ho delusa. Fine della storia.»

Lucy annuì. «Il fatto è, Tom, che le persone muoiono. È la norma. Lei è morta serenamente, con la famiglia accanto. E continuava a ripetere quanto tu fossi stato meraviglioso, come tu l'avessi fatta sentire una persona, non una paziente. Come tu le avessi infuso speranza. Per cui, vedi, non hai deluso nessuno.»

«Mi sono permesso di considerarla una persona» disse Tom. «Ho abbassato la guardia e ho dato più importanza a lei che al mio parere di medico...»

«È una persona. Era una persona, intendo.»

Tom guardò il soffitto e inspirò profondamente. «Non importa. Tutti se ne vanno, prima o poi.»

Lucy gli lanciò un'occhiata interrogativa. «Cioè?»

«Le persone creano legami fra di loro, e finiscono sempre per rimanere deluse quando gli altri se ne vanno, muoiono o si innamorano di uno che non sei tu. Ma è la vita, no?»

«Pensi che la vita sia fatta solo di delusioni? Be', ti sbagli.»

Tom scosse la testa. «Lucy, nelle ultime notti hai dormito a casa mia per cercare di fare ingelosire il tuo ragazzo e convincerlo finalmente a chiederti di sposarlo. Se non credi di esserti andata a cercare una delusione, allora sei più stupida di quello che sembri.»

«Oh, davvero?» esclamò lei risentita. «Bene, allora magari ti sorprenderà sapere che non ho più un ragazzo.»

Tom fece una smorfia. «Scusa. Non l'avevo capito. Ma hai visto? Ho ragione io.»

«Ho un fidanzato» continuò Lucy. «Che, casualmente, non sa che da te dormivo nella camera degli ospiti. Per cui non dirglielo. Insomma, se mai ti capiterà di incontrarlo.»

«È convinto che...»

«Che abbiamo fatto sesso? Sì, esatto. Gli ho detto che non valevi nulla» concluse Lucy in tono spiccio.

Tom la fissò sconcertato, poi sorrise. «Perfetto. Giudizio onesto, direi. Sai, anch'io ho pensato che potevamo averlo fatto. A un certo punto. Quando mi sono svegliato e ti ho trovato lì...»

«Nello stato in cui eri? Ma per favore. Infilarti a letto è stata l'unica cosa che potessi fare. Non ho osato lasciarti solo, casomai tu avessi smesso di respirare.»

Tom annuì. «Be', congratulazioni! E spero che ... che le cose funzionino tra voi.»

«Certo che funzioneranno. Connor doveva solo rendersi

conto di quanto stavamo bene insieme. Gli uomini di solito non comprendono il valore di una cosa finché non l'hanno persa» sentenziò Lucy. «È risaputo. Ora che mi ha riconquistata, non mi lascerà più. Sa cosa vuole, adesso.»

«Capisco» commentò Tom pensieroso. «E non sei preoccupata per quello che potrebbe succedere in futuro? Fra tanti anni?»

«Sì, sono molto preoccupata... Ma no, certo che no! Non puoi preoccuparti del futuro, altrimenti non vivi il presente, giusto? Te ne staresti seduto con le mani in mano senza avere voglia di uscire per paura di essere investito da una macchina. Adesso ci amiamo, e questo mi basta.»

«E se lui ti avesse tradito?» insisté Tom. «Tu cosa faresti?»

Lucy lo guardò incredula. «Lo riempirei di botte. Gli brucerei i vestiti, gli graffierei la macchina, insomma, mi vendicherei.»

Tom tamburellò con le dita sul tavolo. «Forse hai ragione tu.»

«Su me e Connor?» chiese Lucy. «Certo. Siamo fatti l'uno per l'altra, noi.»

«No» ribatté Tom. «Sul riempirlo di botte.» Si alzò e guardò l'orologio. «Senti,» disse con aria assente «può darsi che abbia bisogno di uscire. Puoi... informare tu i pazienti che sarò assente per un paio d'ore?»

Lucy scosse la testa perplessa. «Figurati. Se fossi in te, mi prenderei più tempo. Credo che tu abbia bisogno di una vacanza. Stai cadendo a pezzi.»

Tom sorrise. «Non sto cadendo a pezzi, Lucy. Per la prima volta da tantissimo tempo, al contrario, credo di stare per rimettermi in sesto.»

Prese il telefono e digitò un numero.

«Papà? Ho bisogno che tu mi dia un indirizzo.»

29

ATTACCO O FUGA

Arriva un momento, nella vita di quasi tutte le persone, in cui queste devono scegliere se fuggire o attaccare. Potrebbe essere un rivale in amore a minacciarle, la disapprovazione dei genitori nei confronti di un eventuale matrimonio o di altre importanti decisioni, o qualsiasi cosa esse desiderino ardentemente e stia loro sfuggendo di mano.

Un'inguaribile romantica, però, non ha a disposizione questa opzione. Perché, pur capendo le difficoltà e non essendo estranea a eventuali sconfitte, non si arrende. Un'inguaribile romantica sa che rinunciare a qualcosa in cui crede significa tradire una piccola parte della propria anima, mettere da parte i propri desideri la rende debole. Rinunciato una volta, è facilissimo lasciarsi andare, finché non ci resteranno che i ricordi dei nostri sogni e delle nostre aspirazioni, tutti irrealizzati.

Le suffragette erano inguaribili romantiche, e si incatenavano alle inferriate piuttosto che evitare di combattere. Tutte le grandi eroine sono state inguaribili romantiche – quando rifiutavano di arrendersi di fronte all'incapacità dei loro mariti di cambiare in meglio, o di cedere i loro uomini a una rivale, attaccando l'intrusa finché la battaglia non era vinta.

Qualunque sia la sfida che dovete affrontare, riflettete atten-

tamente sulla vostra strategia. Di solito è meglio lasciare i gesti grandiosi ai gentiluomini, che hanno l'energia per manifestazioni più fisiche. Ciò non significa tuttavia che una donna non possa rivelare i propri sentimenti. Una vittoria non si guadagna per forza sul campo, né con le pistole o le bombe. Ma anche a un cocktail party, con un commento ben calibrato o un battito di ciglia.

Se un'inguaribile romantica sospetta che un'altra donna abbia messo gli occhi sul suo corteggiatore, deve trovare un modo garbato per mettere la rivale in cattiva luce e farla apparire sciocca, senza permettere a nessuno di intuire che era questo il suo obiettivo (vedi sotto alcune dritte racimolate da altre inguaribili romantiche). Le donne come noi devono anche saper padroneggiare l'arte della persuasione e, nel caso il suo corteggiatore, i suoi genitori o altre persone influenti siano decisi a impedirle di perseguire un determinato sogno, deve rapidamente decidere come convincerli della bontà del proprio parere. Magari mostrando loro i vantaggi del proprio piano, o tratteggiando un quadro sobrio delle terribili conseguenze che si scateneranno in caso di risposta negativa. Qualunque sia la strategia adottata, lo scopo non deve essere solo quello di far cambiare idea alle parti avverse, ma anche di convincerle che il piano dell'inguaribile romantica fosse innanzitutto una loro idea.

Siate coraggiose, mie care compagne. Affrontate la paura e buttatevi nella mischia. Perché, se teniamo profondamente a qualcosa, non dobbiamo permettere che ci sfugga senza fare tutto quello che è in nostro potere per impedirlo.

Gabrielle Price aprì il portone di casa con l'aria imbronciata. «Sì? Posso esserle d'aiuto?»

Tom si infilò rapidamente il libro in tasca. Non sapeva perché se lo fosse portato dietro, a parte il fatto che gli ricordava il motivo per cui era lì. E in questo modo era meno probabile che tornasse sui propri passi. Anche se quel manuale era una stronzata pazzesca.

«Non lo so» rispose Tom. «Ma ho pensato che valesse la pena provare. Sono Tom, fra parentesi. Tuo figlio. Quello che hai abbandonato vent'anni fa. Come stai? Hai una bella cera...»

Gabrielle lo guardò esterrefatta. «Tom? Sei davvero tu?»

«No, sono un impostore» esclamò. «Certo che sono io.»

«Giusto» annuì Gabrielle agitata. «Be', sarà meglio che entri. Avresti potuto anche telefonare, prima. Arrivare così all'improvviso... be', è una bella sorpresa.»

«Come quanto te ne sei andata. Anche quella è stata una bella sorpresa.»

«Vado... vado a preparare del tè» mormorò Gabrielle. «Perché non ti accomodi in salotto?»

Tom entrò in una stanza grande e disordinata, piena di tracce di vita familiare: un grande televisore, soffici divani pieni di cuscini mal assortiti, dvd sparsi per terra. Si sentiva a disagio. Era il salotto di un'altra famiglia. Non aveva niente a che fare con lui.

Aveva sempre pensato che sua madre vivesse in una casa immacolata, dove non c'era mai niente fuori posto. Si era convinto che fosse uno dei motivi per cui era scappata: perché lui era troppo disordinato e lasciava sempre il piatto della cena in giro, invece di metterlo nel lavello, a prescindere da quanto lei gli urlasse dietro.

Ma non era per questo che se ne era andata. Altrimenti non avrebbe vissuto qui.

«Ecco» disse Gabrielle, rientrando in tutta fretta nel salotto e porgendo a Tom una tazza di tè. «Non... non sapevo se ci volevi zucchero o meno.»

«Nessun problema» rispose Tom, prendendole la tazza di mano – di porcellana fine, notò. «Non importa.» Bevve un sorso di tè. «Sei diversa» continuò. «Più bionda.»

Gabrielle scrollò le spalle. «Copro meglio i capelli grigi, così.»

Tom annuì. «Devo solo sapere perché...» disse costringendosi a guardarla. «Perché te ne sei andata. Perché non mi hai neanche detto addio. Perché non c'è stato nessun segnale, nessuna discussione, nulla...» Sospirò. «Sai, ho qualche problema personale adesso. Trovo difficile credere che se amo una donna, se ammetto anche solo a me stesso di amarla, lei non mi abbandonerà. Non ha senso, lo so, lo capisco. Ma anche che tu te ne andassi non aveva nessun senso, eppure te ne sei andata...»

Gabrielle annuì. Poi si alzò in piedi. «Ti dà noia se fumo?» chiese.

«In effetti, sì. Sai che ti fanno venire il cancro?»

Gabrielle inarcò un sopracciglio, ma si accese comunque una sigaretta. Dette una lunga boccata e poi lo fissò.

«Una mattina mi sono svegliata e ho pensato: questa non sono io. Cioè, tutta la mia vita: tuo padre, tu, la villetta a schiera. Pensavo che fosse diverso quando l'ho conosciuto. Era ricco, mi portava in ristoranti eleganti. Ma una volta sposati, l'unica cosa di cui voleva parlare erano le tasse scolastiche e i libretti di risparmio. Tu eri l'unica cosa che gli interessava, tu e "la famiglia": non gli interessavo io, né le vacanze, né... sai... Non ero io, Tom. Non ero pronta per una cosa simile. E volevo solo andarmene.»

«Volevi solo andartene?»

«Non eri tu il problema» lo rassicurò. «Non tu personalmente. Era tutto il pacchetto. Essere la signora Whitson. Mi sono resa conto che non era ciò che desideravo.»

«Tutto qui? Te ne sei andata perché non eravamo ciò che desideravi?»

Gabrielle corrugò la fronte. «Non è stato facile. Non avevo idea di cosa avrei fatto. Ma poi al lavoro ho incontrato Al, e all'improvviso ho capito che una via d'uscita esisteva.»

«Abbandonando tuo figlio e tuo marito?»

«Non è stato facile» ripeté Gabrielle. «Al era convinto che una rottura netta fosse la cosa migliore. E tu stavi meglio con tuo padre. Ne eravamo convinti entrambi.»

«Vivi con Al adesso? Insomma, questa casa, i figli... sono suoi?»

«Sì, sono la signora Price. E mi piace molto... la famiglia e tutto il resto. Sono... be', sono più vecchia, no? Il maggiore fra poco compie diciotto anni. Strano come passa veloce il tempo.»

«Strano, sì» concordò Tom.

«Mi capisci, vero?» disse Gabrielle spegnendo la sigaretta. «Riesci a valutare la situazione dal mio punto di vista?»

Tom sorrise. «Sai, in effetti, sì» annuì alzandosi. «E ti ringrazio per essere stata tanto sincera. Adesso vado, se non ti dispiace.»

Gabrielle lo guardò preoccupata. «Di già?» chiese sospirando. «Forse è meglio, sì. Ma non c'è bisogno che tu mi ringrazi. Mi fa piacere vederti. Sei un bell'uomo. Tuo padre è stato bravo con te.»

«È stato bravo, sì» ripeté Tom avvicinandosi alla porta. Poi si fermò.

«Papà ha sempre detto che stavamo meglio senza di te,» proseguì «che tu eri troppo presa da te stessa. E io non gli ho mai creduto. Ero sicuro che te ne fossi andata per colpa mia, che ero stato io a rovinare il vostro matrimonio, la nostra famiglia. E mi sono assolutamente convinto che l'amore non esiste... o che se esiste, può sparire da un momento all'altro...»

Si bloccò e respirò profondamente.

«... adesso però... adesso so che papà aveva ragione. Sei stata egoista. Niente di più, niente di meno. Io non ti interesso neanche adesso. Non mi hai chiesto dove lavoro, se ho figli. Non ti importa, vero?»

Gabrielle trasalì, mentre Tom continuava a sorridere. «Non preoccuparti. Non ti rimprovero questo. Anzi, credo sia meraviglioso. Perché tu non hai mai amato papà, tu non hai mai amato me. Non ti ho mai perso in realtà, capisci? Perché non sei mai stata mia...»

Gabrielle lo guardò sconsolata, poi abbassò gli occhi. «Credevo di amarlo. All'inizio, intendo. Ma non lo amavo. E tu eri così simile a lui... Ti guardavo e vedevo un estraneo.»

Tom annuì. «Grazie, mamma. È la più bella notizia che abbia avuto in tutta la giornata.»

Uscì e si diresse verso la macchina.

Sal lesse e rilesse l'e-mail che aveva appena scritto.

> Ciao Jim,
> ti ringrazio per il messaggio. Direi di no, se non è un problema. Mi piacerebbe venire a bere qualcosa con te. Davvero. Ma adesso non è proprio un buon momento. Devo risolvere un po' di cose con Ed. Spero che tu capisca.
> Sal

Sospirando, cancellò «Devo risolvere un po' di cose con Ed», suonava banale e deprimente, sembrava una battuta da soap opera. Sal voleva scrivere: «Amo mio marito più di qualsiasi altra cosa al mondo, e non riesco a credere di averti baciato», ma non poteva ferirlo così. Jim era talmente preso, solo un paio di giorni prima le aveva spedito un'e-mail dicendole che non riusciva a smettere di pensare a lei, e Sal stava per spezzargli il cuore. Sal non era abituata a spezzare il cuore a un uomo, ma era piuttosto convinta che ci fosse un modo buono e uno cattivo per farlo.

No, se doveva respingere Jim, lo avrebbe fatto vis-à-vis. Non si sarebbe nascosta dietro luoghi comuni e messaggi impenetrabili. Non era una vigliacca. Dato che lei gli avrebbe dato una delusione, e lui si sarebbe sentito triste e abbandonato per colpa sua, il minimo che Sal potesse fare era dirglielo di persona.

Si alzò e si avviò verso la scrivania di Jim. Era l'unico rimasto in una fila di quattro scrivanie: i suoi colleghi erano in riunione o a bere un caffè.

«Ciao» esordì Sal imbarazzata.

Jim sorrise. «Ciao!»

«Si tratta dell'aperitivo. Non credo di farcela.»

«Okay, non preoccuparti.»

Sal corrugò la fronte. Si aspettava qualcosina in più. «È per Ed» continuò. «Per il nostro matrimonio. Amo mio marito e...»

«Sì, sì, ho capito. Marito. Ci stai lavorando sopra. Va bene.»

Sal lo fissò. «A dire il vero non va bene per niente» proseguì con veemenza. «Tu mi hai baciato. Mi hai trasformato in una moglie infedele. E io volevo dirti, in modo categorico, che non sono quel tipo di donna.»

«D'accordo. Ascolta, a essere sincero, l'avevo immaginato. E ho cominciato a frequentare Stacey del settore finanziario.»

Sal era allibita. «Ma siamo usciti insieme solo poche settimane fa! Credevo che tu non riuscissi a smettere di pensare a me!»

«Esatto. Ma poi ho conosciuto un po' meglio Stacey e...»

Sal scosse la testa incredula e tornò alla sua scrivania. Non sapeva se sentirsi offesa o sollevata. Forse tutt'e due.

Ma soprattutto sollevata. Perché lei era convinta in modo categorico che nessuno avrebbe potuto amarla come Ed. Nessuno la faceva sorridere e soffrire come lui, perché nessuno la conosceva come lui. E se Jim l'aveva aiutata a ricordarselo, allora Sal augurava ogni bene a lui e Stacey.

Anche se forse era meglio non raccontarlo a Ed. Lui adesso si era fatto l'idea che Sal fosse una femme fatale, e lei non credeva fosse compito suo distruggere quella particolare fantasia.

«L'hai visto? Ma cosa dico? Certo che l'hai visto. Lo hai letto? Ci hanno fatto una bella promozione!»

Magda, che non lasciava mai trapelare un pizzico di entusiasmo nel suo tono di voce – a meno che non fosse assolutamente necessario –, entrò di corsa nella casa di cura, sorridendo a trentadue denti e tenendo stretto in mano l'ultimo numero di *Hot Gossip*.

«Kate Hetherington, star televisiva sedotta e abbandonata, salva una casa di cura dalla distruzione e racconta: «Mi sento più forte adesso, e auguro il meglio a Penny e Joe!» lesse ad alta voce Magda. «Hanno parlato della casa di cura in copertina. E c'è pure una foto!»

Kate rimase disorientata. Non riusciva assolutamente a credere che la sua minuscola intervista fosse stata sbattuta nelle prime pagine della rivista in quel modo, ma anche lei dovette ammettere che lo scatto scelto fosse piuttosto bello. E, invece della stroncatura che si era aspettata di ricevere da parte di Heather, ne era uscita strepitosamente bene. Forse un tantino troppo dilaniata dalla tresca fra Joe e Penny, ma ci poteva stare. Per tutto il giorno la gente per strada le aveva mostrato il pollice alzato in segno di approvazione. Un conducente di autobus le aveva sorriso e suggerito di trovare un bravo ragazzo inglese come suo figlio.

Kate era felice. Era davvero felice: ce l'aveva fatta senza l'aiuto di nessuno. Nessun principe l'aveva baciata, nessun cavallo bianco era venuto a portarla via. La cosa più strana era, però, che adesso non li cercava più, non ne sentiva più il bisogno.

«Ho appena chiamato il direttore di Channel 3» continuò Magda. «Indovina un po'?»

Kate inarcò un sopracciglio.

«Vogliono che sia tu a condurre il programma!»

Kate scosse la testa. «Neanche per sogno.»

«E invece devi! Sei tu il volto del programma!»

Carole, che aveva seguito la conversazione, annuì contenta. «Oh, saresti strepitosa. Che idea geniale!»

«Io non sono una conduttrice» rispose Kate. «E poi ho troppe cose da preparare: planimetrie e combinazioni di colori, tessuti e materiali da scegliere e abbinare.»

«È proprio questo il punto» ribatté Magda. «Sei una nuova specie di conduttrice. Una conduttrice che sa di cosa parla, che sa fare oltre che intrattenere.»

Kate sospirò. «Non se ne parla. Non mi piace neanche apparire in tv.»

«È un peccato, perché Channel 3 dice che in caso contrario potrebbero sussistere gli estremi per la rescissione del contratto. Mi dispiacerebbe tantissimo dover cancellare tutto adesso. Soprattutto ora che Furniture City ha detto che ci regalerà nuovi letti e divani per ogni stanza.»

«Rescissione del contratto? Sul serio?»

«E Carpet 'R Us ci dà la moquette e il laminato per i bagni.»

«Ci dev'essere qualcun altro disposto a condurlo» la implorò Kate.

«Mobili nuovi di zecca di Bathroom your way...»

Kate sospirò sconfitta. «Accetto. Ma quando riceverai le lettere di reclamo, dovrai prendertela solo con te stessa.»

«Vado a dargli la buona notizia» esclamò Magda soddisfatta. «Vogliono che tu ne parli anche al talk-show della mattina. Ho detto che non c'erano problemi, okay?»

«Al talk-show della mattina?»

«Sarai fantastica! Allora, qui procede tutto bene?» continuò Magda uscendo dalla stanza. «Siamo pronti per cominciare le riprese giovedì?»

Kate annuì. Giovedì avrebbero filmato la casa di cura così com'era, avrebbero intervistato alcuni dei residenti e poi avrebbero ripreso Betty in ospedale, un attimo prima che andasse sotto il bisturi per togliersi un nodulo al seno. Sarebbe stata una giornata lunga, ma Kate era fiduciosa. All'inizio aveva avuto dei dubbi al riguardo, ma Betty stessa era convinta che fosse un'idea meravigliosa, e si era categoricamente rifiutata di prendere in considerazione l'ipotesi di un no.

Anche gli altri ospiti della struttura erano molto entusiasti. Gareth stava facendo esperimenti con parrucchini, foulard e cappelli, mentre Lysander ricercava tessuti che fossero morbidi sulla pelle, facili da lavare e adattabili alle variazioni di peso. Phil aveva una squadra di muratori che lavoravano per lui, e l'intero progetto sarebbe stato ultimato in dieci settimane. Kate aveva addirittura garantito che – durante i lavori di ristrutturazione più grossi – i residenti sarebbero stati sistemati gratuitamente in un albergo della zona, dove le donne si sarebbero fatte coccolare da trattamenti di bellezza e gli uomini da trattamenti benessere – che sono in pratica la stessa cosa, se si esclude la sfumatura più virile di questi ultimi.

«Dovresti essere orgogliosa di te» disse Carole sorridendo, mentre ricontrollava i piani un'ultima volta. «Hai fatto tutto da sola.»

«Non credo proprio» rispose Kate. «Io non ho fatto quasi nulla.»

«No, non è vero.» Carole storse la bocca. «Questo è opera tua. E hai anche dato speranza ai residenti, entusiasmo. È un bel risultato.»

Kate arrossì. «È carino da parte tua dirlo. In realtà, credo di essere io la persona a cui tutto questo ha dato speranza. Ho sempre pensato di dover aspettare qualcuno che mi salvasse, che sistemasse ogni cosa. Nelle ultime due settimane, invece, ho capito che potevo agire da sola, che potevo essere io il mio eroe, anzi la mia eroina.»

«Ma certo! E per di più adesso diventerai una star della televisione. Non c'è miglior vendetta del successo, ti pare, cara?»

Kate la guardò con stupore. «Qui la vendetta non c'entra!» esclamò, ma poi rise con aria complice. «Hai ragione, però. Penny non sarà felice. Non sarà per niente felice.»

Magda vide Penny prima che Penny vedesse lei. Aveva un sesto senso per questo tipo di cose: capiva sempre quando c'erano guai in vista. Intuiva quando un programma stava per chiudere i battenti, quando l'amministratore delegato l'avrebbe chiamata e anche quando un assegno sarebbe stato scoperto. La gente sosteneva che era diffidente, ma Magda era convinta che il suo sesto senso fosse un meccanismo di sopravvivenza. E in casi come questo era molto comodo.

Attraversando velocemente l'atrio per raggiungere l'ingresso della casa di cura, Magda bloccò Penny prima che riuscisse a entrare e creasse casini.

«Penny» disse con il tiepido entusiasmo che riservava a incontri come questo. Come quando alle feste rivedeva qualcuno che l'aveva fregata, o che lei aveva fregato. Avrebbero tutti e due sorriso, si sarebbero scambiati un paio di insulsi commenti sul vino o sui padroni di casa, e poi avrebbero proseguito la serata sparlando l'uno dell'altra. «Che piacere vederti! Cosa hai fatto di bello in questa settimana?»

Penny la fissò. «Cosa ho fatto di bello un cazzo. Che diavolo succede? Non c'è nessuno in ufficio, e sulla mia scrivania ho trovato questo.»

Brandiva la lettera con cui Magda la informava che l'attuale stagione di *Future: Perfect* era stata interrotta in anticipo a causa di problemi della produzione, e che per il momento non erano state prese ulteriori decisioni in merito. Nel frattempo, Magda e i dirigenti della Footprint Production la ringraziavano per il suo contributo e le auguravano ogni bene per il futuro.

«Ho impiegato un mucchio di tempo per scoprire dove eravate finiti tutti quanti» continuò gelida Penny. «Se non fosse stato per il mio autista, e per la vomitevole intervista di Kate su *Hot Gossip*, probabilmente non vi avrei mai trovato.»

«Ah, sì. Il fatto è che, visto che sei sparita per così tanto tempo, il programma era diventato ingestibile, per cui lo abbiamo cancellato.»

«Così, su due piedi? Non essere ridicola. A ogni modo, hai detto che Channel 3 era interessato al format. Era interessato a me. Sono io lo show, Magda, e tu lo sai.»

«In realtà, hanno detto che *Future: Perfect* non faceva per loro, che tu non eri adatta ai valori familiari del loro canale.

Ma hanno apprezzato tantissimo l'idea di Kate sulla casa di cura. E hanno commissionato una serie di puntate per il sabato sera.»

Magda osservò con una certa soddisfazione il viso di Penny sbiancare, e le sorrise rassicurante. «Ora, il mio direttore è rimasto piuttosto sconcertato dalla tua assenza e ha cominciato a parlare di avvocati eccetera, ma io gli ho spiegato che hai avuto problemi personali e per questo ti saresti assentata dal lavoro per un po'» proseguì Magda. «Da questo punto di vista non preoccuparti, sei a posto. *Future: Perfect* è stato cancellato, anche perché i dati di ascolto erano già bassi, trasmetteremo repliche per il resto della stagione. Se la stanno cavando sorprendentemente bene. Un po' come Mozart, no? Non è diventato famoso finché non è morto.»

Penny la fissò. «Mozart era famosissimo.»

«Avrei dovuto pensare a Van Gogh, allora.»

«È qui che si gira l'insulso programma di Kate sulla casa di cura?» chiese Penny amareggiata, ma senza acredine nella voce.

«Esatto» rispose Magda allegra.

«Su Channel 3?»

«È splendido, non trovi?»

«Vi serve una conduttrice? Una persona famosa che abbia una grossa risonanza fra i telespettatori?»

Magda sorrise. «Sì, ci serve, in realtà» rispose spietata, osservando la faccia di Penny che si illuminava. «E per fortuna ce l'abbiamo. Kate sembra nata apposta, sai. Lo pensano tutti. E la cosa fantastica è che, fra l'altro, lei sa esattamente di cosa parla. In ogni caso, Penny, mi ha fatto molto piacere vederti, ma adesso devo rientrare. Ci vediamo in giro, eh?» Rimase immobile a guardarla, chiarendo perfettamente che l'unica cosa che Penny poteva fare era tornare da dove era venuta.

«Staremo a vedere» esclamò Penny, gli occhi folgoranti. «Sì, staremo proprio a vedere come finirà.»

Non appena Penny se ne fu andata, Magda chiamò l'ufficio. «Louis, disdici l'autista di Penny, okay? No, subito. Grazie!»

30

Quando Penny tornò a casa, Joe stava guardando la tv. Proprio davanti a lui, in un talk show che andava in onda all'ora di pranzo, c'era Kate che presentava il suo nuovo programma, come se non avesse fatto altro in vita sua. La minuscola Kate era ospite di un talk show – un talk show che guarda caso si era dimenticato di invitare lui e Penny, anche se l'addetto stampa di Penny li aveva chiamati un milione di volte. E lui era seduto sul divano di Penny a guardare Kate. Il mondo andava all'incontrario.

Joe l'aveva vista sulla copertina di una rivista, e aveva pensato che si trattasse di un'eccezione. Immaginò che Kate avesse deciso di prendersi i suoi cinque minuti di gloria, e si era sentito sollevato dal fatto che non avesse inventato storie tremende su di lui, né avesse dichiarato che aveva qualche problemino in camera da letto. Era questo che di solito facevano le donne quando spiattellavano la propria vita amorosa sui giornali.

Penny aveva avuto una crisi isterica e aveva telefonato alla rivista pretendendo di sapere perché Kate era in copertina, mentre loro due erano stati relegati a pagina quarantacinque.

La cosa mortificante era che lui e Penny, nell'ultima settimana, avevano avuto sempre meno pubblicità, mentre Kate spopolava. E lei non doveva neanche fingere di fare coppia con una strega dai capelli di paglia per attirare l'attenzione; doveva semplicemente parlare di una casa di cura e di malati di cancro. Accidenti, perché non ci aveva pensato lui?

E poi, perché diavolo era scappato con Penny quando Kate, che in fin dei conti gli piaceva davvero, li stava lentamente ma inesorabilmente eclissando entrambi?

«Quei bastardi hanno rescisso il mio contratto» eclamò stizzita Penny, ancora prima di aver varcato la soglia di casa. «Mi hanno tolto anche l'autista. Ho dovuto prendere la metropolitana, che cazzo! Quell'antipatica di Kate mi ha rubato il contratto con Channel 3. Mi ha fregato.»

Joe la ignorò. Era diventata la sua reazione abituale agli scoppi di ira di Penny. Se la ignorava abbastanza a lungo, in un certo senso riusciva a smettere di credere che lei esistesse.

Eppure, adesso Kate aveva un contratto con Channel 3. Interessante.

Penny ticchettò sul parquet in direzione della cucina e Joe la sentì alzare la cornetta. «Sono io. *Future: Perfect* è stato cancellato... Lo so... No, non posso querelarli, sono loro che minacciano di querelare me... Lo so, lo so... Senti, puoi farmi andare su *Hot Gossip*? Racconterò a cuore aperto cosa significa essere cacciata da un programma televisivo che ha dato tanta speranza a moltissima gente... Sì. Richiamami.»

Joe sentì di nuovo i tacchi lungo un percorso che conosceva alla perfezione. Clic clac, armadietto dei liquori. Clic clac, vetrina dei bicchieri. Drink scolato. Clic clac, bancone della cucina. Fra un attimo Penny si sarebbe accesa una sigaretta, la cui cenere non sarebbe stata confinata all'apposito contenitore ma sarebbe caduta sul bancone e sul pavimento, che poi la colf avrebbe pulito la mattina seguente. Penny è una cialtrona, pensò Joe disgustato. Penny era un incubo.

Qualche minuto dopo, il telefono squillò. Rispose lei. «Sì, sono io. Allora? Stai scherzando... Ti hanno detto così?... Provare con un'altra testata?... Dio mio, Michael, che razza di agente sei! Ascoltami. Voglio finire sulla copertina di *Hot Gossip*, voglio distruggere Kate e il suo insulso programmino, e voglio che te ne occupi tu per me. Chiaro?»

Ci fu un attimo di silenzio, e Joe immaginò che la telefonata fosse conclusa, ma evidentemente si sbagliava.

«Sul serio?» sentì dire da Penny. «Se così finisco in copertina, lo faccio. Ma lo voglio scritto nero su bianco.»

Ci fu un'altra pausa, e poi il clic clac ricominciò, stavolta in direzione di Joe.

«Dobbiamo fidanzarci ufficialmente» disse Penny con aria decisa, aspirando la sigaretta. «È l'unico modo che abbiamo per togliere quell'antipatica di Kate Hetherington da sotto i riflettori, e avere una foto in copertina. Il mio agente prenderà in prestito un anello da Tiffany, uno grosso abbastanza da non farti passare per spilorcio.»

Joe la fissò. «Stai scherzando?»

«Mi sa di no, bellezza. La guerra è guerra, e noi dobbiamo giocare sporco.»

Joe osservò con attenzione la bocca contratta di Penny, le rughe scavate a furia di fumare una sigaretta dietro l'altra, i capelli biondi secchi, i tratti spigolosi, e scrollò le spalle.

«Non possiamo pensare a qualcos'altro?»

«Amori che rinascono, matrimoni, nascite e rotture sono le uniche cose che portano l'attenzione su di te in questo mondo. Per cui, no, non possiamo pensare a nient'altro.»

Ticchettando, Penny tornò in cucina. Rotture. Amori che rinascono. A Joe era già venuto in mente qualcos'altro.

«Ecco, le cicatrici si stanno rimarginando in fretta, e anche i capelli cominciano a ricrescere. Come si sente?»

Tom sorrise incoraggiante alla ragazza che aveva davanti. Era troppo giovane per avere il cancro, pensò amareggiato. Poi si dette una scossa. Niente più amarezza, si promise. Era una donna fortunata. Avevano preso il tumore in tempo, e sembrava che stesse guarendo completamente. Cosa diceva quel libro ridicolo? Cercate la bellezza in ogni cosa e mostratela agli altri. Ricordate a voi stesse quanto sono meravigliose la natura e la vita, per assicurarvi di non cadere sotto l'influsso dei cinici.

«Bene. Insomma, viste le circostanze.»

«I risultati sono buoni per ora, quindi può essere dimessa. Ma vorrei vederla di nuovo fra un paio di settimane. D'accordo?»

La donna annuì.

«E a che punto è la sua tesi?»

La donna sorrise. «Mi sono rimessa in pari con tutto il lavoro arretrato, per cui sembra che alla fine riuscirò a laurearmi l'anno prossimo.»

«Fantastico» esclamò Tom. «Buon per lei.»

«Grazie» disse la paziente mentre si alzava per andarsene. «Be', per davvero. Grazie.»

«Mi ringrazi stando bene» la salutò Tom.

Mentre la donna usciva, Tom rimase a fissarla. Non ci aveva mai fatto caso, ma era circondato da alcune delle persone più straordinarie al mondo. Infermieri e dottori che lavoravano instancabilmente per curare le persone, per aiutarle a stare meglio; pazienti che combattevano con coraggio anche quando si trovavano davanti ardue battaglie; famiglie che li sostenevano, in silenzio, con impegno, senza mai rivelare le proprie paure o sofferenze. Il mondo era un luogo straordinario. Non era grigio e cupo, era in technicolor. E fino a oggi lui non se ne era accorto.

Scosse la testa meravigliato e guardò il calendario. Aveva un'operazione fissata la mattina dopo, Betty Conway, una mastectomia. Fino ad allora, niente.

Sarebbe andato a trovarla, decise. Per controllare che fosse tutto a posto. E poi sarebbe uscito per una passeggiata. O per noleggiare un film, fare shopping, godersi il sole primaverile che gli scaldava il viso, e sentirsi grato di essere vivo. Di avere una seconda opportunità.

Tom si incamminò lungo il corridoio, entrò in ascensore, arrivò al terzo piano e si diresse verso la camera di Betty, dove trovò Lucy che le misurava la pressione e sfoggiava il suo anello.

«Ah, Betty» disse Tom gioviale, tirando indietro le tende che circondavano il letto. «Splendida come al solito.»

Lucy inarcò un sopracciglio e lo guardò.

«Salve, dottore. Ho appena avuto notizie strepitose su Lucy!» rispose Betty, gli occhi scintillanti. «E lei quando si trova una moglie? Un bel dottore come lei, avrà l'imbarazzo della scelta.»

Tom sorrise e prese le sue cartelle. «Dunque, volevo solo controllare un paio di cose prima dell'operazione di domani. Starà sotto i ferri al massimo un'ora, ma probabilmente dormirà molto di più. Stasera gli infermieri non le daranno la cena, ma potrà sorseggiare un po' d'acqua se ne avrà bisogno. Domani niente però, neanche da bere. Ha qualche domanda?»

Betty sorrise. «Sarò in tv» esclamò contenta. «Oggi pomeriggio. Mi filmeranno proprio qui.»

Tom le lanciò un'occhiata interrogativa.

«Il programma della casa di cura» spiegò Lucy. «Quello della sua amica. Credevo che lo sapesse. A quanto pare l'ha organizzato l'ufficio stampa...»

«E saranno qui nel pomeriggio?» chiese Tom.

«Esatto!» rispose Lucy.

«Stamattina sono alla casa di cura» raccontò Betty. «Poi vengono qui alle quattro e mezzo, anche se Kate ha detto che per le riprese ci vuole sempre più di quanto si pensi, per cui non mi devo preoccupare se non arrivano prima delle cinque. E mi domanderanno della casa di cura. Sono una delle protagoniste del programma, sa. Una delle "storie di vita".»

«L'ha chiamata così Kate, vero?»

Betty annuì. «E Gareth sostiene che ho una faccia perfetta per la tv. Guarda un po', alla mia età. Dice che potrebbe essere la mia nuova carriera.»

«Bene, vedo che ha già programmato tutto.»

«Si devono avere dei progetti, no, dottore?» esclamò Betty. «Qualcosa da sognare, qualcosa a cui tendere. Altrimenti che senso ha?»

Tom era pensieroso. «E lei non si preoccupa mai? Non ha mai paura di fallire?»

Betty sbuffò sprezzante. «Paura? Giovanotto, l'unica cosa di cui avere paura in questo mondo è la paura stessa. È paralizzante. Ti rende debole, patetico. No, dottore, non ho mai paura. E nel caso in cui succede, mi dico di smettere di essere così sciocca. Non è vero, Lucy?»

Lucy sorrise. «Se avessi avuto paura di fallire non sarei qui. Ho dovuto ripetere gli esami tre volte.»

«Ecco, vede!» commentò Betty con aria trionfante. «E ora mi dica, dottore, quando ha detto che devo smettere di mangiare?»

Corrugò la fronte. «Dottore?»

Ma Tom non la stava ascoltando più. Sorrideva alle due donne con aria vaga.

«Alle cinque, dice» borbottò fra sé mentre Lucy e Betty si

scambiavano strane occhiate. «Okay. Be', quindi non c'è molto tempo, giusto?»

Tom si girò e uscì dalla camera, lasciando infermiera e paziente a fissarlo incuriosite.

«I dottori dovrebbero essere persone quadrate, ma a volte si comportano in modo proprio anomalo» sentenziò Lucy.

Joe sollevò gli occhi dal divano e vide Penny in controluce sulla soglia. «Okay» disse brusca. «*Hot Gossip* non ha abboccato, ma quelli di *Tittle Tattle* verranno qui alle cinque per parlare dei nostri progetti matrimoniali.» Parlando, dalla bocca le uscivano spirali di fumo, mentre il suo caschetto spigoloso era immobile come al solito. «E portano un fotografo, per cui magari vorrai cambiarti.»

«Ne abbiamo appena parlato, e tu hai già chiamato i paparazzi?»

Penny sospirò. «Non fare scenate, Joe. Vuoi ottenere visibilità, no? Vuoi diventare qualcuno?»

Joe si morse le labbra. Non sopportava l'idea di passare un altro minuto con quella donna, anche se significava fama e gloria. A volte il prezzo da pagare era troppo alto e non ne valeva la pena.

«Esco» le comunicò Joe alzandosi.

«Dove vai? La giornalista sarà qui fra un'ora.»

Joe scrollò le spalle. «Fuori» disse passandole davanti.

Appena si ritrovò in strada, Joe si incamminò verso Kings Road e chiamò Bob, il suo agente.

«Ehi, sono io. Ascolta, ti ricordi che mi hai detto che accalappiare una top model o un'attrice famosa sarebbe stata la spintarella che mi serviva? Che potevo mollare Penny e tutta questa folle farsa?»

«Sì…» rispose con cautela Bob.

«Che ne diresti se tornassi di nuovo con Kate? Se mi rendessi conto degli errori commessi e finalmente mi liberassi dalle grinfie di Penny Pennington, che mi ha sedotto e ha mentito sulla sua età? Potrebbe funzionare?»

«Pensi che Kate tornerebbe con te?»

«Ehi, se voglio conquistare qualcuno, so come fare.»

«Be', se il colpo ti riesce, Joe, sarai il personaggio più richiesto di tutta Londra.»

«Era proprio quello che speravo di sentirmi dire. Grazie, Bob.»

31

DIECI MODI PER SCOPRIRE SE SEI UN'INGUARIBILE ROMANTICA

Credi nel lieto fine e non ti lasci scoraggiare dal cinismo o dagli atteggiamenti duri degli altri.

Ridi e piangi con facilità, tanto sei empatica con il prossimo.

Quando il cielo è grigio e carico di pioggia, cogli il lato romantico di uno scroscio d'acqua che ti sorprende; quando il cielo è azzurro e il sole splende, ti entusiasma l'idea di trascorrere una giornata a passeggiare nel parco. Tutto si trasforma in un'opportunità per te; tutto ti regala speranza e aspettative.

Non ti impressionano i gesti grandiosi né i regali costosi utilizzati come sostituti della premura. Un solo fiore donato con sincerità e amore vale più di mille bouquet di rose dal profumo dolcissimo, se ti vengono offerte da un ammiratore incostante.

Quando una cosa per te è molto importante, non ti arrendi. Mai. Persegui il tuo sogno, ti rifiuti (in modo educato, ovviamente) di accettare un no come risposta, e fai tutto quello che è in tuo potere per realizzarlo...

Tom mise giù il libro e guardò Sal con aria inerme. «Devi aiutarmi» la supplicò. «Mi serve un gesto grandioso. Qualcosa di sensazionale.»

«Kate ha davvero comprato questo libro?» chiese Sal sfogliando *Il manuale per inguaribili romantiche.* «In ogni caso, qua dice che i gesti grandiosi e i bouquet sono un sostituto della premura.»

Tom parve preoccupato. «Davvero, Dio mio, perché è così complicato?»

«Non credo che un bouquet di rose sia negativo di per sé. Ho ricevuto un meraviglioso mazzo di fiori da Ed ieri ed ero contenta da morire. Guarda...»

Sal indicò un vaso sul bancone, e Tom sorrise.

«Meravigliosi! Adesso, per cortesia, possiamo concentrarci sulla missione? Kate sarà in ospedale fra un'ora, e devo farle una sorpresa.»

«Tu e Kate» mormorò Sal, scuotendo la testa. «Dio, che bello. Pensarvi tutti e due...» Si asciugò una lacrima. «Scusa, non farci caso. Non riesco a smettere di piangere in questo periodo. Sai, potresti sempre arrivare da lei su un cavallo bianco. Sarebbe un gesto grandioso e premuroso insieme. Insomma, non dice di continuo che desidera essere salvata da un cavaliere senza macchia e senza paura?»

Tom inarcò un sopracciglio. Non voleva ammetterlo, ma anche a lui era venuta la bizzarra idea di presentarsi da Kate a cavallo, come Brad Pitt nel *Gladiatore*. O forse era *Troy*? In entrambi i casi, non era semplicissimo scovare un cavallo nel centro di Londra. E poi, lui non sapeva cavalcare. Quanto a sembrare Brad Pitt...

Tom sospirò. No, i fiori erano una scelta migliore. «Credo che faccia un po' troppo caldo per indossare l'armatura. E non ho proprio il tempo di prendere lezioni di equitazione.»

«Giusta osservazione. E comunque mi ha detto che adesso non è più romantica. A quanto pare è pragmatica e grintosa. Mentre Ed, be', lui è diventato l'esatto contrario. Ti ho detto che l'altro giorno è spuntato in ufficio e mi ha portato a pranzo fuori? Così, all'improvviso. L'indagine della FSA l'ha scagionato e la prima cosa che voleva fare era festeggiare insieme a me. Non è romantico?»

Sal guardava al di là di Tom, con occhi sognanti, e lui si schiarì la gola. «Sì. Grazie, Sal. Davvero molto utile.»

«Lascia stare i fiori. Dille semplicemente che sei pazzo di lei, e ti garantisco che sviene. Sempre che tu le piaccia.»

«E se invece non le piaccio?»

«Almeno non dovrai andartene portandoti dietro un enorme mazzo di fiori, come un idiota. Vieni via e basta, immagino. E passi da qui per un po' di cioccolato e comprensione.»

«Giusto» annuì Tom. «Fantastico. Grazie, Sal.»

«Figurati!» rispose lei raggiante. «Sta uscendo il sole? Mi andrebbe proprio una passeggiata nel parco...»

Kate sorrise gentile non appena Betty aprì gli occhi e si guardò attorno.

«Mi sono addormentata?» chiese sbattendo le palpebre. «Non mi sono persa le riprese, vero?»

«Come se potessimo filmare senza di te» la rimproverò allegra. «Le telecamere saranno qui a momenti. Volevo solo assicurarmi che stessi bene e te la sentissi di farlo. Possiamo sempre rimandare...»

Betty scosse bruscamente la testa e si sollevò per mettersi a sedere. «Non se ne parla nemmeno! Io sono la star, e lo spettacolo deve continuare, giusto?»

Kate rise.

«E come è adesso la casa di cura?» chiese Betty. «È già pronta la mia camera con bagno?»

«In questo preciso istante, credo che stiano togliendo la carta da parati e fissando le prese elettriche, oltre a testare un nuovo impianto di riscaldamento centralizzato. Ma avrai la tua camera con bagno nell'albergo dove starai durante i lavori. Oltre al minibar.»

«Meraviglioso. Adesso avrei proprio bisogno di un goccetto. Ti va di unirti a me?»

Kate la guardò con aria severa. «Non credo che bere alcolici sia consigliato prima di un'operazione, per cui io passo, grazie. Ho alcune faccende in sospeso da sbrigare, per cui se per te non è un problema ti lascio dormire un'altra mezz'oretta prima che arrivi la troupe. Okay?»

Betty scrollò le spalle e chiuse di nuovo gli occhi, mentre Kate uscì dalla camera e controllò l'orologio. I cameraman sarebbero arrivati da un momento all'altro, ma li avrebbe fatti aspettare un po', decise. Betty magari era convinta di stare bene, ma Kate non voleva la luce accecante dei fari su di lei finché non si fosse svegliata del tutto.

Era strano essere all'ospedale, non sapere dove fosse Tom e neppure se ci fosse, pensò Kate. Non si parlavano da… be', da parecchio tempo. Si domandò come stava, se pensava mai a lei.

Probabilmente no, decise fra sé. Doveva superare questa ferita, andare avanti con la sua vita. Come Sal, che adesso era completamente assorbita dalla nascita del bambino perfetto nell'ambiente perfetto. Tutte le volte che Kate le parlava, Sal stava comprando dischi di Mozart per sviluppare il cervello del feto, oppure mangiava spirulina per fornirgli i giusti nutrienti; neanche pagata avrebbe messo piede in un buco fumoso come il Bush, e – nel caso – avresti dovuto prima staccarla da Ed. All'improvviso erano diventati inseparabili e passavano i fine settimana a scegliere carrozzine e biberon, e le serate a mangiare cibo biologico e a leggere libri sui neonati.

Kate non l'aveva mai vista così felice.

Lentamente Kate arrivò all'ingresso dell'ospedale per aspettare la troupe. Non appena giunse fuori, vide un uomo che le correva incontro, la faccia parzialmente coperta da un grosso mazzo di fiori.

Si fermò davanti a Kate e si inginocchiò, sollevando il bouquet verso di lei, un'espressione contrita sul viso.

Kate sgranò gli occhi.

«Tu?» chiese incredula. «Cosa ci fai qui?»

32

Joe alzò gli occhi verso Kate, lo sguardo pieno di vergogna.

«Volevo parlarti, ma Penny non me lo permetteva. Non...» Si morse le labbra. «Kate, ho commesso un errore tremendo. Non so a cosa stessi pensando. Mi sentivo tristissimo e ho capito che... sono innamorato di te, Kate. Non mi aspetto che tu torni con me, ma dovevo dirtelo... dovevo supplicarti di ascoltare quello che ho da dirti. Magari a cena?»

«Vuoi che venga a cena con te? Sei pazzo?»

Joe sospirò. «Lo so. Sono stato un idiota. Ma sono stato costretto a comportarmi così. Penny mi ha detto che era l'unico modo per lanciare la mia carriera in questo paese, e io le ho creduto. Le ho creduto quando mi ha detto che tu non volevi stare con un perdente che non azzeccava nemmeno un provino. Mi sei mancata, Kate. Non ho mai smesso di pensarti. Dio, devi credermi, sono mortificato...»

Con esitazione Kate fece un passo verso di lui. «Sei uscito con Penny per farti pubblicità?»

Joe annuì. «È stata un'idea sua.»

«Quindi mi hai umiliata solo per accrescere la tua visibilità?»

«Me ne vergogno tanto. Avevi ragione tu. Penny è disumana. È diabolica. Mi ha risucchiato l'anima, ogni singolo minuto che ho passato con lei. Non come te. Con te, io ero... felice.»

«Immagino sia stata una bella lezione» esclamò Kate.

«Sono stato uno stronzo. E so che non tornerai mai insieme a me. Ma almeno permettimi di invitarti a cena per rimediare, di dirti quanto mi dispiace in modo appropriato.»

Kate sospirò. Le sembrava passato un milione di anni da quando era convinta di essere innamorata di lui. Una vita intera.

«È vero, Joe, non tornerò insieme a te» rispose con gentilezza. «E probabilmente neanche la cena è un'ottima idea. Ma grazie del pensiero.»

«Ma...» Una piccola ruga comparve fra le sopracciglia di Joe. «Kate, sono ancora innamorato di te. Ne sono certo. Tutto il tempo che ho trascorso insieme a Penny, non ho pensato ad altro che a te. Io...»

«Non sei innamorato di me, Joe. E io non lo sono di te. Credo sia meglio se non ci vediamo più. E poi, ho un programma da gestire, per cui sono davvero molto impegnata adesso...»

Joe annuì. «Capisco. Tieni, però, questi fiori sono per te. E se cambi idea, io ti aspetterò. Ti aspetterò accanto al telefono.»

«Non ci siamo mai detti addio, vero?»

«No, mi sa di no.»

Kate prese i fiori, li appoggiò a terra e si allungò per dargli un bacio sulla guancia.

«Adesso abbiamo chiuso» mormorò. «È arrivato il momento di andare avanti.»

Tom rimase a fissare la scena davanti a sé, immobilizzato. L'enorme mazzo di narcisi che aveva deciso di comprare perché erano così vivaci e primaverili, così pieni di speranza, gli cadde di mano non appena vide Kate abbracciare Joe.

Distolse a forza lo sguardo, si girò e con un calcio buttò

via i narcisi, iniziando a correre a tutta velocità verso Fulham Palace Road.

Era arrivato troppo tardi. Era tornato Joe. Il cavaliere senza macchia e senza paura di Kate, l'uomo di cui era stata innamoratissima, l'aveva riconquistata. Con un enorme mazzo di fiori, non poté fare a meno di notare Tom. Non un insignificante bouquet di narcisi.

Ma cosa si era messo in testa? Aveva davvero pensato di avere qualche chance? Che Kate gli stringesse le braccia al collo e gli dicesse che anche lei lo amava, che anche lei aveva pensato a lui ogni ora del giorno e della notte, e che non riusciva a sopportare l'idea di vivere senza di lui?

Ovviamente Kate non lo avrebbe fatto. L'unica volta in cui Tom aveva pensato che, forse, avrebbe potuto esserci qualcosa fra di loro era stata la sera in cui Joe l'aveva lasciata, la sera in cui era stata abbandonata, umiliata. Lì per lì lui le era sembrato una proposta piuttosto allettante. Se non gli fosse preso il panico e non fosse venuto via, la situazione avrebbe potuto prendere un'altra piega.

Ma aveva avuto un attacco di panico. E la situazione era quella che era. Il che probabilmente era positivo, perché anche se lui fosse rimasto, anche se lui le avesse telefonato invece di rinchiudersi in casa come un patetico perdente, fra di loro non sarebbe durata. Joe sarebbe tornato prima o poi, e lui sarebbe dovuto stare lì a guardare l'espressione desolata di Kate mentre gli diceva che il problema non era lui, era lei. Che lui gli piaceva, sì, ma non in quel modo...

No, era meglio così. L'amore romantico non faceva per lui. Ti portava piano piano a sperare nel lieto fine, ed era pericoloso.

Kate entrò in ospedale frastornata. Era stata una cosa… inattesa. Ridicola. Joe innamorato di lei? Si accomodò su una delle sedie di plastica dura nella zona dell'accettazione.

Lei non era innamorata di Joe. Lo aveva creduto, ma si era sbagliata.

Era innamorata di Tom. E lui non l'amava. Avrebbero dovuto recitare in una tragedia greca, loro tre.

«È una cosa seria?»

Due infermiere erano sedute vicino a lei, rannicchiate sulle loro bevande. Kate corrugò la fronte, pensando di riconoscerne una.

«Assolutamente. Insomma, ci siamo. Ne sono sicura.»

Oddio. Era l'infermiera di Tom. Lucy. La donna del supermercato.

Kate distolse lo sguardo, sperando con tutta se stessa di non essere riconosciuta, eppure altrettanto speranzosa di soddisfare la sua curiosità e osservarla per bene. Quindi era questo il tipo di donna che piaceva a Tom, eh? Piccola, formosa, con un guizzo negli occhi. «Uno spasso», era senz'altro questo il modo in cui la descrivevano i suoi amici.

«No! Ha già conosciuto tua madre?»

«Non essere sciocca. Dai un'occhiata qua.»

Lucy allungò la mano per mostrare un anello di platino su cui era incastonato un piccolo brillante. Kate non riusciva a staccare gli occhi da lì. Un anello di fidanzamento? E lei che aveva davvero pensato…

Chiuse gli occhi e si sforzò di respirare. Tom sosteneva che avere una ragazza fosse troppo impegnativo e ora stava per sposarsi? La testa le si riempì di immagini di Tom che sceglieva l'anello, che lo infilava al dito di Lucy. Si sentì chiudere lo stomaco.

«Wow, è bellissimo. E grosso anche. Gli deve essere costato un bel po' di soldi.»

«Il denaro non conta se un uomo ti ama» esclamò sorridente Lucy con l'aria di chi la sapeva lunga

Kate si alzò e uscì all'aperto. Okay, si disse. Sapeva che prima o poi sarebbe successo. Doveva essere pragmatica, dimenticare le sue stupide fantasie romantiche e accettare che il mondo reale era fatto così.

Sospirò, rifletté un attimo e poi prese il cellulare.

«Joe? Ci ho pensato. Magari la cena non è una pessima idea.»

«Joe?» Penny lo fissava. «Joe, Miranda ti ha appena fatto una domanda, amore. Potresti mettere via il cellulare adesso?»

Penny sorrideva, ma Joe la fissava con disprezzo negli occhi, azzurri come il mare e freddi come l'acciaio.

«Sai, a dire il vero, devo uscire. È saltata fuori una cosa.»

«Joe, siamo a metà di un'intervista, amore.» Fece un sorriso di scuse alla giornalista e al fotografo. «Sono mortificata» aggiunse alzandosi. «Ci potete scusare un attimo?»

«Andiamo un secondo nel corridoio, amore?» gli chiese prendendo Joe per un braccio. Lui la seguì docilmente.

«Cosa cazzo sta succedendo?» esclamò inviperita non appena furono lontani abbastanza da quelli di *Tittle Tattle*. «Mi stai mettendo in imbarazzo. Sei agitatissimo.»

«Mi sono rotto, ecco cosa succede. Ne ho avuto abbastanza, e ora esco.» Joe si diresse verso l'attaccapanni e prese la giacca.

«Non puoi andartene, che cavolo! Cosa dico alla giornalista? Dovremmo annunciare il nostro dannato fidanzamento.»

«Dille che ho ricevuto una proposta migliore» le suggerì Joe.

«Se esci da questa casa, le racconterò che hai il pisello piccolissimo. Racconterò a tutti che sei un perdente.»

«A pagina settantatré, ho paura» rispose Joe.

Penny lo fissò, poi abbozzò un sorriso. «Ascolta, facciamo

questa intervista e poi ne riparliamo, okay? Rimani solo finché non se ne vanno loro.»

«Mi sa che non posso. Ho un appuntamento. Con una donna che è davvero attraente. E dolce. Qualità per te praticamente sconosciute.»

«Brucerò le tue cose» sibilò Penny.

«Non preoccuparti. Tanto ho intenzione di comprarne di nuove» rispose Joe.

E uscì da casa, sbattendo la porta alle sue spalle.

«È tutto a posto?» chiese Miranda, entrando nel corridoio.

Penny fece una smorfia. «È... è una cosa di famiglia. Joe si scusa ma è dovuto andare via. In ogni caso, posso riprendere l'intervista da sola.» Lanciò un'occhiataccia al portone chiuso. «Tornerà. Non dubitate.»

33

«Wow, sei strepitosa!» A Joe scintillarono gli occhi non appena vide Kate davanti alla porta del ristorante, e le fece strada verso il bancone. «Ti va di bere qualcosa?»

Kate annuì. «Un gin tonic, grazie.» Qualche settimana fa, le sarebbe sembrato normale, pensò. Perfino entusiasmante, essere a cena con Joe in un ristorante chic. Avrebbe passato ore a domandarsi cosa indossare invece di infilarsi la prima cosa che aveva trovato nell'armadio e darsi un po' di rossetto in fretta e furia.

Adesso era una delusione. Come se Joe fosse il suo premio di consolazione.

Eppure, pensieri di questo tipo non l'avrebbero portata da nessuna parte, ragionamenti del genere le avevano solo confuso le idee su Tom. Era diventata più razionale adesso: una convinta sostenitrice di «meglio un uovo oggi», piuttosto che una fautrice dell'altro vecchio adagio sull'erba del vicino.

«Allora, come stai?» chiese accomodandosi su uno sgabello del bar mentre il maître di sala le prendeva il cappotto.

«Molto meglio ora che ti vedo» rispose Joe sorridendo. «Sono felicissimo che tu abbia cambiato idea. Felicissimo che tu sia stata disponibile a darmi una seconda chance.»

Kate arrossì. «Be', credo che tutti meritino una seconda chance...»

«Sono contento di sentirtelo dire. Sei una donna speciale, Kate. Davvero speciale.»

Joe la guardava dritto negli occhi, e lei si ricordò come si sentiva frastornata in passato quando succedeva, come se fosse l'unica donna presente.

«E come sta Penny?» domandò Kate spensierata.

«Non lo so, né mi interessa. Accidenti, quella donna è un incubo. Insomma, un vero e proprio incubo, e credimi, io ne ho conosciute diverse. Non hai idea di quanto mi abbia fatto piacere liberarmi di lei.»

«Credo di poterlo intuire.»

«Non sarei potuto rimanerci insieme neanche un minuto di più, quando ho capito quanto tu fossi importante per me» disse Joe, prendendole una mano. «La mia Kate. La mia dolce e meravigliosa Kate.»

Lei si spostò, imbarazzata. «Tua no, Joe» gli ricordò. «Siamo solo usciti a cena insieme.»

«Giusto. Per il momento, ovvio...»

Il maître di sala comparve al loro fianco e chiese se fossero pronti per ordinare. Lei annuì, e Joe le porse il braccio mentre scendeva dallo sgabello.

«Prego, seguitemi» continuò, e li accompagnò al ristorante, facendoli accomodare a un tavolo in un angolo. «Buona serata.»

«Ti piace il Daphne's?» chiese Joe.

«Non c'ero mai stata prima, ma è bello.»

«Me lo ha consigliato un giornalista. Non volevo portarti in uno dei soliti posti.»

«Giusto» disse Kate, sorridendo mentre leggeva il menu. «Be', il cibo sembra fantastico.»

«Mai quanto te!»

Kate inarcò le sopracciglia. Tutti questi complimenti cominciavano a imbarazzarla un po'.

«Sul serio» proseguì Joe. «Stai benissimo.»

«No, non direi» rispose Kate e cambiò discorso. «Cosa pensi di ordinare?»

«Perché non scegli tu per me?»

Kate corrugò la fronte. «Senti, Joe, non voglio che ti faccia un'idea sbagliata. Siamo a cena insieme. Sono disponibile ad ascoltarti. Ma non siamo ancora una coppia. E magari le cose non andranno in quella direzione, okay? Perché mi stai mettendo a disagio con...»

Le parole le morirono sulle labbra non appena posò lo sguardo su una persona dall'altra parte del ristorante. Una ragazza bionda era appena arrivata e si stava mettendo a sedere in compagnia di un uomo dai capelli ricci rossi. Era Lucy, l'uomo invece di certo non era Tom. A che gioco giocava la fidanzata di Tom?, pensò Kate.

«Oddio, mi dispiace. Mi dispiace tanto» si affrettò a scusarsi Joe. «Hai ragione. Sto esagerando. Sono emozionato, tutto qui. Sei tranquilla? Siamo tranquilli adesso?»

Kate annuì, e continuò a fissare Lucy e lo sconosciuto insieme a lei.

«Sei la cosa più bella che mi sia mai capitata in tutta la vita, Kate» proseguì Joe allungando un braccio e prendendole le mano. «E insieme credo proprio che saremmo una bella squadra. Tu con il tuo nuovo programma, io con qualche bel ruolo. Saremmo divi da copertina, tu e io. Potremmo arrivare dovunque.»

Kate si concentrò di nuovo su Joe. «No, grazie. Insomma, non riesco a pensare a niente di peggio che finire sulla copertina di un giornale. Ho rilasciato quell'intervista solo per la casa di cura, non succederà più. Tutta quella gente che mi guarda! Mi dà già abbastanza fastidio vedermi in tv, figuriamoci sopportare la mia faccia anche sulle riviste.»

«Non dici sul serio» commentò Joe scuotendo la testa. «Ci vuole un po' ad abituarsi. Adesso sei famosa, non puoi mollare.»

Kate sussultò. «E invece posso, che cavolo. Non voglio essere famosa, voglio essere me stessa. Semplicemente Kate Hetherington. Tu devi pensarla allo stesso modo, dopo la tua atroce esperienza con Penny. È una cosa tristissima scendere a compromessi solo per ottenere visibilità.»

Joe sorrise nervoso. «Dunque, non ti andrebbe un'altra intervista? Su noi due che abbiamo riscoperto il nostro amore?»

Kate lo fissò. «Certo che no! E poi, noi non abbiamo riscoperto il nostro amore, giusto? Cenare insieme non significa "riscoprire l'amore", ti pare?»

Joe la guardò perplesso e poi scoppiò a ridere. «Ehi, sto scherzando. Scherzo, eh! Dio mio, voi inglesi siete sempre così seri.» Prese in mano il menu e cominciò a leggerlo.

Kate vide Lucy che si alzava e prendeva la borsa. Stava andando in bagno. Era un'occasione da non perdere.

«Mi... mi scuseresti un attimo?» disse spostando indietro la sedia.

Joe annuì, e Kate si alzò e seguì Lucy dentro la toilette delle signore.

«Lucy!» esclamò, proprio mentre l'infermiera entrava in bagno. Lucy tornò indietro con un'espressione stupita.

«Oh, ciao! Sei l'amica di Tom, vero? Be', che strano trovarci qui.»

«Sì, strano. Sei... sei qui con un uomo?»

«Sì. E tu?»

Kate aggrottò le ciglia. «Oh, sì. Be', più o meno. È solo...»

Lucy la guardava stranita.

«Mi stavo chiedendo se Tom sa che sei qui. Cioè, se avrebbe qualcosa in contrario oppure no.»

«Tom? Non capisco perché dovrebbe.»

«Giusto» disse Kate perplessa. «Credevo semplicemente che, sai, quando stai per sposarti di solito non esci insieme a un altro.»

Lucy la fissò, poi all'improvviso capì. «Vuoi dire la scorsa settimana?» le domandò. «Be', sì, è stata una mossa un po' audace. Ma era l'unico modo per convincere Connor a chiedermi di sposarlo. Ho pensato che se lo avessi fatto ingelosire, si sarebbe reso conto di non poter vivere senza di me, e Tom è stato così carino a prestarsi. Farmi stare a casa sua finché la gelosia di Connor non avesse avuto la meglio su di lui. È carino, Tom, no? È proprio una bella persona.»

Kate cominciò a sentire un gran caldo. «Connor? Connor è il tuo fidanzato?»

«Sì, perché?»

«Non Tom, quindi.»

«Tom?» Lucy ridacchiò. «Non credo proprio. E poi pensavo che gli piacessi tu. Non riusciva neanche più a parlare dopo che ti abbiamo incontrato per sbaglio al supermercato. Continuava a camminare avanti e indietro per casa borbottando.»

«Camminava… avanti e indietro?»

«Sì. E borbottava. Lo fa anche in ospedale, a volte, quando è stressato.»

«Okay. Grazie» disse Kate, mille pensieri che le frullavano per la testa. «Buona serata.»

Uscì dalla toilette e, quasi saltellando, ritornò da Joe.

«È passato il cameriere. Ti ho ordinato del pollo… spero che ti piaccia» le disse Joe mentre Kate si accomodava.

«Del pollo?» ripeté con aria assente. «Sì. Va bene.»

Tom non è fidanzato, continuava a pensare Kate. Tom camminava avanti e indietro dopo avermi incontrato per caso. Camminava avanti e indietro e borbottava.

«Tutto a posto?» chiese Joe. «Sembri un po' accaldata.»

«Accaldata? Ehm, sì, un po'. Fa piuttosto caldo qui, non trovi?»

«Vuoi prendere una boccata d'aria? Possiamo fare un salto fuori, se ti va...»

Lei annuì con gratitudine. Le sembrava che le pareti stessero per crollarle addosso da un momento all'altro. Lasciando la giacca sulla sedia, Joe attraversò insieme a Kate il bar e l'accompagnò all'uscita del ristorante. Passando fra i tavoli, Kate incrociò lo sguardo di Lucy e abbozzò un sorriso.

Non appena Kate mise piede fuori, nella piacevole frescura della sera, fu travolta dal bagliore dei flash di un gruppo di paparazzi.

«Joe?» gridò uno di loro. «Tu e Kate fate di nuovo coppia fissa?»

«Kate, di qua, tesoro. Sorridi.»

«È vero che siete tornati insieme?» urlò un altro.

Guardandosi attorno, Kate fissò Joe imbambolata.

«Ignorali» le disse Joe, sorridendo e cingendole le spalle con un braccio. «Questa gente ha cominciato a seguirmi, ho paura.»

«Ma...» Kate si riparò gli occhi dalle luci accecanti. «Come facevano a sapere che tu eri qui? Che io ero qui?»

Una donna si precipitò da Joe. «Ciao! Ascolta, il mio direttore è entusiasta dell'intervista che ci hai proposto. Siete liberi domani?»

«Quale intervista?» chiese Kate.

La donna sorrise. «Scusa, non mi sono presentata. Sono

Lucinda Stewart di *Fab!*. L'agente di Joe mi ha contattato oggi pomeriggio per propormi un'intervista con voi due. Siete una coppia fantastica. I nostri lettori vi adoreranno...»

Kate lanciò un'occhiataccia a Joe.

«Gli agenti!» commentò imbarazzato. «Gente strana! Gli dico che vengo a cena con te, e guarda cosa mi combina. Mi dispiace.»

Lucinda corrugò la fronte. «A dire il vero, lui mi ha detto che gli avevi chiesto tu di...» cominciò la giornalista. Joe sollevò una mano per bloccarla.

«Grazie, ma Kate non si sente benissimo. Puoi starle un po' più lontano, per favore?»

Joe mise un braccio sulle spalle di lei con fare protettivo, ma Kate lo allontanò. «L'unica persona da cui devo stare lontano sei tu» esclamò brusca. «Sparisci dalla mia vita.» Poi si girò verso Lucinda. «E per la cronaca, io non sono la sua ragazza. E non sarei la sua ragazza neppure se fossimo le ultime due persone rimaste sulla faccia della terra. E sì, puoi pure virgolettarlo.»

Si guardò intorno disperata. «Per favore, mi serve un taxi» disse a un fotografo a caso.

Il portiere del Daphne's si avvicinò. «Prego, mi permetta» disse fermando un taxi che stava passando. «E voglia accettare le nostre scuse... purtroppo non possiamo impedire a questa gente di ronzare qua fuori.»

Kate inarcò le sopracciglia. «Dovete stare attenti alla gente che ronza dentro, piuttosto» rispose sospirando, poi chiuse la portiera.

«Shepherd's Bush» disse. «E vada a tavoletta.»

Tom non era a casa. Kate rimase cinque minuti davanti al portone a suonare il campanello, e altrettanti a gridare sotto la finestra, ma alla fine dovette accettare il fatto che Tom non ci fosse.

Sospirò. Se fosse stata lucida, avrebbe tenuto il taxi lì ad aspettarla, ma ovviamente l'aveva mandato via. In fretta e furia tirò fuori il cellulare e digitò un numero.

«Sal? Mi sa che ho bisogno di un passaggio in macchina» esclamò.

Nello stesso preciso momento in cui Kate arrivò a casa di Sal, il portone si aprì.

«Cosa è successo?» chiese la padrona di casa. «Cosa ti ha detto Tom?»

Kate la fissò. «Tom non mi ha detto nulla. Me lo ha detto Lucy. Sai, pensavo che lui e Lucy fossero fidanzati. Per cui sono uscita con Joe. E poi ho scoperto… che lui non lo era, insomma. E Joe aveva chiamato tutti quei fotografi…» pronunciò l'ultima parola con un profondo senso di disgusto. «E ora lui non è a casa» concluse. «Per cui dobbiamo andare all'ospedale.»

«Chi non è a casa? E chi è all'ospedale.»

Kate la guardò esasperata. «Tom! Dai, forza!»

«Giusto, scusa. E oggi non l'hai incontrato Tom?»

«No! Perché avrei dovuto?»

«Be', io l'ho visto verso le quattro e stava per dichiararti amore eterno» disse Sal in tono spiccio. «Abbiamo parlato dei fiori da scegliere.»

«Cosa?» Kate era allibita. «Ma… perché non me lo hai detto?»

Sal sospirò. «Mmm. Già, perché non ti ho telefonato dicendoti: "Oh, Kate, per rovinarti il momento più romantico della tua vita, volevo avvisarti che Tom sta venendo a dirti che è innamorato di te". Dio, ma a cosa stavo pensando?»

Kate sbiancò. «Joe è venuto da me verso le quattro e mezzo. Magari Tom l'ha incrociato e ha pensato...»

«Ha pensato bene, se sei finita a cena con Joe. Spiegami cosa è successo. Non credevo ti piacesse ancora.»

«Infatti» rispose Kate avvilita. «Pensavo solo di essere una donna pragmatica.»

«Pragmatica? Kate, senti, mi dispiace dirtelo, ma fare la donna pragmatica non ti riesce molto bene.»

«Invece riesce anche a me.»

«No, non direi proprio.»

All'improvviso suonò il campanello, e Kate e Sal si scambiarono un'occhiata.

«Veloce» gridò Kate. «Potrebbe essere Tom...»

Corse alla porta, la spalancò e corrugò la fronte perplessa.

Gareth sorrise imbarazzato. «Oh, scusa. Sono qui per Sal.»

«Sal?» chiese Kate. «Perché?»

Gareth scrollò le spalle. «In realtà, per parlare di te. Senti, Joe non c'è, vero? Insomma, se vuoi tornare con lui, sono affari tuoi, ma posso dire che in modo categorico non approvo? Insomma, ha toccato Penny. È contaminato.»

Kate lo fissò esterrefatta. «Cosa? E perché pensi che sia tornata insieme a Joe?»

Gareth alzò gli occhi al cielo spazientito. «Dal *Tittle Tattle* mi hanno chiamato per sapere la mia opinione sulla vostra reunion. Sai, in qualità di tuo amico intimo. Scusa, ma gli ho detto che non sarebbe mai durata.»

Kate lo afferrò per un braccio e lo trascinò in casa. «Non sono con Joe. Sto andando all'ospedale per cercare Tom.»

«Ed!» gridò Sal. «Andiamo in ospedale.»

«In ospedale?» Ed si precipitò al piano di sotto, un'espressione preoccupata sul viso. «Perché? Cosa succede?»

«Niente» rispose Sal esasperata. «Siamo in missione d'amore. Per lo meno lo è Kate, io sono solo l'autista.»

«No, tu no» esclamò subito Ed. «Non nelle tue condizioni. Guido io... Lasciami prendere le chiavi.»

«Ed, posso benissimo guidare, sai» gli urlò dietro, ma poco dopo lui riapparve sorridente e la baciò.

«Bene» disse. «Quale ospedale?»

«Sì» chiese Gareth, gli occhi scintillanti per l'emozione. «Quale ospedale? E perché ci stiamo andando?»

«Io volevo andare al Charing Cross» ammise Kate, abbozzando un sorriso. «Ma adesso sembra più una spedizione.»

Salirono tutti in macchina di Ed, e lui arrivò all'ospedale a tempo di record, evitando quasi tutto il traffico sulla rotatoria di Hammersmith grazie a una comoda scorciatoia. Entrarono nell'enorme complesso anni sessanta e inchiodarono davanti all'ingresso principale, dove Ed parcheggiò accanto a un'ambulanza.

«Okay, auguratemi buona fortuna!» disse Kate intimorita saltando fuori dalla macchina.

Gareth e Sal alzarono i pollici in segno di approvazione, Ed le fece un cenno con la mano, e Kate entrò all'ospedale. Solo quando arrivò all'accettazione si rese conto che non aveva idea di cosa dire.

«Salve!» esordì rivolta all'impiegata. «Ho bisogno di parlare con il dottor Whitson. Il dottor Tom Whitson.»

«È una paziente?»

Kate scosse la testa. «Un'amica. Una cara amica.»

La donna la guardò. «E si tratta di una cosa importante?»

«Molto. Incredibilmente importante.»

«Importante abbastanza da disturbare in chirurgia?» incalzò la donna.

Kate sorrise imbarazzata. «Piuttosto importante, è una cosa piuttosto importante.»

L'impiegata le lanciò un'occhiata sospettosa e alzò la cornetta. «Ciao. C'è una persona per il dottor Whitson qui... Sì... Capisco. Okay.»

«Mi dispiace» disse mettendo giù il telefono.

«Le dispiace che sia impegnato?» chiese Kate. «Le dispiace che io debba aspettare o tornare dopo? Le dispiace cosa, di preciso?»

«A dire il vero, non mi dispiace» rispose la donna. «Cercavo solo di essere educata. Il suo dottor Whitson non c'è, rientrerà domani mattina. Per cui può aspettare se vuole, decida lei.»

«Bene» annuì Kate pacata. «Grazie. Mi sa... mi sa che me ne vado, in effetti.»

L'impiegata sorrise. «Forse è meglio.»

Il viaggio di ritorno verso Shepherd's Bush fu molto più tranquillo di quello verso l'ospedale.

«Sarà uscito con i suoi amici» la rassicurò Sal. «Chiamalo fra un'ora, sono certa che sarà a casa.»

«Siamo noi i suoi amici» le ricordò Kate. «E se poi non c'è?»

«Resta da noi stanotte» le propose Sal. «Così non ti ossessioni a domandarti dov'è, e domani lo cerchi in ospedale e vivi il tuo momento di romanticismo.»

Kate scosse la testa. «Non posso aspettare. E se lui mi ha effettivamente visto con Joe? Non riuscirò a dormire finché non lo trovo.»

Sal corrugò la fronte e dette un colpetto con il gomito a Ed.

«Vieni a dormire da noi» concordò lui. «Ti faccio un Alexander da sballo.»

Sal inarcò un sopracciglio, e lui scrollò le spalle. «Sì» disse Ed sulla difensiva. «Preparo degli Alexander strepitosi.»

«Un bell'Alexander me lo farei volentieri anch'io» disse Gareth con uno sguardo eloquente, e Sal sospirò.

«Puoi rimanere, se vuoi» disse. «Ma ti tocca il divano.»

«Un pigiama party!» esclamò Gareth mentre cominciavano a salire lungo Shepherd's Bush Road. «Facciamo festa tutta la notte? E ci leggiamo storie di fantasmi?»

Ed si girò preoccupato verso Sal. «Io devo comunque andare al lavoro domani, sai. Insomma, a preparare un Alexander ci vuole un attimo, ma le storie di fantasmi e il pigiama party non mi convincono...»

«Gareth, non ci sarà nessun pigiama party» puntualizzò Sal. «Se vuoi, una sola storia di fantasmi, poi basta.»

«Bene» rispose Gareth mettendo il broncio, Ed invece sorrise.

«Visto? Sarai una madre fantastica. Hai un talento innato!»

«Sentite,» intervenne Kate «è molto gentile da parte vostra, ma non mi va un Alexander. Né le storie di fantasmi, né...» Le parole le morirono sulle labbra e deglutì a fatica. «Mi sa che andrò a casa.»

«Vuoi che ti accompagni?» chiese Gareth premuroso.

Kate scosse la testa con aria malinconica, ed Ed mise la freccia a sinistra per accompagnarla.

«La proposta è sempre valida» disse Sal. «Insomma, se cambi idea. Se ti senti sola o semplicemente ne hai voglia.»

Kate abbozzò un sorriso. «Grazie. Davvero. Ma me la caverò. E poi domani ho una giornata piena di impegni.»

Ed si fermò davanti casa di Kate, e lei li baciò tutti prima di scendere.

«Io posso ancora venire a dormire da voi?» sentì chiedere da Gareth in tono lamentoso, mentre chiudeva la portiera e si dirigeva lentamente verso il portone. Si girò per salutarli mentre la macchina ripartiva.

Kate tirò fuori le chiavi per aprire, ma si bloccò sentendo dei passi alle sue spalle. Le mancava solo questo: uno sconosciuto che l'aggredisse. Così sarebbe diventato ufficialmente il giorno più brutto della sua vita.

Kate si voltò e rimase a bocca aperta.

«Mi domandavo perché ci mettessi tanto.»

Tom saltò fuori dall'oscurità, con un sorrisetto sulle labbra. «È una bella serata. Un'oretta fa per poco non mi mettevo a cantare… quel brano di *My Fair Lady* che parla della strada dove vivi tu.»

Kate rimase un attimo a guardarlo, poi si precipitò verso di lui. «Tom, ti ho cercato finora! Sono stata a casa tua, e all'ospedale e…»

«Pensavo che fossi insieme a Joe.»

Kate scosse energicamente la testa. «Neanche per sogno. Voglio dire, ero con lui. A cena. Ma solo perché…» Guardò per terra. «Credevo che tu e Lucy… poi ho scoperto di no… Sal mi ha detto che sei venuto a cercarmi, prima.»

Sollevò lo sguardo, gli occhi scintillanti e pieni di speranza, e Tom annuì.

«È stato quando ti ho visto con Joe.»

Kate guardò di nuovo il pavimento.

«E sono scappato via» continuò Tom. «Ho fatto marcia indietro per paura. Sono tornato a casa e ho ascoltato qualche brano di Billie Holiday. E ho letto un po' del tuo libro.»

«Del mio libro?»

«Questo libro.» Tom le porse la copia vecchia e bistrattata del *Manuale per inguaribili romantiche*, lasciando Kate a bocca aperta.

«Ma l'avevo buttato via!» esclamò esterrefatta.

«E io l'ho recuperato» disse Tom allegro. «Manuale ridicolo, fra l'altro. Pieno di stupidi consigli, tipo essere coraggiosi e gettarsi nella mischia. Essere ottimisti e concentrarsi sulle cose positive della vita. Non arrendersi mai...»

«Un libro stupido» concordò Kate. «Davvero inutile.»

«E così ho pensato che scappare fosse una reazione patetica. Come minimo Elizabeth Stallwood avrebbe voluto che sfidassi Joe a duello, o qualcosa di simile. Che ti dessi la possibilità di effettuare una scelta fondata.»

«Una scelta?»

«Kate, mi... mi piaci. Mi sei sempre piaciuta. No, non è neanche questo. Io ti amo, Kate. Amo tutto di te. Mi è perfino cominciato a piacere questo libro... questo libro pericoloso con i suoi pessimi consigli di moda. Voglio essere il tuo eroe romantico, Kate. Voglio essere l'uomo che ti prende e ti porta via al tramonto in groppa a un cavallo bianco. E se non è possibile, permettimi almeno di essere l'uomo sulla lista di riserva. Nel caso che l'eroe sia vittima di un'imboscata. Venga trattenuto...»

Kate lo baciò. «Che ne diresti di essere l'amore della mia vita? L'uomo con cui non vedo l'ora di entrare in casa. L'uomo che vorrei tanto che adesso mi abbracciasse?»

«Così?» domandò Tom, chinandosi in avanti e stringendola a sé.

«Proprio così» bisbigliò Kate, appoggiando la testa nell'incavo tra la spalla e il collo di Tom.

«Fammi almeno mettere un cappello sulle ventitré» disse Tom ridendo e baciandole le labbra, il naso, la fronte e poi ancora le labbra.

«Il fatto è, Tom, che non sono più un'inguaribile romantica» ammise seria Kate.

«Ma non puoi non esserlo» rispose Tom sconsolato. «Hai convertito me, e hai convinto anche Sal, a quanto pare. Non puoi diventare pragmatica proprio ora. Ti prego.»

Kate scosse la testa. «Mi dispiace, Tom. Non lo sono più.»

Poi sorrise maliziosa. «Grazie a lei, sono una romantica guarita, dottore.» Si allungò per baciarlo di nuovo. «Dopo tutto, non si può certo dire che non sia un lieto fine.»

TITTLE-TATTLE MAGAZINE

Con noi lo scoprirete per primi!

19 marzo 2006

Chantelle e i dettagli piccanti della sua nuova storia d'amore, pagina 5

La regina dei reality di ristrutturazione Betty Conway ci racconta tutto della sua nuova carriera davanti alle telecamere, e del motivo per cui il cancro è stata la cosa migliore che le sia mai capitata, pagina 11

Dottor Amore: foto in esclusiva di Kate Hetherington in vacanza alle Barbados con il suo nuovo compagno, il dottor Whitson, pagina 13

L'ex conduttrice televisiva Penny Pennington annuncia il fidanzamento con l'ex di Kate Hetherington, Joe Rogers. La coppia svela i segreti del loro nuovo reality show *Penny & Joe*, uno sguardo sette giorni su sette, ventiquattr'ore su ventiquattro, sulla loro felice vita di coppia, pagina 78

HOT GOSSIP

Noi i vip li conosciamo

Luglio 2006

Scandalo al *Grande Fratello* in diretta: tutti i particolari piccanti, pagina 7

Kate Hetherington al debutto come regista, un documentario al seguito del fidanzato, il dottor Tom Whitson, e Medici senza frontiere, in un viaggio nei quartieri dimenticati di Kabul, pagina 12

Il programma di Penny Pennington e Joe Rogers cancellato dal canale satellitare, la lotta di Joe contro l'alcolismo e le speranze per la loro nuova carriera nel mondo della musica, pagina 92

FAB!

Il settimanale indispensabile

ottobre 2006

I motivi per cui James Hoffman, protagonista di *Over Here, Over There*, non vede l'ora di lasciarsi alle spalle il vecchio ruolo del gorilla, pagina 7

Kate Hetherington fa shopping con la sua migliore amica e il figlioccio. *Fab!* le chiede se anche lei sta covando qualcosa, pagina 11

Penny Pennington ci rivela il perché non voleva comunque partecipare al *Grande Fratello Vip* e il suo grande sollievo per essere stata scartata, pagina 99

CHAT!

Tu sai QUELLO che vuoi...

Dicembre 2006

La coppia di successo che convola a nozze? Kate Hetherington e il suo fidanzato pizzicati da Tiffany, come dimostrano le nostre foto, pagina 9

Betty Conway e James Hoffman, l'uomo-gorilla diventato l'attore idolo delle donne, sbarcano a Los Angeles con il loro nuovo programma, *Far avverare i propri sogni*: tutti i segreti e le foto del dietro le quinte in esclusiva, pagina 15

Gli ex vip Penny Pennington e Joe Rogers sperano di ridare slancio alla loro carriera partecipando a *Cast-off*, un nuovo reality televisivo che manda coppie di ex vip a vivere su un'isola deserta al largo della costa australiana, senza nessuna comodità né altro da mangiare se non quello che riusciranno a trovare. Vi raccontiamo tutto a pagina 103

Ebay: l'asta chiude a breve.

◎◎◎◎◎◎◎◎◎◎◎◎◎◎◎◎◎◎◎◎◎◎◎◎◎◎◎◎◎◎◎◎◎

Il manuale per inguaribili romantiche
Condizioni: usato
Descrizione: sei un'inguaribile romantica? Sogni amore e passione e ti senti delusa e tradita dalla triste realtà? Non disperare! *Il manuale per inguaribili romantiche* ti salverà! *Il manuale per inguaribili romantiche* è un libro per tutta la vita. Una romantica storia d'amore ti sta aspettando. Devi solo trovarla. *Il manuale per inguaribili romantiche* non ti dirà solo dove cercare, ti guiderà passo passo lungo il cammino. Questo libro cambierà la tua vita. Soddisfatta o rimborsata. Se non troverai il vero amore, ti restituiremo i soldi.
Venditore: C*p1d25 (kate.whitson@hotmail.co.uk)

◎◎◎◎◎◎◎◎◎◎◎◎◎◎◎◎◎◎◎◎◎◎◎◎◎◎◎◎◎◎◎◎◎

Ringraziamenti

Sono tante le persone che desidero ringraziare per avermi aiutato a portare a termine il romanzo. Innanzitutto Dorie Simmonds per l'immancabile buon umore, le idee meravigliose e la straordinaria determinazione che la contraddistinguono: non ce l'avrei fatta senza di te. I miei sinceri ringraziamenti vanno anche alle mie redattrici, Allison Dickens e Laura Ford, oltre che a tutti gli altri membri della Random House e Ballantine, che mi hanno sostenuto durante questo percorso. Un grazie caloroso a Jommers e Caroline Douglas, a cui senza il minimo rimorso ho chiesto lumi su ogni singola questione farmaceutica; alla Cancer Research UK, il cui sito web è stato incredibilmente utile; e infine, ultimo ma non meno importante, a mio marito Mark – a cui dedico il libro – per aver fatto del suo meglio quando gli scagliavo contro i vari finali chiedendo di sceglierne uno (e per non essersi arrabbiato quando ho ignorato completamente il suo consiglio).

DELLA STESSA AUTRICE

L'esilarante trilogia di Jessica Wild

Gemma Townley

L'importanza di essere sposata

UNA COMMEDIA SPUMEGGIANTE, ROMANTICA, PIENA DI COLPI DI SCENA E DI HUMOUR.

Brossura - pp. 416 - euro 10,00

Jessica Wild è giovane, carina, lavora in un'agenzia di pubblicità a Londra ed è convinta che l'amore sia un investimento sbagliato e in genere un'impresa suicida, da cui si esce col cuore a pezzi. Meglio trottare sul lavoro. Finché, per uno scherzo del destino, non si trova a dover conquistare e sposare un uomo per poter ereditare un patrimonio di 4 milioni di sterline lasciatole da una bislacca vecchietta. Tempo a disposizione: 50 giorni. Ma non basta: il marito, secondo il testamento, deve essere per forza il bellissimo Anthony Milton, inarrivabile – quanto insopportabile – capo di Jessica, che esce solo con splendide modelle.

Riuscirà Jessica nella sua corsa contro il tempo? Saprà trasformarsi in pochi giorni in una *femme fatale* con l'aiuto dei suoi amici più cari? E rinuncerà al vero amore per denaro?

Gemma Townley

Una moglie ideale

L'ULTIMO IRRESISTIBILE EPISODIO DELLA TRILOGIA.

Volume rilegato - pp. 288 - euro 15,00

Jessica Wild è finalmente sposata con l'uomo che ama – il dolce e sexy Max – e potrebbe essere felice come non mai. Ma un pensiero fisso glielo impedisce: poco prima del matrimonio c'è stato un bacio con il rivale in affari di Max, che non è riuscita a confessare. Per sopire il senso di colpa e cercare di dimenticare l'accaduto, Jessica decide di tuffarsi anima e corpo nel programma "Moglie ideale". Vuole trasformarsi in una sposa devota e diventare il concentrato di passione e virtù domestiche che ogni uomo sogna. Ma il cammino verso la perfezione è lungo e irto di ostacoli. Tra disastri culinari, comici fraintendimenti e incresciosi incidenti in camera da letto, il povero Max si ritroverà in ospedale con una gamba rotta. Il progetto "Moglie ideale" non solo è andato miseramente in fumo, ma rischia addirittura di mettere a repentaglio il legame tra Jessica e Max. Che una moglie sincera valga più di una moglie perfetta? E se una moglie ideale non dovesse essere necessariamente perfetta?
Con Jessica Wild nei panni della sposina, Gemma Townley non mancherà di sorprendere e divertire.

Certificato PEFC
Questo prodotto è realizzato con materia prima da foreste gestite in maniera sostenibile e da fonti controllate
PEFC
PEFC/18-31-356
www.pefc.it

Stampato presso Giunti Industrie Grafiche S.p.A.
Stabilimento di Prato, azienda certificata PEFC™